Hanne H. Kvandal
78° Tödliche Breite

AF196761

Kurz vor Weihnachten reist der frisch pensionierte norwegische Ex-Kommissar Trond Lie nach Spitzbergen, um sich eine Weile um seinen vierjährigen Enkel Bjarne zu kümmern. Doch das neue Leben als Vollzeit-Großvater in dem kleinen Ort Longyearbyen am fast nördlichsten Punkt der Welt hat seine Tücken. Vor allem die arktische Kälte und Dauerdunkelheit der langen Polarnacht machen Trond zu schaffen. Als die junge niederländische Hundeschlittenführerin Frida van Namen eines Tages einen Toten im Schnee entdeckt, kann aufgrund der schlechten Wetterlage erst mal keine Polizei vom Festland eingeflogen werden. Nur zu gerne übernimmt Trond die Ermittlungen, unterstützt von der arktiserprobten Frida. Bald ist den beiden klar, dass sie einem Verbrechen von großem politischem Ausmaß auf der Spur sind. Aber in der arktischen Nacht lauert nicht nur ein gefährlicher Mörder, sondern auch ein hungriger Eisbär.

Hinter dem Pseudonym *Hanne H. Kvandal* verbirgt sich die deutsche Rundfunkjournalistin und Autorin Hannelore Hippe. Als Hannah O'Brien hat sie ihre erfolgreiche irische Krimireihe um die Ermittlerin Grace O'Malley geschrieben. Zuletzt erschien unter ihrem Klarnamen bei dtv der Roman ›Die verlorenen Töchter‹ – Vorlage für den Oscar-nominierten deutsch-norwegischen Film ›Zwei Leben‹ (2012). Die Autorin lebt in Köln und an der Mosel.

Hanne H. Kvandal

78°

TÖDLICHE BREITE

Ein Spitzbergen-Krimi

Originalausgabe 2021
2021 dtv Verlagsgesellschaft mbH & Co. KG, München
Dieses Werk wurde vermittelt durch die Literarische Agentur Michael Gaeb.
Umschlaggestaltung: zero-media.net, München
Umschlagmotive: Evelina Kremsdorf / Trevillion Images
und finePic®, München
Satz: C.H.Beck.Media.Solutions, Nördlingen
Gesetzt aus der Aldus 10 / 13.5ʼ
Druck und Bindung: Druckerei C.H.Beck, Nördlingen
Printed in Germany · ISBN 978-3-423-21973-0

*Für Trygve, der noch nie auf Svalbard war,
mich aber mit unglaublich viel spannendem
Material darüber versorgte.*

1 »*Bestefar!*«

Die helle Kinderstimme drängte sich in Trond Lies Bewusstsein, das sich tief in seinen erschöpften Körper zurückgezogen hatte.

Trond Lie hasste die Arktis. Sie bescherte ihm Schlafprobleme. Er war erst seit drei Wochen hier oben auf 78 Grad nördlicher Breite, 1300 Kilometer südlich des Nordpols, in Longyearbyen auf Spitzbergen, der größten Insel im Archipel des norwegischen Svalbard. Er war mitten im Eismeer, am Ende der Welt. In einem gottverlassenen Nest, umgeben von Menschen, die auch noch stolz auf die Krankheit waren, mit der sie sich hier infiziert hatten und die sie liebevoll kultivierten – den »arktischen Bazillus«, eine Art Bekloppptheit, die sie auch das »Svalbard-Virus« nannten. Wer sich damit infiziert hatte, musste entweder immer wieder nach Spitzbergen zurückkehren oder beschloss auf der Stelle, für einen längeren Zeitraum auf 78 Grad zu bleiben.

»*Beste?*«

Nun ertönte die helle Stimme genau vor seinem Bett und Trond öffnete mühsam die Augen.

Trond hätte sich am liebsten für keines von beidem entschieden und wäre rasch wieder von der Insel verschwunden. Doch es war der Besitzer dieser Stimme, sein Enkel Bjarne, der nach ihm, dem Großvater, fragte, der ihn hier in Longyearbyen hielt.

Tronds Tochter Ingvild, Bjarnes Mutter, hatte ihm Anfang Dezember eine Mail geschickt, in der sie ihm sehr zurückhaltend, wie es ihre Art war, ihre Nöte schilderte. Mittlerweile jonglierte sie mit drei Jobs gleichzeitig: Sie saß an der Kasse im Supermarkt, jobbte ein paarmal die Woche abends im *Kroa*, einer der zahlreichen Kneipen des feiersüchtigen Örtchens, und alle zwei Wochen übernahm sie die Wochenendschicht in der Taxizentrale, bei der sie auch zwischendurch manchmal für einen erkrankten Fahrer einspringen musste.

Sie habe zwar für den vierjährigen Sohn einen Kindergartenplatz, könne sich aber trotzdem nicht immer gut um ihn kümmern, besonders abends werde es manchmal schwierig. Auch wenn es Nachbarinnen und Bekannte gab, die ihr schon mal halfen, war das sicher keine Dauerlösung und für Bjarne nicht optimal. Ingvild hatte ihn nicht ausdrücklich darum gebeten, aber er hatte ihren Hilferuf herausgelesen.

Seit zwei Monaten war Trond als Kriminalkommissar im Ruhestand. Und seit über einem Jahr war er Witwer. Er vermisste seine Hilde schmerzlich. Schon seit Langem wollte er weg aus Bergen. Denn seine gemütliche Wohnung in Zentrumsnähe hatte sich zum Nebenschauplatz eines Albtraums entwickelt. Sowohl der Besitzer der Wohnung unter ihm als auch der aus der Wohnung über ihm waren kurz nacheinander ausgezogen, um einer unüberschaubaren Schar polternder Rollkoffer-Nomaden, herangelockt durch fragwürdige Internetportale, buchstäblich das Schlachtfeld zu überlassen.

Zum gleichen Zeitpunkt hatten die Bergenser Behörden beschlossen, das alte Hanseviertel Bryggen und den Fischmarkt täglich Abertausenden von Tagestouristen auszuliefern, die sich aus Kreuzfahrtschiffen über die Stadt ergossen, alles andere hinwegspülten, um am Ende jedes Tages Berge von Plastikmüll und andere Überreste, einer ekligen menschlichen Schneckenspur gleich, zurückzulassen.

Nein, Bergen war tatsächlich zu einem Albtraum geworden, sein Enkelsohn Bjarne erschien Trond dagegen wie ein zart verschwommener, ein versöhnlicher Traum seiner eigenen Kindheit.

Bjarne war das Wertvollste in seinem Leben. Wie sehr hatte

er es bedauert, als Ingvild mit dem Baby vor gut drei Jahren nach dem Scheitern ihrer Beziehung mit Bjarnes Vater verkündet hatte, sie gehe nun nach Svalbard, um bei den hohen Löhnen und niedrigen Steuern dort ihr Glück zu versuchen. Die suchten angeblich händeringend nach Personal im Servicebereich. Das sei ihre Chance, schnell an gutes Geld zu kommen, denn Ingvild wusste genau, was sie wollte: eine eigene Werkstatt als Goldschmiedin.

»*Bestefar*, wach auf! Es hat die ganze Nacht geschneit.«

Trond schlug endlich die Augen auf und lächelte seinen Enkel an.

Wie der Knirps wohl während der andauernden Polarnacht Tag und Nacht zu unterscheiden wusste? Trond gelang das ohne die Hilfe einer Uhr bisher leider nicht.

»Du bist ja schon angezogen! Wie spät ist es denn?«

Er griff nach seinem Handy auf dem Nachttisch, denn er wusste, dass ein Blick nach draußen ihm diese Frage nicht beantworten würde.

Es war sechs Uhr morgens und stockdunkel. Genau wie um zehn, um zwölf, um vierzehn, um sechzehn Uhr. Ein eisiges, düsteres Immer, das die Menschen hier oben umfing, um sie fertigzumachen und sie in den Irrsinn zu schicken.

Trond Lie war mit zwei Koffern kurz vor Weihnachten in der sogenannten Kernpolarnacht auf der Insel gelandet. Das bedeutete schwärzestes Dunkel rund um die Uhr. Vierundzwanzig Stunden, fast vier Monate lang.

»Ziehst du dich auch an? Dann gehen wir zusammen raus in den frischen Schnee, *Beste*! Das macht Spaß!«

Seufzend und mit etwas steifen Knochen stand Trond auf. Es wäre unsinnig gewesen, dem Kind zu sagen, man solle noch etwas warten mit dem Rausgehen, es sei ja noch dunkel. Dann würde Bjarne nur verwundert gucken und damit Recht haben.

Zehn Minuten später öffnete Trond leise die Haustür und spähte zu beiden Seiten auf die schmale, leicht ansteigende Straße des Stadtteils Haugen.

Es handelte sich um eine gute Handvoll bunt angemalter Häuser, die wie kleine Kästen wirkten, was sie im Grunde auch waren – Containerbauten. Longyearbyen war eine Art farbenfrohe Schuhkartonsiedlung. Das hatte er auf einem Foto erkennen können. Sehen konnte man es in der Dunkelheit ja nicht.

Bjarne sauste an ihm vorbei ins Freie und rannte los. Trond Lie stolperte hinter seinem Enkel her und suchte mit dem mageren Strahl seiner Taschenlampe nach dem Jungen.

Der war doch eben die Straße hinuntergelaufen? Oder etwa nach oben?

Da merkte Trond, dass er tatsächlich im Dunkeln stand. Seine Brillengläser waren obendrein beschlagen und raubten ihm das Wenige an Ausblick, das ihm hier überhaupt vergönnt war.

Außerdem hätte er bei minus zwanzig Grad natürlich sein Gesicht schützen müssen. Bjarne hatte sich seine dünne baumwollene Gesichtsmaske übergestreift, die nur Augen, Mund und Nase freiließ. Er dagegen hatte seinen dicken Schal so drapiert, dass er sein halbes Gesicht bedeckte. Innerhalb von ein paar Sekunden dampfte er so, dass die Gläser und damit auch er vollkommen erblindeten.

Nachdem er mit den dicken Handschuhen umständlich die Brille abgenommen hatte, um sie – ja, womit denn, bitte? – blank zu wischen, erlebte er die zweite Überraschung an diesem helllichten schwarzen Morgen: Der feine Beschlag hatte sich bereits in festen Reif verwandelt und ließ sich nicht so leicht wegkratzen. Trond schluckte und hasste die Arktis wieder einmal aus vollem Herzen, mehr als je zuvor.

Die App auf Ingvilds Nachttisch fiepte dreimal hintereinander. Beim dritten Mal tastete sie im Halbschlaf nach ihrem Handy und klickte sie an. Die Botschaft erschien in großen Lettern mit einem roten Rand auf dem Display.

»Oh nein, nicht schon wieder«, murmelte sie, richtete sich aber sofort auf.

Ingvild war todmüde und fühlte sich wie gerädert. Erst vor knapp vier Stunden war sie aus der Kneipe gekommen, wo sie am Abend bedient hatte. Für diesen Vormittag hatte sie kurzfristig die Schicht an der Supermarktkasse von der kranken Kollegin übernommen, und Anders, der Chef des *Kroa*, war so nett gewesen, sie schon gegen zwei Uhr morgens in den Feierabend zu schicken, da nicht mehr viel los gewesen war.

Er selbst hatte mit den drei Gestalten an der Theke ausgeharrt, die erfahrungsgemäß erst zwischen vier und fünf nach Hause fanden. Es waren Stammkunden, drei Mechatroniker, die zwei Kilometer ins Tal hinein in Nybyen in einem der zahlreichen Wohncontainer für Zeitarbeiter wohnten. Ein Schwede, ein Isländer und ein Norweger. Ein skandinavisches Kleeblatt, schweigsam und im Suff vereint, verlässlich in der Ausübung ihres Lasters.

Ingvild musste unbedingt ihrem Vater Bescheid sagen. Der hatte als Neuankömmling ja keinen Schimmer und die App natürlich noch nicht auf dem Handy. Nur für alle Fälle.

Papa und Bjarne würden sicher noch in ihren warmen Betten liegen. Ingvild gähnte und ging auf die Toilette. Als sie sich die Hände wusch und ihr erschöpftes Gesicht im Spiegel sah, fiel ihr ein, dass der Supermarkt jetzt ja höchstwahrscheinlich geschlossen bleiben würde, bis alles vorbei war.

Der Gedanke schob ihr ein Lächeln ins Gesicht.

Sie ging zur Tür, die wie üblich nicht verschlossen war. Niemand auf Svalbard sperrte seine Haustür ab, außer wenn ein

Kreuzfahrtschiff vor Anker lag. Genau wie alle auch immer die Schuhe auszogen und sie in der Nähe der Tür deponierten. Das war in ganz Norwegen üblich. Aber auf Spitzbergen setzte man noch einen drauf, indem man das auch im Museum, in der Stadtbücherei, in der Universität und in den Restaurants praktizierte. Überall standen Schuhe in Reih und Glied direkt neben der Tür und warteten auf ihren nächsten Einsatz. Ingvild hatte es einmal gezählt: Sie zog sich im Schnitt fünfundzwanzig Mal am Tag die Stiefel an und aus.

Als sie an die Haustür trat, sah sie es sofort. Die schweren Schneeschuhe ihres Vaters waren verschwunden. Und auch die Moonboots ihres Sohnes.

Ingvild merkte, wie ein Schwindel sie ergriff, und sie fasste an die Garderobe, um sich festzuhalten.

»Bjarne! Papa!«

Sie stürzte ins Kinderzimmer, als sie es auch schon hörte. Der Helikopter war aufgestiegen und schwebte mit ohrenbetäubendem Lärm ganz niedrig über der Siedlung. Sein Suchscheinwerfer verwandelte einen Ausschnitt der Polarnacht vorübergehend in ein grelles Lichtfeld.

Ingvild trat ans Fenster. Frischer, pulvriger Schnee stob auseinander und ließ silbrig weißen Staub in der schwarzen Luft tanzen.

Sie spürte, wie Übelkeit sie überschwemmte, der Drang, jetzt sofort loszulaufen und draußen nach Bjarne und ihrem Vater zu suchen, war fast unbezwingbar.

Aber sie wusste auch, dass das unter allen Umständen verboten war. Niemand durfte, wenn der Alarm ausgelöst worden war, mehr nach draußen.

Sie suchte hastig nach ihrem Handy und wählte die Notrufnummer.

»Mein kleiner Sohn und mein Vater sind draußen. Wo wurde der Eisbär gesichtet?«, schrie sie ins Telefon.

Eine ruhige Stimme antwortete ihr. Es war knapp fünfhundert Meter von ihrer Wohnung entfernt. Kurz hinter dem *Kroa*, von dem sie vor ein paar Stunden aufgebrochen war, Richtung Nybyen. Vor knapp zwei Minuten hatte man der Polizei die letzte Sichtung des Eisbären durchgegeben. Er habe sich an den Mülltonnen der beiden Hotels am Rande des Örtchens zu schaffen gemacht.

Mülltonnen wurden hier wegen der Eisbären besonders gesichert, um den Tieren keinen Anreiz zu bieten. Aber der Geruch, den ihre feinen Nasen auch über große Entfernungen wahrnehmen konnten, lockte sie trotzdem an.

Ingvild spähte verzweifelt durch das Wohnzimmerfenster in die Finsternis. Sie merkte nicht, dass sie weinte.

Wo um Gottes willen waren die beiden? Und warum waren sie überhaupt, statt zu schlafen, um sechs Uhr morgens draußen in der eisigen Dunkelheit? Jeder hier wusste, dass man sich hüten sollte, besonders während der gespenstischen Polarnacht, in den Morgenstunden unbewaffnet durch die verlassenen Straßen des kleinen Ortes zu streifen. Selbst ihr kleiner Sohn wusste das. Das war ihm und seinen Freunden in der Kita vom ersten Tag an gepredigt worden.

In den Stunden nach Mitternacht fuhren nur noch vereinzelt Taxen herum, die fröhliche Zecher in den verschiedensten Stadien der Auflösung vor Kneipen und Bars auflasen, um sie sicher vor ihren Häusern oder in den Hotels abzuladen.

Oleg! Er musste mit dem Taxi unterwegs sein!

Ingvild griff zu ihrem Handy und tippte seine Nummer. Doch er meldete sich nicht und sie landete stattdessen in der Zentrale.

Die junge Frau schilderte der Kollegin knapp, was passiert war, und fragte nach ihrem Freund Oleg. Der fuhr doch heute Nacht, oder?

Das bestätigte die Dänin mit der leicht lispelnden Aussprache, er sei vor etwa einer Viertelstunde mit dem Kleeblatt aus dem *Kroa* nach Nybyen aufgebrochen. Seitdem habe sie nichts mehr von ihm gehört.

Stattdessen hörten nun beide im Hintergrund die Rotoren des Helikopters. Dieses Geräusch war für Ingvild immer mit Unheil verbunden.

Das Kleeblatt war erst vor Kurzem aufgebrochen? Die skandinavische Suff-Truppe hielt es selten so lange aus, fuhr es ihr durch den Kopf.

»Kannst du ihn nicht noch einmal anpiepen?«, fragte sie die Kollegin. »Ich kann doch nicht raus und sie suchen, aber er sitzt im Wagen und kann es!«

Die Frau in der Taxi-Zentrale versprach es sofort und klang nun auch aufgeregt.

Zwei Minuten später rief Oleg Kalinin auf ihrem Handy zurück und versicherte ihr, dass er sich sofort nach Bjarne und Ingvilds Vater auf die Suche machen werde. Er habe das Kleeblatt noch nach Hause gefahren, und kurz vor ihrem Container hätten sie den aufsteigenden Helikopter wahrgenommen. Da war die Warnung vor dem Eisbären schon in fetten Buchstaben auf dem Display seines Navis erschienen.

Der Schwede hatte ungläubig gelacht und den Kopf geschüttelt. Das sei nun schon der dritte Bär seit dem Anbruch der Polarnacht in diesem Winter. Oder war es immer der gleiche? Wo die wohl alle herkämen und vor allem, was die hier im Städtchen wollten?

Freibier, hatte der Isländer vorgeschlagen und sich auf die Schenkel geklopft. Der Norweger hatte geschnarcht. Aber der Eisbär habe immer Recht, hatte der Isländer mit hocherhobenem Zeigefinger gelallt. Das sollte man nie vergessen. Damit wollte er die Autotür öffnen, doch Oleg hielt ihn davon ab, noch bevor der Isländer nach draußen kippte.

»Bleibt hier drinnen!«, herrschte er sie an. Sie gehorchten, ohne zu mucksen.

Dann angelte Oleg die große Profi-Taschenlampe aus seiner Seitentür, knipste sie an und suchte mit dem extrem hellen Strahl die kurze Strecke zwischen seinem Taxi und dem Wellblechcontainer der Zeitarbeiter ab.

Zögernd tastete sich der Lichtstrahl vom frisch verschneiten Boden über die Eisentreppen nach oben zur Eingangstür. Dann streifte er die grellorange Wand, fiel seitlich herunter und inspizierte die Stelle, wo die Mülleimer standen und drei Schneemobile geparkt waren.

Der Schwede lachte wieder.

»Machst du gut, Genosse. Das hast du bestimmt bei euch im Krieg gelernt. Für welche Seite hast du gekämpft?«

Er bekam den Satz nur noch nuschelnd heraus.

Oleg überprüfte weiter die Umgebung, ohne auf die Frage einzugehen.

Er hatte zu Beginn des Krieges auf der Seite der russischen Rebellen im Dombas gekämpft. Das hatte man von ihm, dem russischstämmigen Ukrainer, so erwartet. Er dagegen wollte sich lieber heraushalten. Er wollte nicht kämpfen. Für keine Seite.

Bis man ihn schließlich dazu gezwungen hatte. Das war, nachdem man das Haus neben seinem Elternhaus beschossen hatte. Nachdem man ihre ukrainischen Nachbarn kaltblütig ermordet hatte.

Oleg wollte seiner Mutter und seiner Schwester helfen, aus dem Kriegsgebiet herauszukommen, und als ihm das ohne große Probleme gelang, flüchtete er gleich mit ihnen. Nachdem er die beiden Frauen bei Verwandten in Odessa in Sicherheit wusste, machte er sich auf den Weg nach Svalbard. Seit Oleg als Zwölfjähriger Bücher verschlungen hatte, die in der sibirischen Arktis spielten, hatte er ein Interesse an allem, was damit zusammenhing. So war Oleg Kalinin schließlich auf einen äußerst kuriosen politischen Vertrag gestoßen, den Svalbardvertrag von 1920. Darin war das Recht verankert, dass Einwohner der unterzeichnenden 46 Staaten sich jederzeit ohne Visum und besondere Genehmigung in Svalbard niederlassen, dort arbeiten und sogar einem Gewerbe nachgehen durften. Oleg ahnte, dass dieses großzügige Versprechen der Grubenstadt Longyearbyen, die damals außer der Knochenarbeit in einer ihrer Minen keine Anstellung bieten konnte, im Grunde wenig verlockend war. Ganz zu schweigen davon, dass man kaum dorthin gelangen konnte. Reiseverbindungen, die nicht an die Grubenarbeit gebunden waren, existierten in den Zwanzigerjahren des vergangenen Jahrhunderts nicht. Und über die Hälfte des Jahres verhinderte das Eis jeglichen Kontakt zur Außenwelt.

Genau einhundert Jahre später war die Situation eine völlig andere. Nun war der Vertrag zu einer potenziellen Goldgrube geworden.

Oleg hatte keinen Eisbär in der Nähe gesichtet und erlaubte seinen Kunden, aus dem Taxi auszusteigen. Die zwei nahmen den schnarchenden Norweger zwischen sich und mit einer Kombination aus Krabbeln, Klettern und Hangeln machten sie sich auf den Weg nach oben.

Oleg nahm sein großkalibriges Gewehr aus dem Kofferraum und sicherte den schwankenden Aufstieg der Besoffenen von unten. Wer das Zweitausend-Seelen-Dörfchen Longyearbyen verlassen wollte, war gesetzlich dazu verpflichtet, ein solches Gewehr mit sich zu führen und es im Notfall auch bedienen zu können.

Hier, auf Spitzbergen, gab es keine spontanen unbewaffneten Streifzüge in die weiße Umgebung, keine blauäugigen Schneewanderungen oder lustigen Schlittenfahrten.

Hier gab es den Eisbären. Das größte Landraubtier der Erde.

Er war immer da.

Er war bei allen im Kopf, scharrte an einer verängstigten Kammer des Herzens und bremste hastige Beine, die im Ernstfall auch nichts mehr nützen würden.

Er war hier.

2 »Und es sind wirklich keine Suppenhühner mitgekommen?«

Siri Hummel war gerade dabei, die gestrige Lieferung für die Küche anhand einer Liste zu überprüfen.

Um diese Jahreszeit landeten jeden Mittag kurz hintereinander zwei Flüge vom Festland, einer aus Tromsø und einer aus Oslo, was geradezu abenteuerlich wirkte in der in Flutlicht getauchten Düsterheit des kleinen Flughafens Svalbard. Es war der nördlichste Flughafen der Welt mit regelmäßigem Linienverkehr.

Die Flugzeuge kippten ihre tägliche Fracht aus: aufgeregte Outdoor-Abenteurer mit Reiserücktrittsversicherung, gelangweilte Touristen, die schon alles gesehen hatten und nur Spitzbergen noch abhaken mussten, vor Kälte bibbernde, skeptisch blickende Verwaltungsbeamte vom Festland, Nahrungsmittel für die 2300 Menschen, die hier lebten, von der Milch bis zum schwarzen Trüffel im Glas, ungewollte Rechnungen, Online-Bestellungen in sperrigen Kartons, Hunde und Katzen, die man fürs Gassigehen am Nordpol nicht trainiert hatte, und manchmal auch Fracht, die lieber verborgen geblieben wäre, aber meist von den unlängst angeschafften Drogenspürhunden erschnüffelt wurde.

Eine gute halbe Stunde später verschwanden die Flieger wieder, irgendwie erleichtert, gen Süden.

Das war für acht Monate im Jahr die einzige Verbindung Spitzbergens mit der eigentlichen Welt.

Manchmal versagte diese Verbindung auch ein paar Tage lang wegen Unbilden des Wetters. Dann nörgelten manche Bewohner des Polardorfs, fanden sich ungerecht behandelt, wurden aber in der Warteschlange auf dem kleinen Postamt von einigen der wenigen über Siebzigjährigen auf der Insel zurechtgewiesen: Vor 1975, als man den winzigen *Lufthavn* mit der verschneiten Landebahn eröffnete, sei das Leben und die Versorgungslage wirklich hart gewesen. Sie sollten sich nicht so anstellen, nur weil es ein paar Tage lang kein frisches Brot gab.

Filipino Pat, ursprünglich aus Graz, der Küchenchef in *Siris Gruben-Herberge*, sah kurz zu Siri hinüber und erwiderte gelassen: »Es sei denn, die Hühner sind hinterhergeflogen.«

»Hm.« Siri klang nicht begeistert. Sie überlegte. »Und was machen wir jetzt? Wir hatten für heute einen Thai-Abend angekündigt.«

Pat drehte sich zu ihr um und grinste breit. »Dann improvisieren wir eben und taufen ihn in Nordpol-Abend um. Das geht immer.«

Siri schüttelte ihr langes, steingraues Haar.

Sie hatte ihre *Gruben-Herberge* am Rand von Longyearbyen vor zwölf Jahren eröffnet. Damals war es eine verlassene, heruntergekommene Bergarbeiterunterkunft mit zwanzig Betten gewesen, die man preiswert mieten konnte. Um daraus jedoch eine komfortable Pension zu machen, wie sie es heute war, mit einem gemütlichen und beliebten Restaurant und einer Bar in einem Wintergarten, musste man nicht nur eine gute Portion Kronen besitzen, sondern Visionen, gepaart mit einem eisernen Willen.

Letzteres besaß Siri Hummel, der manche nachsagten, sie ähnele der amerikanischen Rocksängerin Pattie Smith und würde ihr Haar deshalb absichtlich wie diese tragen.

Manche der Einwohner von Longyearbyen fanden Siri exzentrisch und blieben deshalb auf Abstand. Sie war damals vom Festland, eineinhalb Flugstunden entfernt, mit ihrem zweijährigen Sohn Sverre herübergekommen, frisch geschieden und mit einem Haufen Schulden. So wurde jedenfalls gemunkelt.

»Warum gerade Nordpol-Abend?«

Siri runzelte die Stirn und Pat platzte lachend heraus.

»Weil wir noch Ringelrobbe im Gefrierschrank haben. Hat Frida geschossen und uns geschenkt, hast du das vergessen? Daraus mach ich ein herrliches Robbenragout à la Svalbard. Davor eine klare Fischsuppe mit arktischer Forelle – fertig!«

Pat strahlte und klatschte unternehmungslustig in die Hände.

Die Niederländerin Frida van Namen war meist mit ihren Huskys unterwegs. Sie führte Touristen, aber auch Forschergruppen durch die arktische Wildnis und war, wie Siri immer wieder anerkennend feststellte, eine hervorragende Schützin.

Die beiden Frauen hatten sich gleich nach Fridas Ankunft vor knapp vier Jahren auf Spitzbergen angefreundet. Obwohl Frida nur halb so alt war wie Siri, hatten sie schnell viele Gemeinsamkeiten festgestellt. Sie waren im Grunde Einzelgängerinnen, hatten jedoch eine Tätigkeit gewählt, die sie häufig mit anderen Menschen in Kontakt brachte.

Außerdem hatte Frida ihre Hunde und Siri ihre beiden Kinder. Siris Sohn Sverre hatte mit neun Jahren noch eine Schwester bekommen, Camilla, deren Vater Siri zur Enttäuschung mancher Einwohner von Longyearbyen bis heute nicht preisgegeben hatte. Doch die Pensionswirtin musste auf Svalbard schwanger geworden sein, anders war der Zeitpunkt von Camillas Geburt nicht zu erklären.

Frida hatte fast ein Jahr lang in Siris Herberge gewohnt, zu den Sonderkonditionen, die Siri Langzeitgästen gewährte. Die Wohnsituation auf Spitzbergen war noch nie gut gewesen und hatte sich in den letzten Jahren extrem zugespitzt. Viele der Unterkünfte waren wie früher zu Grubenzeiten an den Job gebunden, wie die für die Gastwissenschaftler der Universität, und die wenigen Wohnungen, die es auf dem freien Markt gab, waren nahezu unerschwinglich.

Frida hatte nach langem Suchen eine winzige unmöblierte Zweizimmerwohnung für viele Kronen gefunden. Möbel zu beschaffen, mochte in Maastricht, wo sie ursprünglich herkam, kein Problem sein, doch auf Spitzbergen war es ein schwieriges Unterfangen, teuer, umständlich und nervenaufreibend.

»Siri, kommst du mal rüber an die Rezeption? Da will dich jemand sprechen.«

Siri steckte ihr Handy zurück, zog die Schlappen aus, die hier jedem zur Verfügung standen, und zwängte sich vor dem Ausgang in ihre Stiefel. Sie zog die Daunenjacke über und huschte durch die Dunkelheit und Kälte ins Nachbargebäude.

Jacke, Mütze und Stiefel aus, Schlappen an.

Ihre Rezeptionistin Georgina aus Glasgow zeigte stumm mit dem Daumen in Richtung Aufenthaltsraum. Vor dem prasselnden Kaminfeuer saß ein Mann mittleren Alters mit verschränkten Armen, den Siri schon einmal irgendwo gesehen hatte. Er stand auf, als er sie sah, und lächelte etwas unbeholfen.

»Mein Name ist Pearse Mackenzie. Ich habe schon viel von Ihnen gehört, Siri. Es freut mich, Sie endlich kennenzulernen.«

Er sprach ein melodisches Englisch, das eindeutig nach amerikanischer Westküste klang.

Mackenzie streckte ihr die Hand hin. Sie war warm und trocken. Ein bisschen wie dünnes Papier, das leicht reißen konnte. Sie setzten sich.

»Was kann ich für Sie tun?«

Siri griff sich kurz in die Haare. Woher kannte sie diesen Mann? Es fiel ihr nicht ein.

»Nun, es geht um einen Ihrer Gäste. Urs Pflügi.«

Er sprach den Nachnamen ganz anders aus, als sie es erwartet hätte. Siri dachte einen Moment nach.

»Oh, Sie meinen den Eisbären aus der Schweiz?«

Mackenzie schaute etwas verwirrt.

»Den Eisbären?«

Siri lachte.

»Ja, so hat er sich vorgestellt, als er hier ankam. Er heiße Urs, was Bär bedeutet, und da er nun fast am Nordpol sei, mache ihn das automatisch zum Eisbären. Und so nennen wir ihn jetzt auch. Er mag das.«

Siri lachte wieder. Sie fand den Schweizer, der vor knapp vier Monaten hier angekommen war, sympathisch. Er war Geologe, spezialisiert auf arktische Geologie. Sie hatten ein paarmal spätabends an der Bar zusammengesessen und bis in die Morgenstunden hinein gequatscht. Das letzte Mal, das war erst vorgestern gewesen, war er ziemlich betrunken gewesen, was sie überraschte, weil er im Gegensatz zu den anderen Forschern, die hier auftauchten, so gut wie nie Alkohol trank.

»Er arbeitet an einem Forschungsprojekt an der Universität, erzählte er mir. Und jetzt weiß ich auch, wer Sie sind! Sie müssen sein Chef sein.«

Siri beugte sich vor und schaute dem Besucher direkt in die Augen.

»Genau. Ich bin der Leiter des Projekts. Aber wir arbeiten gleichberechtigt.«

Der Wissenschaftler wich ihrem Blick aus, lächelte und drehte sich halb zur Seite. Siri bemerkte erst jetzt seinen langen, geflochtenen Zopf.

»Ich möchte Urs gern sprechen.«

Die Wirtin hob erstaunt die Augenbrauen.

»Wie, Sie möchten ihn sprechen? Er ist doch bei Ihnen! Da können Sie ihn doch jederzeit sprechen.«

Der andere zuckte nun leicht zusammen.

»Aber ...« Er brach ab.

»Was?«

»Er war seit vorgestern nicht mehr bei der Arbeit. Wir haben versucht ihn auf dem Handy zu erreichen, aber er geht nicht ran. Und da dachten wir, er muss krank geworden sein, und deshalb bin ich jetzt hier, um ihn zu besuchen und nachzuschauen, wie es ihm geht und ob er etwas braucht.«

Mackenzie mit seinem dunklen Haar und den hellen Augen, die eine keltische Herkunft verrieten, wirkte etwas ratlos.

Siri stand auf. »Moment, ich hole die Kollegin, die hat den Überblick.«

Kurz darauf kehrte sie mit Georgina zurück. Die musterte Pearse Mackenzie skeptisch. Siri stellte die beiden einander vor.

»Wann hast du den Eisbären das letzte Mal gesehen, Georgina?«

»Vorgestern, das weiß ich genau. Es war der Tag, an dem wir wieder mal den Eisbären hierhatten. Ich meine, den richtigen. Als wir am Morgen nicht rausdurften, bis er sediert war und sie endlich den Mann mit dem Kind gefunden hatten. Zum Glück wohlbehalten. Das war knapp gewesen. An dem Tag wollte er gleich nach dem Frühstück weg. Zur Arbeit, dachte ich, und ich hab es ihm ausgeredet, weil es ja verboten war. Bis man den Eisbären hatte. Ich meine, den richtigen«, fügte sie hinzu.

Der Amerikaner schaute Georgina zweifelnd an.

»Ja, und dann?«

Sie zuckte mit den Schultern.

»Keine Ahnung. Er ging auf sein Zimmer. Zumindest dachte ich das.«

Siri war dabei, ihre Geduld zu verlieren.

»Und seither hat ihn niemand mehr gesehen? Das war doch schon vorgestern!«

»Nö. Ich nicht«, erwiderte Georgina.

Siri und Mackenzie wechselten Blicke.

»Ich werde mich erkundigen. Pearse Mackenzie war Ihr Name, oder?«

Er nickte. »Ja, Pearse wie der irische Freiheitskämpfer. Meine Eltern waren so drauf. Könnte ich vielleicht mal sein Zimmer sehen?«

Siri musterte ihn nüchtern, aber freundlich. »Nein. Das geht leider nicht. Warten Sie hier.«

Eine Nachfrage bei dem thailändischen Zimmerjungen ergab, dass der das Zimmer vorgestern gegen elf Uhr morgens leer vorgefunden hatte. Er habe das Bett gemacht und das Zimmer wie jeden Tag gesäubert, es sei gestern jedoch unberührt gewesen.

Warum er das nicht gemeldet habe, fragte der Geologe ungeduldig.

Georgina verzog den Mund und lachte dann laut.

»Hören Sie, der Eisbär ist ein erwachsener Mann, der braucht sich nicht bei uns abzumelden. Der kann woanders geschlafen haben, da gibt es 'ne Menge Möglichkeiten. Man geht in 'nen Pub und schläft dann woanders. In Longyearbyen ist Dauerparty angesagt. Es gibt zwar keine Diskos, aber dafür Unmengen von spontanen Partys. Habe ich Recht?«

Damit verschwand die Schottin wieder in ihrem Rezeptionskämmerchen.

Mackenzie runzelte die Stirn. Er zog sich seinen dicken Mantel an und die Pudelmütze über den Kopf, sodass der Zopf hervorlugte. Dann ging er auf Socken zu seinen Schuhen. Siri folgte ihm.

»Mr Mackenzie …«

Er drehte sich um zu ihr. »Pearse, bitte.«

»Okay, Pearse. Haben Sie denn einen Grund dafür, sich Gedanken zu machen, wenn ein ausgewachsener Schweizer mal für einen oder zwei Tage nicht bei der Arbeit auftaucht? Er könnte doch wirklich vorübergehend, wie Georgina meint, auf die Dame oder den Herrn seines Herzens hier am Nordpol gestoßen sein. Alles schon da gewesen.«

Siri lächelte ihn an. Ihre hellen Augen blitzten.

Mackenzie schüttelte bedächtig den Kopf. »Könnte sein, glaube ich aber nicht. Urs war nicht nur glücklich verheiratet, sondern auch sehr gewissenhaft, und er war an etwas Wichtigem dran. Das hätte er nie verschoben oder liegen lassen. Unser ganzes Team hängt da mit drin.«

Er zog den Reißverschluss an seinem zweiten Stiefel hoch und schaute Siri ernst in die Augen.

»Nein, das hätte Urs nie getan.«

3 Frida keuchte und krallte sich an den Griffen des Schlittens fest. Hier musste selbst sie gut aufpassen. Jetzt kam gleich eine ziemlich steile Abfahrt, die ihren Huskys immer besonders viel Spaß machte. Sie musste sie vorher abbremsen, damit sie nicht strauchelten und sich nicht verletzten.

»*Easy!*«

Das war der Musher-Schrei für »Langsam!«.

Fridas fünf sibirische Huskys stürzten sich den Abhang hinunter, allen voran Tika, die Leithündin, die beste Steuerhündin, die sie je hatte. Es war ein sensibles Tier, das immer den Überblick behielt und seine Führungsrolle selten demonstrieren musste. Nur bei der Einweisung junger, übermütiger Rüden, die an das Gespann gewöhnt werden mussten, stellte sie manchmal klar, wer hier der Boss war. Kein Zugtier wagte es, ihr zu widersprechen.

Tikas Augen brachten auch in der Schwärze der Polarnacht eine extrem gute Leistung und Frida hatte sich oft gefragt, woher dieses Tier die Sicherheit nahm, beispielsweise Hindernisse rechtzeitig zu erkennen, um ihnen dann auszuweichen und den Schlitten mit ihr und dem Hundeteam nicht zu gefährden – manchmal auch mit zahlenden Gästen. Tika konnte selbst Gletscherspalten in der Finsternis wittern.

Frida schnalzte, griff reflexartig nach ihrem Gewehr, das sie sich umgehängt hatte, und raste mit den Hunden hinab durch die Dunkelheit. Sie musste die Standleine straff halten, damit sich die Tiere sicher fühlten.

Frida van Namen hatte an diesem Vormittag spontan einen Kurierauftrag angenommen. Im Winter war immer ein wenig Flaute im Geschäft. Die Tiere brauchten Bewegung und die sechzig Kilometer nach Svea Nord kamen ihr da gerade recht. Sie befanden sich nach einer kurzen Pause und einer kleinen Stärkung auf dem Grubengelände nun schon wieder auf dem Rückweg.

Bei Langstrecken schafften sie über zwanzig Kilometer in der Stunde.

Es war zwei Uhr nachmittags und die Finsternis kam Frida fast so dicht wie Steinkohle vor. Sie mochte den pechschwarzen Hochwinter in der Arktis. Es war ihre Lieblingsjahreszeit. Ab minus zwanzig Grad lief Frida zur Höchstform auf. Sie vermutete, dass sie trotz ihrer flachsblonden Haare Inuit-Gene in sich trug.

Die Svea Grube war die letzte Mine auf Spitzbergen gewesen, in der unter der Regie von Norwegen noch Kohle abgebaut worden war. Es handelte sich hierbei um Steinkohle von ganz besonders hoher Qualität. Aber vor Kurzem hatte man die Grube plötzlich geschlossen und den Abbau eingestellt. Warum, wusste niemand – vermutlich war die Grube zu teuer geworden.

Mitte Dezember hatte Frida noch eine kleine Gruppe von Wissenschaftlern nach Lunckefjell in den neuen Abschnitt der Grube gebracht. Da war oben schon alles geschlossen.

Was die wohl dort noch wollten?

Die Gruppe hatte in Svea übernachtet und war dann mit dem Heli zurückgeflogen. Das waren verrückte Vögel gewesen, erinnerte sie sich. Aber wer hier arbeitete, musste wahrscheinlich irgendwo ein Rad ab haben. Wenn man sich auf arktische Geologie spezialisierte, bedeutete das, dass man sein Leben lang im ewigen Eis buddeln musste.

Frida hatte mit ihrer Polarmacke ja selbst ein dickes Rad ab und war sich dessen bewusst.

»*Haw!*«

Das Gespann schlug den Weg nach links ein.

Plötzlich bellte Tika, die Leithündin. Frida schaute nach hinten, konnte aber nichts erkennen. Wollte die Hündin sie auf einen Eisbären aufmerksam machen? Die Musherin spitzte die Ohren. Zu sehen war nichts, und der Scheinwerfer am Schlitten fing nichts Ungewöhnliches ein, genauso wenig wie ihre Stirnlampe.

Der Schlitten glitt fast lautlos durch den Schnee und die Hunde rannten mit wunderbar ineinandergreifenden Bewegungen, die einer ausgefeilten Choreografie zu folgen schienen.

»*Easy!*«

Frida vergewisserte sich ihrer Waffe und tastete dann nach der Taschenlampe in ihrer rechten Jackentasche. Sie zog sie mit ihren dicken Handschuhen heraus.

»*Go!*«

Das Gespann wurde unruhig, und zwei der *team dogs*, die hinter Tika in der Mitte liefen, tänzelten leicht und wirkten unkonzentriert.

Die staatliche Grubengesellschaft *Store Norske*, die nach den Schweden fast von Anfang an die Gruben auf Spitzbergen betrieb, hatte hier immer noch, auch nach hundert Jahren, das Sagen. Sie allein bestimmte, ob auf Svalbard Kohle abgebaut wurde. Die *Store Norske* gehörte dem norwegischen Staat, das wusste Frida natürlich.

Warum hatte man ausgerechnet sie gerufen? Die Musherin dachte an den braunen, wattierten Umschlag in ihrem Rucksack, den sie in eine bunte Plastikhülle gesteckt hatte. Warum hatte man diesen Umschlag nicht mit dem Leichtflugzeug geschickt? Fast täglich flog doch jemand nach Longyearbyen, mit dem kleinen Flieger dauerte es keine zwölf Minuten.

Es war ihr schleierhaft, aber es sollte ihr recht sein. Der junge Typ, der ihr den Umschlag überreicht hatte, hatte ihr gefallen. Sie kannte ihn nicht, was in Longyearbyen ungewöhnlich war. Hier kannte jeder jeden, vom Sehen zumindest.

Aber Frida wurde gut bezahlt, sie sollte das kleine Paket, das ihrem Gefühl nach nur Papiere enthalten konnte, bei ihrer Rückkehr an der Rezeption der Universität UNIS abgeben. In einem zweiten Umschlag in diesem Paket steckten offenbar Fotos. Die gingen an diesen Menschen von der Zeitung. Der habe sie eigentlich angeheuert, hatte der junge Mann ihr erklärt, der ihr den Umschlag auf Svea überreicht hatte. Die Uni sei zweitrangig, aber trotzdem wichtig. Das hatte sie schon verstanden.

»*Easy!*«

Sie würde diesen Vang Myklebust heute noch aufsuchen. Gegen fünf würde sie zurück sein und ihm den Umschlag übergeben. Vorher würde sie zur Universität fahren.

Jetzt waren sie wenige hundert Meter von Rune Bergs meteorologischer Station entfernt und die Tiere wurden, wie von ihr befohlen, langsamer.

Da machte es plötzlich einen Ruck. Tika musste stehen geblieben sein. Sie bellte, aufgeregt und warnend.

Frida konnte die Äußerungen ihrer Huskys mittlerweile sehr gut deuten. Das hier war höchst seltsam. Sie zögerte und merkte, wie langsam Furcht in ihr hochkroch. Dabei war ihr bewusst, dass sie keine Angst zulassen durfte, sonst war sie verloren und konnte ihre Zelte hier in der Arktis abbrechen, um besser wieder nach Hause in die Provinz Limburg zurückzukehren. Ein ängstlicher Musher in der arktischen Wildnis war wie ein Niederländer, der Angst vor dem Fahrradfahren hatte.

Frida schüttelte sich und aktiviere die Mattenbremse. Dann stieg sie vom Schlitten, knipste zusätzlich zu ihrer Stirnleuchte noch ihre starke Taschenlampe an und suchte ihre Umgebung ab. Das Gewehr hatte sie von der Schulter genommen und entsichert.

Irgendetwas stimmte hier nicht. Das spürte sie genau.

»Tika! Was ist los?«

Nach allen Seiten spähend, näherte sie sich der Leithündin. Sie streichelte das Tier, um es zu beruhigen, und richtete dann ihre Lampe in eine etwas weitere Entfernung.

Kein Baum, kein Busch versperrte ihr die Sicht. Hier gab es außer Bodenflechten, die nur während des kurzen arktischen Sommers unter dem Schnee zum Vorschein kamen, keine Vegetation.

Dann sah sie es – in ungefähr dreißig Metern Entfernung parkte, erleuchtet von ihrem Lichtstrahl, ein Schneemobil. Einsam und verlassen stand es da, als wäre es als Mahnmal gegen die Zerstörung der unberührten Natur durch den Menschen hier aufgestellt worden.

Frida hasste Schneemobile, obwohl sie wusste, dass diese Geräte unverzichtbar waren, solange es Menschen in dieser unwirtlichen Zone gab. Und die Benutzung von Schneemobilen war im Grunde genauso umweltbelastend wie die tägliche Versorgung der Bewohner von Longyearbyen mit Bananen und Klopapier durch die Luftbrücke zum Festland. Beides war überflüssig, aber notwendig.

Dies hier war kein Ort, der für Menschen vorgesehen war. Und sie, Frida van Namen, ignorierte diese Einsicht schon seit Jahren wie viele andere hier aus purer Leidenschaft für diese eisige, widerspenstige Welt.

Die Musherin befestigte die Kralle, die das Hundegespann am Platz hielt, und stapfte mit dem Gewehr in der einen und der Lampe in der anderen Hand auf das Schneemobil zu. War das Runes Gefährt?

In der Dunkelheit konnte sie nicht erkennen, welche Farbe das Fahrzeug hatte. Runes Schneemobil war knallrot.

Rune Berg war ein erfahrener Meteorologe, der unweit von hier noch auf dem Areal der Svea Nord Grube seine kleine

Wetterstation betrieb. Sie hatten sich während ihrer Husky-Touren kennengelernt und ein wenig angefreundet – Rune, der Weihnachtsmann des Klimas, wie sie ihn heimlich nannte, nicht nur wegen seines stattlichen grauen Barts.

Rune freute sich immer, wenn er Besuch bekam. Er lebte am liebsten allein, wie er ihr einmal versichert hatte. Aber Besuch schätzte er sehr, wenn es denn kein Eisbär war, wie er zwinkernd bemerkte.

Doch was hätte Rune an diesem Ort gewollt? Seine Wellblechhütte lag weniger als einen Kilometer von hier entfernt. Frida wusste, dass er seine Messstationen auf dem Schneemobil abfahren musste, aber die lagen, soweit sie sich erinnerte, in anderen Richtungen.

Nun hatte sie das Gefährt fast erreicht und richtete den Strahl der Taschenlampe wieder darauf. Da entdeckte sie, dass hinter dem Schneemobil etwas lag. Sie trat näher, beugte sich über das Gerät und hielt die Luft an.

Was um Gottes willen war das? Ein riesiges Gepäckstück, das heruntergefallen war?

Sie ging um das Kufenfahrzeug herum und bückte sich.

Der Strahl der Lampe traf auf einen Körper, der mit dem Gesicht nach unten im Schnee lag. Er rührte sich nicht und Frida erkannte auch sofort den Grund dafür. Aus einer Wunde an seinem Nacken war Blut gelaufen und in den weißen Boden gesickert. Auch wenn sie sein Gesicht nicht sehen konnte, wusste sie, dass es sich eindeutig um einen Mann handelte.

Jemand hatte ihn von hinten erschossen. Hingerichtet. Und ihn dem Eisbären überlassen.

Frida sprang auf und schaute sich panisch um. Sie war sich auf der Stelle der Gefahr für sich und die Hunde bewusst.

Es war nur eine Frage der Zeit, bis der Eisbär das Blut gewittert hatte.

4 Svein Vang Myklebust war ziemlich sauer. Er starrte auf den Tageslichtspender, die »Lichtdusche« in seinem winzigen Büro. Die hatte seine Vorgängerin nach ihrem ersten Polarnachtwinter bei der *Svalbard Posten* angeschleppt, wie die Redaktionsassistentin Stine ihm mit einem hämischen Unterton verraten hatte.

Das sollte helfen.

Gegen was?, hatte die Assistentin sie amüsiert gefragt. Sie selbst kam aus Kirkenes, einem der nördlichsten Orte des norwegischen Festlands, an der Grenze zu Russland, und war mit der Dunkelheit vertraut, auch wenn es dort im Winter zumindest stundenweise noch etwas dämmerte, während es hier den kompletten Blackout gab.

Gegen den Polarkoller, hatte die Redakteurin damals geantwortet. Sie stammte aus Stavanger, das ganz im Süden Norwegens lag. Die Hauptstadt Oslo, wo Svein herkam, war tausend Kilometer weiter entfernt von Spitzbergen als der Nordpol.

Er war erst fünf Wochen hier.

Der große Bildschirm in der Ecke strahlte ein leicht flackerndes weißes Licht aus. Ein heller Punkt in dem tristen Dunkel. Wie ein Fremdkörper.

Svein Vang Myklebust war ein arktischer Anfänger. Und er hielt diesen weißen Lichtspender für albernen Unsinn. Aber krankmachen konnte er sicher nicht. Deshalb hatte er ihn vorsichtshalber angeknipst.

Seine Vorgängerin, die er einige Monate lang vertreten sollte, war ganz plötzlich heftig erkrankt und lag in Tromsø im Krankenhaus. Auf Spitzbergen gab es nur ein bescheidenes medizinisches Zentrum an der Hauptstraße, mit zwei Ärzten und einer Zahnärztin, die Notfälle bestenfalls provisorisch versorgen konnten. Schwere Fälle wurden sofort ausgeflogen, die Behandlung von chronischen Krankheiten war in Longyearbyen gar nicht erst vorgesehen. Entweder hatte man keine oder man musste sich in Tromsø behandeln lassen. Da überlegt man es sich dreimal, ob man sich in ein Wartezimmer setzt, das 916 Kilometer entfernt liegt.

Deshalb stand in einigen Büchern über Svalbard immer noch zu lesen, dass man hier weder geboren werden noch sterben konnte.

Schwangere mussten drei Wochen vor dem ausgerechneten Geburtstermin aufs Festland, falls bei Mutter oder Kind während der Geburt Komplikationen aufträten, die hier nicht behandelbar waren. Und bis vor wenigen Jahren musste man die Insel mit siebzig Jahren verlassen. Doch eine Handvoll fitter Rentner, allen voran eine sächsische Putzfrau und Kohlewäscherin, die mehr als ihr halbes Leben auf Spitzbergen verbracht hatte, hatte erfolgreich dafür gekämpft und durchgesetzt, dass man nun hierbleiben durfte, solange man sich selbst versorgen konnte und keine medizinische Hilfe in Anspruch nehmen musste.

Gestorben dagegen wurde trotz allem schon immer hier – in den Gruben und an gefährlichen Baustellen, von denen es auf Spitzbergen stets zahlreiche gegeben hatte. Außerdem natürlich im ewigen Eis, in Gletscherspalten, und auch der Eisbär nahm sich seinen Teil.

Todesfälle als Folge krimineller Handlungen gab es bisher jedoch keine.

Der einzige Mord – der im Grunde keiner war – lag dreiundachtzig Jahre zurück. Es war Totschlag gewesen, im alkoholschwangeren Ambiente einer Gasthausschlägerei.

Svein seufzte und nahm den Aktenordner aus dem Regal hinter ihm, den er sich heute Morgen aus dem Archiv geholt hatte. Er blies den Staub von der Pappe und schlug den Buchstaben L auf. L wie in Lomonossow.

Zu Beginn seiner Karriere als Journalist war er in Oslo Polizeireporter gewesen. Bei *Aftenposten*, der größten Tageszeitung des Landes. Damals hatte er viel Blut und zersplitterte Knochen gesehen, obwohl Norwegen in der Statistik der Kapitalverbrechen mit einer halben Leiche pro Jahr auf hunderttausend Einwohner erst auf den unteren Rängen auftauchte.

»Willste 'n Kaffee?«

Trine steckte ihren kurzgeschorenen Kopf durch die Tür. Svein nickte und schlug den Ordner auf.

Warum hatte Johansen ihm kein Bild des Eisbären von vorgestern für seinen Artikel zur Verfügung gestellt? Darüber hatte er sich wirklich geärgert. Er kratzte sich am Hals.

Der Veterinär hatte eben am Telefon behauptet, es gäbe keine Aufnahmen. Sie hätten das tonnenschwere Tier wie immer mit der Harpune vom Heli aus sediert, dann in ein Sicherheitsnetz gewickelt und es schließlich weit weg, irgendwo im neuen Schutzgebiet um Svea und den Van Mijenford herum wieder rausgelassen.

Mussten die ihn nicht fotografieren, um den gesamten Vorfall zu dokumentieren?

Er würde den Sysselmann fragen.

Heute Abend waren sie zum Essen verabredet, um sich endlich besser kennenzulernen. Der Sysselmann, wie man den Gouverneur und Chef der Polizei auf Spitzbergen nannte, war seit Kurzem eine Frau und hieß Mette Møller. Ob man dann Sysselfrau sagen musste?

Svein überlegte, während Trine mit zwei Humpen Kaffee in der Hand zurückkehrte und ihm einen hinstellte.

»Sag mal, Trine, was hat eigentlich meine Vorgängerin … wie hieß sie noch gleich?«

Die Assistentin nahm einen kräftigen Schluck von dem schwarzen Gebräu und musterte ihn über den Rand der Tasse.

»Sie heißt Turid. Keine Ahnung, Krebs vielleicht? Haben heute viele.«

Trine hatte die mageren Schultern gehoben.

»Sie ist wohl zu Hause zusammengebrochen und wurde dann sofort ausgeflogen. Passiert hier gar nicht so selten.« Trine grinste vielsagend. »Svalbard ist hochgefährlich, wusstest du das nicht?«

»Tatsächlich.«

Svein blätterte in dem Ordner, der vor ihm lag. Es war ein Artikel aus dem Jahr 2001 über das Seerechtsübereinkommen, das Russland ausdehnen wollte. Hier schien dieser Festlandsockel eine Rolle zu spielen. Komisch. Deshalb gab es wohl in jüngster Zeit immer wieder Ärger und Protest von beiden Seiten. 2020 hatte Russland zum hundertjährigen Jahrestag des Svalbardvertrags wieder ganz klar seinen Anspruch formuliert. Svein Myklebust dachte nach. Wenn die Russen nachweisen könnten, dass diese Landverbindung, die angeblich unter dem Eismeer lag, tatsächlich von Svalbard ununterbrochen bis nach Russland reichte, würde das ihre Chancen, eine neue Nordostpassage für den Güterverkehr von Europa nach Asien zu erschließen, erheblich verbessern. Das wäre fast, als würden sie den Verkehr durch den Suez- und den Panamakanal zusammen abkassieren.

Svein schaute auf die Uhr. Wann diese Holländerin mit den Hunden wohl hier wäre?

Trine schien enttäuscht, dass er keine Reaktion auf ihre kleine Provokation zeigte.

»Ich habe mich schon gewundert. Irgendwas musst du doch ausgefressen haben«, legte sie nach.

Nun hob der Journalist verblüfft den Kopf und starrte sie an.

»Wer sagt das?« Eine leichte Schärfe lag in seiner Stimme.

Trine schlenderte zum Fenster und spähte auf die hell erleuchtete Hauptstraße hinaus, auf der ein paar Menschen mit prall gefüllten Einkaufsbeuteln entlangstapften. Ein weißer Transit mit roter Beschriftung ruckelte gemächlich über die Schneepiste. Bei einem Straßennetz mit einer Länge von weniger als fünfzig Kilometern gab es nur sehr wenige Fahrzeuge, und die waren auffällig. Dann drehte sie sich wieder zu ihm um.

»Niemand sagt das. Aber hier gibt's ein paar alte Weisheiten. Arktische Lehrsätze, wenn man so will. Und der erste davon besagt, dass, wer hier freiwillig für eine längere Zeit hochkommt, entweder verrückt oder auf der Flucht ist.«

Sie sah ihn triumphierend an.

Svein verschränkte seine Hände hinter dem Kopf.

»Dann falle ich wohl eindeutig in die Kategorie ›verrückt‹. Damit kann ich leben.«

»Da fiel auch Turid schon drunter. Zwei hintereinander wäre statistisch höchst unwahrscheinlich. Du bist einer der erfolgreichsten investigativen Fernsehjournalisten Norwegens. Und dann übernimmst du stellvertretend die Leitung der nördlichsten Gazette der Welt. Den einsamsten Posten überhaupt, der journalistisch rein gar nichts zu bieten hat – außer wenig aufregende Artikel über ›Wir singen uns die Sonne zurück‹ oder die Eröffnung eines weiteren schicken Polar-Restaurants und als Gipfel an Spannung das wiederholte Auftauchen von Meister Petz in Weiß während der Polarnacht.«

Svein schenkte ihr einen belustigten Blick und klappte den Aktendeckel zu.

»Vielleicht arbeite ich hier ja undercover. Bin an einer ganz großen Sache dran, furchtbar investigativ und immens geheim, und *Svalbard Posten* ist nur mein Feigenblatt aus Papier. Könnte doch sein, oder?«

Er trank einen Schluck Kaffee.

Trine blinzelte. »Genau das habe ich mir auch schon überlegt.«

Dann drehte sie sich auf dem Absatz ihrer Fellpuschen mit dem Eisbäremblem um und schlurfte in ihr Büro zurück.

5 Zehn Minuten später war Rune Berg mit seinem Schnee-mobil bei Frida und ihrem Hundegespann. Gemeinsam hoben sie den Leichnam auf seinen Anhänger. Der Tote war steif wie ein Brett. Lag das an den Außentemperaturen oder war es die Leichenstarre?

Frida hatte noch nie zuvor einen toten Menschen gesehen. Der Anblick des Mannes, der um die vierzig sein musste, kam ihr unwirklich vor. Als sie die dunklen Haare unter der Mütze und den Bart des Toten gesehen hatte, hatte sie zunächst kurz gezögert und dann versucht den Meteorologen auf dem Handy zu erreichen. Rune war grauhaarig, er konnte es also nicht sein.

Dennoch atmete sie erleichtert durch, als er antwortete. Rune versprach sofort vorbeizukommen.

Es war faszinierend und in dieser Situation Fridas Rettung, dass das Handy-Netz auf Spitzbergen sehr schnell und effizi-ent war und sogar in der Wildnis noch häufig funktionierte. Wie war das möglich? So nahe am Nordpol?

Bei ihr zu Hause in der Provinz Limburg sah das anders aus.

Während Frida auf Rune wartete, hielt sie ihr Gewehr im Anschlag. Unsicher schaute sie sich um, doch die Dunkelheit gab nichts preis. Da fiel ihr der mysteriöse Umschlag in ihrem Rucksack ein. Hätte sie Zeit, sich den einmal anzusehen?

Ein wenig neugierig war sie schon, was man ihr da überge-ben hatte. Die Nachricht war für diesen Journalisten, den sie ein-, zweimal bei Siri in der Bar gesehen und auch gesprochen hatte. Doch es ging sie nichts an, entschied Frida. Neugierde war unprofessionell. Sie war ein guter Kurier.

Wenige Minuten später brauste Rune auf seinem Schneemobil heran. Zum Glück war er kräftig genug, um den schweren Mann umzudrehen und auf die Pritsche zu hieven. Frida hob die Beine des Toten an.

»Ich habe ihn schon mal gesehen«, sagte sie, während sie die Leiche mit Gurten sicherte.

»Wir schauen ihn uns bei mir in der Hütte genauer an. Machen wir, dass wir wegkommen. Geh du zu den Hunden. Ich komme jetzt klar.«

Er stieg auf das Schneemobil und ließ es an. Es röhrte durch die Stille und sofort kroch eine Wolke Benzindampf in die eisklare, reine Luft, als wollte sie sie betäuben. Frida rannte zu ihrem Hundegespann und löste die Bremsen.

»*Go!*«

Die Hunde rasten hinter Rune her. Das Gefährt, das offenbar der Tote benutzt hatte, ließen sie in der Wildnis zurück.

Eine halbe Stunde später räkelten sich die fünf Huskys vor Runes Grill, wie er seinen Gasofen nannte. Sie hatten Leckereien zugesteckt bekommen und ausreichend Wasser getrunken.

Tika lag – alle viere von sich gestreckt – am weitesten entfernt von der Heizquelle. Ein Zeichen dafür, fand Frida, dass die Leithündin wirklich am meisten Grips in ihrem markant geschnittenen Kopf hatte.

Huskys konnten nicht gut mit Wärme umgehen, erlagen aber trotzdem ihrer Anziehungskraft wie andere Tiere und letzten Endes wie auch der Mensch.

Den Toten hatten sie in den kühleren Nebenraum gebracht und vorsichtig auf den Boden gelegt. Dann hatte Rune das Büro des Sysselmanns über den Fund der Leiche informiert.

Frida schaute ihn erwartungsvoll an, als er zurückkehrte.

»Und? Was haben sie gesagt?«

»Sie glauben, dass es sich um jemand von Svea Nord handelt, der sich mit dem Schneemobil verirrt hat und dann vom Eisbären angegriffen wurde. Ich habe ihnen gesagt, dass dieser Eisbär aber ein echtes As im Umgang mit einer großkalibrigen 444 Marlin gewesen sein muss und richtig gut gezielt hat. Mit dieser Nummer könnte er glatt im Zirkus auftreten und der mageren Kost auf 78 Grad ade sagen.«

Rune schmunzelte in seinen Rauschebart und auch Frida musste grinsen.

Dann verschwand ihr Lächeln.

»Meinst du, wir können ihn uns mal genauer ansehen? Was passiert denn jetzt?«

Rune schaute auf seine Armbanduhr.

»Sie schicken einen Hubschrauber nach Svea. Der könnte in weniger als einer halben Stunde hier sein.«

Er winkte ihr und sie betraten den Nebenraum. Tika hob kurz den Kopf.

»Es heißt doch immer, man darf eine solche Leiche nicht bewegen und anfassen, oder?«

Frida hockte sich neben den Toten und schaute erwartungsvoll zu dem Meteorologen, der neben ihr stand.

»Dann hätten wir ihn auch nicht da draußen bergen dürfen, um ihn vor dem Bären zu schützen. Der hätte ihn früher oder später sicher aufgefressen. Das heißt, sie weiden sie ja nur aus und überlassen den Rest den Füchsen.«

»Ich wüsste gern, wo ich ihn schon mal gesehen habe. Im Pub in Longyear?«, überlegte Frida. Sie strich sich die halblangen blonden Haare aus dem Gesicht, die sich aus dem Pferdeschwanz gelöst hatten, und klemmte sie hinter die Ohren.

»Ich kenne ihn nicht. Ich glaube nicht, dass er von hier ist«, brummte Rune, während er sich neben sie kauerte.

Frida schaute ihn amüsiert an. »Hier ist niemand von hier,

Rune, das weißt du doch. Wir stammen aus über vierzig Nationen. Und mehr als zwei Jahre bleibt kaum jemand auf der Insel.«

»Dann gehören wir beide wohl zu den wenigen Ausnahmen. Du bist doch schon viel länger hier in der Eiswüste und ich, warte mal …«, er zupfte an seinem dichten grauen Bart, »ich lebe schon fast zwanzig Jahre auf Svalbard. Ich bin quasi festgefroren. Sag mal, was hattest du eigentlich heute hier zu tun? Kleiner Ausflug in die Polarnacht, um nachzuschauen, ob sie noch da ist?«

Rune kicherte.

Fridas Blick wanderte über das Gesicht des Toten, das friedlich wirkte.

»Ich sollte einen Umschlag aus Svea Nord abholen und ihn diesem neuen Journalisten von der *Svalbard Posten* übergeben.«

»Dem, der Turid vertritt?«

»Genau.«

»Dem trau ich nicht.«

Frida warf ihm von der Seite her einen Blick zu, entgegnete aber nichts.

»Und warum haben sie ihm das Paket nicht mit dem Shuttle geschickt, der sowieso jeden zweiten Tag rüberfliegt?«

Frida zuckte mit den Schultern. Genau das hatte sie sich auch schon gefragt.

»Keine Ahnung.«

»Wo hast du denn den Umschlag?«

Die Musherin hob den Kopf und deutete zur Tür.

»Im Rucksack draußen.« Sie hatte den braunen Umschlag wieder in seine bunte Plastikhülle gesteckt, um ihn gegen Nässe zu schützen, und den Rucksack hatte sie im Eingangsbereich neben ihren Schuhen und dem schweren Overall, den sie draußen trug, abgestellt.

Rune schien nachzudenken.

»Vielleicht fliegen die auch gar nicht mehr regelmäßig, seit sie die Grube dichtgemacht haben. Hab ich bis heute nicht verstanden.«

»Was?«

Rune stand auf und streckte seinen Rücken. Sein verzerrter Mund verriet den Schmerz.

»Na, dass sie dichtgemacht haben«, erwiderte er. »Noch vor zwei Jahren haben sie dort oben alles aufwendig erneuert, Kronen ohne Ende reingesteckt und dann machen sie einfach zu. Plopp, Deckel drauf. Das ergibt für mich keinen Sinn. Und trotzdem lassen sie noch Wissenschaftler vom UNIS rein, erzählte mir der Wärter. Erst kurz vor Weihnachten noch, eine Gruppe Geologen. Da frag ich mich …«

»Jetzt weiß ich es!«

Frida war nun aufgesprungen und auf einmal ganz aufgeregt. Sie hielt Rune, der zwei Köpfe größer war als sie, an den Ellbogen fest. Der Meteorologe lachte.

»Was ist denn jetzt passiert? Habe ich was Falsches gesagt?«

Frida ließ ihn los und zeigte auf die Leiche.

»Ich weiß jetzt, woher ich ihn kenne. Er war in der Gruppe, die ich im Dezember mit den Hunden hier vorbeigebracht habe. Die Uni hatte mich damals gebucht. Das war ein kleines Weihnachtsgeschenk des Fachbereichs, dass die auf ihrer Exkursion statt mit dem Flieger eine Strecke mit meinen Huskys fahren durften.«

»Bist du dir sicher?«

Rune musterte den Toten noch einmal. Frida nickte vehement.

»Sie waren zu fünft. Ein Amerikaner mit Zopf war der Chef. Das Team bestand aus zwei Frauen und zwei Männern. Ich habe kaum mit ihnen gesprochen. Wir waren auf drei Schlitten verteilt. Bei mir war der Ami und eine der Frauen. Das war eine Kanadierin, wenn ich mich richtig erinnere. Sie sprach Französisch und hat genervt.«

Rune strich sich über den Bart.

»Und die anderen drei?«

»Lass uns rübergehen zu den Hunden.«

Der Meteorologe nickte und hielt ihr die Tür auf. Sofort umfing sie die wohlige Wärme in dem Wohnzimmer, das auch als Küche und Büro diente. Die Hütte war einfach, aber alles Nötige war vorhanden.

»Kaffee?«

Frida nickte dankbar und bückte sich, um die Hunde zu kraulen, die immer noch völlig entspannt auf dem Flickenteppich lagen.

»Ich verschwinde mal kurz.«

Rune ging nach draußen, wo er neben dem Eingang eine kleine chemische Toilette installiert hatte. Ein paar Minuten später kehrte er zurück und goss ihr eine Tasse Kaffee aus der Aluminiumkanne ein, die auf der Herdplatte stand. Rune bereitete seinen Kaffee auf traditionell norwegische Art, mit Kaffeemehl in der Kanne, das dann mit Wasser aufgebrüht wurde.

»Woher waren denn die anderen drei?«

Er schlürfte seinen Kaffee und beobachtete sie.

Frida dachte nach. »Das krieg ich nicht mehr zusammen. Eine war, meine ich, aus Dänemark, dann gab es einen aus Russland, die aus Kanada und einen aus der Schweiz. Vier richtige Arktiker, hab ich mir noch gedacht, und einer wie ich.«

Rune starrte sie über den Rand seiner Tasse an.

»Wie meinst du das?«

Frida winkte ab.

»Na, dass sich der aus der Schweiz die Arktis bewusst gewählt hat, genau wie ich, während die anderen vier …«

Rune unterbrach sie. »Die anderen kommen aus Ländern,

die arktische Nachbarn sind, was bei ihnen den Hang zur Arktis erklärt.«

Frida kniff die Augen zusammen und nickte.

Eine Zeitlang saßen sie schweigend und wärmten sich an der schwarzen Kaffeebrühe. Rune schien mit seinen Gedanken weit weg zu sein.

Frida setzte sich im Schneidersitz auf den Teppich neben Tika, die im Schlaf zuckte. Sie träumte heftig, wusste die Niederländerin.

Fridas Blick fiel auf Runes Tischablage. Als Briefbeschwerer verwendete er eine kleine Holzskulptur, die zwei schwarze Vögel darstellte. Die waren ihr schon früher aufgefallen.

»Was sind das eigentlich für Vögel, Rune?«, brach die Musherin schließlich das Schweigen.

Rune zog seine buschigen Augenbrauen leicht in die Höhe. Dann grinste er.

»Das sind Odins Raben. Alte skandinavische Mythologie.«

»Oh.« Frida betrachtete sie aufmerksam. »Darf ich sie mal anfassen?«

Rune nickte. Frida nahm die geschnitzten schwarzen Vögel und strich vorsichtig über das polierte Holz. Dann stellte sie die Skulptur wieder auf den Tisch.

»Hugin und Munin heißen sie. Hat mir mal jemand geschenkt, der sie selbst geschnitzt hat. Aber du bist ganz woanders, Frida, das sehe ich. Woran denkst du?«

Der Fund der Leiche war ein Schock gewesen, aber auch der Inhalt des braunen Umschlags in ihrem Rucksack beschäftigte sie. Warum hatte man sie für diese Lieferung gebucht? Sie war doch viel teurer als der Shuttle und außerdem brauchte sie viel länger. Wer war der junge Mann, der ihr den Umschlag überreicht hatte? Sie würde Myklebust geradeheraus fragen, was diese Aktion sollte.

»Warum traust du dem Journalisten nicht, Rune?«

Frida schaute ihn fragend an. Der Meteorologe saß in seinem Polarforschersessel, wie er das abgeschabte, durchgesessene Möbelstück nannte, mit dem er vor zwanzig Jahren hier eingezogen war.

»Er ist nach Spitzbergen gekommen, obwohl es hier eigentlich nichts Spannendes zu berichten gibt. Der letzte Todesfall liegt achtzig Jahre zurück. Die Kriminalitätsrate auf Svalbard ist verschwindend gering, und das war schon immer so.«

»Und was ist mit den Drogen?«

Der Meteorologe zuckte mit den Schultern und nahm einen Schluck Kaffee.

»Das zählt nicht.«

»Das sieht der Sysselmann aber anders«, erwiderte Frida und streckte die Hand aus, um Rolf, den *point dog*, sanft zu streicheln. Er war der Zweite in der Hierarchie ihrer Huskys und hatte es sich neben Tika gemütlich gemacht. Huskys, das wussten die wenigsten, waren richtige Schmusehunde, die die Nähe des Menschen wie die ihres Rudels brauchten und Streicheleinheiten genauso genossen wie die eisige arktische Luft.

»Muss er ja, oder besser sie. Ist ja jetzt 'ne Dame. 'ne nette übrigens. Die hat richtig Power!«

Rune hatte die Faust geballt und sie kurz durch die Luft geschickt. Es wirkte wie ein Ausdruck seiner Anerkennung.

»Nicht so wie die letzten zwei Sysselmänner«, fügte er hinzu.

Frida grinste.

»Ich habe sie nur mal kurz kennengelernt, bei der Weihnachtsfeier in der Kirche. Mette heißt sie, oder?«, sagte sie. »Aber noch mal: Warum traust du diesem Journalisten nicht?«

Rune fummelte an einem Loch an der linken Armlehne herum.

»Ist nur so ein Gefühl, Frida. Auch ein Wettermann hat Gefühle und kann nicht alles messen.«

»Meinst du, dass er etwas zu verbergen hat? Er soll doch ein ziemlich bekannter Typ vom NRK sein, und alle Welt hat sich gefragt, was er ausgerechnet auf Spitzbergen will. Wo liegt denn bei uns der Kick?«

Rune schaute sie verschmitzt an.

»Das weißt du nicht, mein Mädchen? Soll ich es dir erklären? Ich habe da meine Vermutungen.«

Auch wenn er sie »mein Mädchen« nannte, hörte sich das bei Rune nie herablassend an. Er war eben der Weihnachtsmann.

Aus der Ferne hörte man plötzlich den Hubschrauber, der in Richtung Svea über sie hinwegflog. Tika hob den Kopf und spitzte die Ohren.

»Sie werden bald hier sein, Rune. Erzähl's mir bitte.«

Der Meteorologe stellte seine Kaffeetasse ab. Seine Augen funkelten.

»Also, Longyearbyen hat ungefähr 2300 Einwohner, die aus den unterschiedlichsten Ländern stammen. Wenn auf der Insel etwas Schlimmes passiert, dann kannst du nicht weg. Zumindest während der acht Wintermonate nicht. Der Zugang zum Meer ist zugefroren, und der Flughafen hat zwei Flüge pro Tag und ist leicht zu überwachen. Und auch aus dem Ort kannst du nicht entkommen, denn dort draußen wartet der …«

»… Eisbär!«, rief Frida. »Und der hat immer Vorfahrt«, fügte sie hinzu und spielte damit auf das Verkehrsschild an, das hier überall stand. Es zeigte einen weißen Bären, der sich anpirschte.

»Korrekt! Deshalb trägt hier jeder Zweite eine Waffe. Auch wenn man sich mit dem Helikopter bewegt, ist man auf Spitzbergen leicht zu verfolgen. Es gibt nur zwei Helis, die nach Ny Ålesund, Jan Mayen, Barentsburg und Svea fliegen, und die muss man vorbestellen – was nicht jeder darf. Und ein dritter ist in Barentsburg bei den Russen stationiert.«

Der Meteorologe nahm einen Schluck Kaffee aus dem Humpen und grinste dann breit.

»Man hat hier in Longyear das ideale Setting für eine echt spannende Story wie einen Mord zum Beispiel.«

Nun lehnte Rune sich zufrieden zurück und verschränkte die Arme.

»Und der Mörder kann nicht weg. Er ist auf der Insel gefangen. Vielleicht hat das Myklebust gereizt und er hat immer gehofft, dass ihm so was mal vor die Füße fällt. Es ist eine wunderschöne Verschwörungstheorie, das musst du zugeben.«

Frida überlegte scharf.

»Das könnte man noch weiterspinnen, Rune. Vielleicht ist es ja auch der Grund dafür, dass man mir diesen Umschlag anvertraut hat und nicht der Hauspost. Irgendjemand wollte, dass ich mit den Huskys vor Ort bin und den Toten finde. Wer auch immer das geplant hat, konnte davon ausgehen, dass die Hunde den Toten wittern würden.«

Rune wiegte nachdenklich den Kopf. »Da hast du Recht. Das wäre eine ganz neue, aufregende Überlegung, mein Mädchen.«

Kurze Zeit später hörten sie das Motorengeräusch mehrerer Schneemobile, die sich näherten. Rune erhob sich von seinem Sessel und trat an Frida heran, die ebenfalls aufgestanden war. Die Hunde waren blitzschnell auf den Beinen und umringten sie schwanzwedelnd.

»Dann sollte ich dir am besten noch etwas anvertrauen, was ich bis jetzt für mich behalten habe.«

Frida runzelte die Stirn.

»Ich habe dir doch erzählt, dass ich der Polizei vorhin am Telefon gesagt habe, dass hier ein Großkaliber im Spiel war.«

Frida nickte. »Ja, das hast du.«

»Das stimmt aber nicht. Wenn ich ehrlich gewesen wäre,

hätte ich denen gleich verraten können, dass der Tote mit einer Faustfeuerwaffe erschossen wurde. Das war ein Revolver und keine großkalibrige Waffe, wie wir sie zum Schutz gegen den Eisbären bei uns tragen. Die Wunde hätte sonst anders ausgesehen.«

Frida war überrascht. »Und was bedeutet das?«

Rune zupfte wieder an seinem langen Bart.

»Das bedeutet, dass Menschen wie du und ich, die sich hier draußen herumtreiben, als Schützen kaum infrage kommen. Wir haben ganz andere Waffen. Faustfeuerwaffen verwenden zum Beispiel die Piloten der Helikopter und …« Hier zögerte der Meteorologe einen Augenblick.

»Und?«

»Und die meisten Besucher, die nur kurz hier sind und keine Ahnung von Eisbären haben. Außerdem natürlich Menschen, die es gar nicht auf einen Eisbären abgesehen haben, sondern auf ganz anderes Wild.«

6 Siri Hummel saß gegenüber von Mette Møller im Bespre-
chungszimmer des Sysselmanns. Sie wirkte ratlos und
drehte mit beiden Händen ihr Halstuch, das sie abgenommen hatte, zu einer kompakten Wurst.

»Mette, ich habe keine Ahnung, wer das war. So etwas ist
noch nie bei uns vorgekommen!«

Ihre Stimme klang belegt und im Gegensatz zu sonst war
sie etwas unsicher.

Siri hielt ihren Blick starr auf das gerahmte Bild von König
Harald gerichtet, hinter Mette an der Wand. Daneben hing ein
überdimensionales Foto von Spitzbergen, von oben aufgenommen, eine weiße Landschaft mit tatsächlich spitzen Berg-
kuppen.

Mette lächelte die Pensionswirtin aufmunternd an. Die
neue Gouverneurin des Archipels hatte in Siris Augen etwas
Strenges an sich. Sie trug ein Twinset mit Bluse, eine Brille
und eine Hochsteckfrisur. Ihr Gesichtsausdruck wirkte gütig
und geduldig. Man konnte sich Mette nur schlecht in Outdoor-
Kleidung vorstellen, und auch nicht wirklich aufgebracht.

»Sein Chef kam heute Morgen zu uns und fragte nach ihm.
Da bemerkten wir erst, dass der Eisbär verschwunden war.«

»Der Eisbär?«

»Nicht der richtige … Wir nannten den Schweizer so. Er
hieß Urs mit Vornamen.«

Mette nickte und bedeutete ihr mit einer Geste fortzufah-
ren.

»Der Zimmerjunge berichtete, dass der Eisbär offenbar seit
zwei Tagen nicht mehr in seinem Zimmer war. Das wussten
wir nicht, aber wir müssen unseren Gästen ja nicht hinterher-
spionieren. Auch wenn es Dauergäste sind. Jeder hat einen

Schlüssel. Die brauchen sich nicht bei uns abzumelden. Besonders wenn es sich um einen Wissenschaftler handelt, der jeden Tag nur dreihundert Meter zu seinem Labor zurücklegt und nicht vorhat, in die Wildnis aufzubrechen.«

»Da wundert sich niemand von Ihren Leuten, wenn er beim Frühstück nicht auftaucht?«

Siri fuhr sich durch das lange, offene Haar.

»Nicht, wenn er nur ein- oder zweimal fehlt. Am dritten Tag vielleicht schon, würde ich sagen.«

»Verstehe.«

Mette lehnte sich zurück.

In dem Moment klopfte es.

»Ja!«

Die Tür wurde geöffnet und ein älterer Herr mit randloser Brille und Bürstenhaarschnitt stand auf grauen Socken im Raum. Siri drehte sich um und winkte ihm zu.

»*Hei*, Trond!«

Der Mann nickte und kam lächelnd näher.

»Setzen Sie sich, bitte.«

Trond Lie nahm neben Siri Platz.

»Sie kennen sich?«, fragte Mette Møller.

Trond und Siri nickten gleichzeitig.

»Mein Enkel Bjarne und Siris Tochter Camilla gehen in die gleiche Kitagruppe. Wir haben uns beim Papierrentierbasteln kurz vor Weihnachten kennengelernt.«

Um Tronds Mund spielte ein amüsiertes Lächeln.

»Der Leichenfund in Svea hat uns ziemlich beunruhigt«, sagte Mette, an Siri gewandt. »Morgen wird der Leichnam nach Tromsø in die Gerichtsmedizin gebracht. Dann soll sobald wie möglich ein erfahrener Polizist zu uns herüberkommen, um den Fall zu untersuchen. Das kann aber noch ein, zwei Tage dauern, hat man mir signalisiert. Deshalb habe ich Trond Lie um Unterstützung gebeten.«

Sysselmann Mette Møller lächelte Trond kurz zu, bevor sie wieder das Wort an Siri richtete.

»Er hat bis vor Kurzem die Abteilung für Kapitalverbrechen in Bergen geleitet, und ich habe nach Rücksprache mit der Polizei in Tromsø angeordnet, dass er in dieser wichtigen ersten Phase möglichst schnell mit den Ermittlungen beginnt, die er dann dem Kollegen übergeben wird.«

Der Kommissar im Ruhestand nickte zustimmend.

»Trond wird sich die Leiche gleich ansehen – könnten Sie bitte noch einmal wiederholen, was Sie mir erzählt haben?«

Siri warf Trond einen aufmunternden Blick zu, ehe sie mit ihrem Bericht begann.

»Wir haben festgestellt, dass das Zimmer des Opfers Urs Pflügi durchsucht wurde. Es war für die Täter nicht schwer, sich Zutritt zu verschaffen, denn die meisten Gäste, speziell die Dauergäste, schließen ihre Zimmer nicht ab. Ob etwas fehlt, wissen wir leider nicht. Sein Laptop ist weg, aber der könnte auch an seinem Arbeitsplatz stehen.«

»Das muss man abklären, und zwar möglichst schnell«, sagte Trond.

Siri wiederholte die wenigen Details, die sie über das Verschwinden ihres Gastes vor zwei Tagen wusste. Sie erwähnte den Besuch seines Chefs am Morgen.

Trond machte sich in seinem ledergebundenen Kalender Notizen.

»Wann haben Sie den Einbruch in sein Zimmer entdeckt?«

»Heute Nachmittag, gegen zwei«, ergänzte Mette. »Kurz bevor mich Runes Anruf aus Svea erreichte, dass sie dort einen Toten gefunden hatten.«

»Ach.«

Trond presste seine Lippen aufeinander, eine Angewohnheit, die sein Nachdenken zu begleiten pflegte. Er schwieg.

»Wie geht es Bjarne?«, fragte Siri schließlich. »Ich meine, nach eurem Eisbär-Abenteuer?«

Wieder lächelte er sie freundlich an.

»Das hat ihn ganz schön geschockt. Mich übrigens auch. Das hätte ganz anders ausgehen können.«

Siri stand auf. »Mit Eisbären muss man höllisch aufpassen. Es passiert immer häufiger, dass sie bei uns auftauchen. Das war schon das dritte Mal in diesem Winter. Die frühen Morgenstunden sind am gefährlichsten.«

»Der Eisbär hat immer Recht, oder?«, sagte Trond nachdenklich.

Siri sah ihn aufmerksam an und nickte. »Stimmt. Und er ist hungrig. Wir stehlen ihm seine Nahrung durch unser Verhalten. Wir sollten uns nicht wundern, wenn er sich etwas bei uns zurückholen will. Er hat durch den Klimawandel, für den wir Menschen verantwortlich sind, kaum eine andere Wahl.«

Mettes Handy meldete sich und sie ging ran.

»Ja, er ist hier.«

Zu Trond sagte sie, dass Frida van Namen nun draußen warte, die Urs' Leiche gefunden hatte und die Trond offenbar herbestellt hatte.

Der Kommissar stand auf. »Ich möchte mir mit ihr zusammen die Leiche anschauen, weil ich noch ein paar Fragen habe. Könnten Sie bitte den Geologen benachrichtigen, dass ich ihn danach sprechen will. Wie heißt er noch mal?«

»Pearse Mackenzie«, antwortete Mette.

»Ich will mit seinem ganzen Team sprechen. Sie sollen sich zur Verfügung halten. Die arbeiten doch im UNIS, oder?«

Siri und Trond rutschten auf ihren Socken nach draußen. An der Tür stießen sie mit einer Frau zusammen, die gerade, ohne anzuklopfen, hereinstürmte.

»Oh, Entschuldigung!« Trond wich ihr aus und trat einen Schritt zurück.

Die Frau drängte sich wortlos an den beiden vorbei in das Büro des Sysselmanns und schlug die Tür hinter sich zu.

Tronds Augenbrauen fuhren überrascht nach oben. Fragend schaute er Siri an.

»Was war das denn?«

Siri grinste breit.

»Das war Fang Li aus Shanghai, wenn ich mich nicht täusche. Sie organisiert Touristentouren und sieht sich als Fridas Konkurrentin. Sie hat auch einige Huskys, mag sie aber nicht besonders. Frida kann sie nicht ausstehen.«

»Wen kann ich nicht ausstehen?«

Trond drehte sich um und schaute in Fridas belustigt blickende Augen. Sie streckte ihm eine Hand entgegen.

»Freut mich, Sie kennenzulernen, Herr Lie. Sie haben den gleichen Nachnamen wie die Chinesin. Ich hoffe, das ist die einzige Gemeinsamkeit mit dieser Frau, die ich nicht ausstehen kann. Siri hat vollkommen Recht. Wie die mit ihren Hunden umgeht, reicht mir schon lange. Da müsste man dringend was unternehmen.«

»Sie meinen, bevor sie einen davon in ihre Suppe tut?«

Frida schaute ihn einen Moment lang entsetzt an, während Siri grinsen musste.

»Das ist Tronds Humor, Frida. Du darfst ihn nicht immer ernst nehmen. Das habe ich in der kurzen Zeit, die ich ihn jetzt kenne, gelernt. Aber er scheint ganz brauchbar zu sein«, fügte sie lächelnd hinzu, ehe sie sich noch einmal zu dem pensionierten Kommissar drehte. »Lass dich unbedingt von Frida in die Gepflogenheiten auf Svalbard einweisen, du Eisbär-Greenhorn! Nicht, dass du schon in deinen ersten Wochen hier von ihm aufgefressen wirst. Wäre doch schade, nicht zuletzt wegen Bjarne. Wenn ich euch irgendwie helfen kann, lasst es mich wissen, aber mit Frida hast du wohl die beste Schützin Spitzbergens an deiner Seite. *Ha det bra!*«

Siri Hummel ging hocherhobenen Hauptes zum Schuhregal an der Eingangstür und bückte sich, um nach ihren Stiefeln zu fahnden.

Trond und Frida verschwanden im Treppenhaus und gingen in einen tiefer gelegenen kühlen Abstellraum, wo die Leiche aufgebahrt war.

»Hier in Longyearbyen gibt es nur ein Haus mit einem richtigen Keller«, erklärte Frida, während sie die Stufen hinunterstiegen. »Die Häuser und Wohncontainer stehen auf Stelzen, um den Permafrost nicht zu beschädigen. Und diesen Keller gibt es auch nur, weil das alte Haus, das vor hundert Jahren mal das Kulturhaus der Grubenarbeiter war, an einem Abhang errichtet wurde. Dadurch entstand eine Art Hohlraum, in dem sie heute die berühmten sechzehntausend Flaschen Wein lagern. Das ist der ...«

Trond unterbrach Frida, um ihren Satz zu vervollständigen: »... bestimmt der nördlichste Weinkeller der Welt. Das hätte wohl niemand erwartet.«

Frida schluckte überrascht und nickte.

Trond öffnete den Abstellraum, auf dessen Tür »privat« stand.

»Weißt du, dass mir das ewige ›Nördlichste der Welt‹ hier immens auf den Keks geht?«

Er bedeutete Frida, ihm zu folgen, und knipste das Licht an. In der Mitte des fast leeren Raums, der wirklich sehr kalt war, stand ein langer Tisch, auf dem die zugedeckte Leiche lag.

Frida schob trotzig ihre Unterlippe nach vorn.

»Aber das stimmt doch. Hier ist fast alles das Nördlichste.«

Trond Lie schob die Brille seinen Nasenrücken hinauf und schaute die junge Frau freundlich an.

»Dann bist du wahrscheinlich auch die nördlichste Holländerin der Welt. Seit wann lebst du hier oben auf 78 Grad nördlicher Breite?«

»Seit vier Jahren. Ich bin schon fast eine Veteranin. Nur wenige bleiben so lange.«

»Hm.« Trond sah ihr in die Augen. »Und warum bist du hier?«

Sie wich seinem Blick nicht aus, sondern hatte sogar einen Funken Stolz in ihren hellblauen Augen.

»Ich liebe die Arktis. Ich bin ihr verfallen, ich geb's zu.«

»Ach?«

Trond klang eine Spur ironisch.

»Und du?«

»Ich finde sie grauenhaft, menschenfeindlich, gruselig«, erwiderte er. »Ich bin nur wegen meinem Enkel hier. Der Mensch sollte die Arktis in Ruhe lassen. Er hat hier nichts zu suchen. Was zum Teufel kann man hier gut finden?«

Frida musterte ihn beinahe herablassend.

»Da gibt es einiges«, sagte sie.

Die junge Frau war ein paar Schritte näher gekommen und schwieg für eine Weile. Schließlich holte sie tief Luft, und als sie fortfuhr, klang ihre Stimme sehr klar.

»Die menschenleere Landschaft und die grenzenlose Stille, die einsame Tundra im arktischen Sommer und die Abwesenheit der Farbe Grün. Die klaren weißen Linien am Horizont. Die spitzen Berge, die aus dem Nichts zu kommen scheinen und ins Nichts führen, das türkisfarbene Eis der Gletscher. Das monochrome Grau der Steine und andererseits das unbeschreibliche Farbspiel der Luft und des flirrenden Himmels. Hier gibt es Farben im Februar und im März, die auf unserer Erde überhaupt nicht existieren. Erst das Tintenblau, dann die Pastelltöne in allen Schattierungen und schließlich das Schieferrot der Hänge im Sommer – kein Mensch versteht, woher es stammen könnte. Und dann das Weiß der Wintermonate.

Weiß unter dir, Weiß über dir, Weiß, wohin du auch schaust. Es ist das Weiß der Ewigkeit. Du kannst die Ewigkeit hier tatsächlich mit den Fingerspitzen berühren. Du kannst …«

Die Worte reichten offenbar nicht aus für das, was Frida beschreiben wollte. Sie brach ab, während Trond sie aufmerksam und leicht verblüfft ansah.

Nach ein paar Sekunden räusperte er sich. Er griff nach der Decke, die über der Leiche auf dem Tisch ausgebreitet war, und schlug sie zurück.

Der bärtige tote Wissenschaftler war komplett bekleidet, so wie man ihn gefunden hatte. Erst in der Forensik in Tromsø würde man ihn ausziehen.

»Wie hast du ihn gefunden?«, fragte Trond.

Frida schilderte es ihm. Der Mann habe hinter seinem Schneemobil auf dem Bauch gelegen. Gemeinsam mit dem Meteorologen Rune Berg habe sie ihn umgedreht und auf dessen Gefährt zu Runes Hütte gebracht. Dabei hätten sie eine Beobachtung gemacht, die das Einschussloch hinten am Hals des Toten betraf.

Trond drehte die Leiche halb um, um das, was Frida schilderte, zu betrachten. Er nickte zustimmend.

»Man kann hieraus nicht genau schließen, was für eine Faustfeuerwaffe es war, aber es ist eindeutig, dass es kein Großkaliber war«, stellte er fest. »Welche Waffen benutzt ihr hier zum Schutz gegen den Eisbären?«

»Ich habe eine 404 Rimless«, sagte Frida. »Andere benutzen die 375 H&H Magnum oder die Winchester Magnum mit einem Kaliber 12/70 oder 12/76. Rune hat eine 444 Marlin, das soll die Beste sein.«

»Und Pistolen?«

Trond machte Fotos von der Einschussstelle am Hals des Mannes.

»Die bringen nicht viel, wenn es auf Leben und Tod gegen den Eisbären geht. Und davon reden wir ja, nicht um Warnschüsse zur Vertreibung, oder?«, sagte Frida fachmännisch.

Trond nickte.

»Dafür brauchst du einen großen Durchmesser im Kaliber, um aus kurzer Distanz eine möglichst große Aufschlagfläche zu haben. Das angreifende Tier soll mit einem Schlag getroffen und in seiner Angriffsbewegung gestoppt werden. Sonst hast du keine Chance zu entkommen.«

Der Kommissar überlegte. »Und da ist eine normale Pistole zu klein? Eine 08 oder MP 5 zum Beispiel?«

Frida nickte.

»Theoretisch kannst du einen Eisbären mit fast jedem Kaliber erledigen, vorausgesetzt, du triffst ihn richtig. Aber das kriegst du in einer Notsituation sicher nicht hin. Die einzige Faustfeuerwaffe, die an die Schlagkraft eines Gewehrs ansatzweise herankommt, ist die 454 Casull. Solche Waffen führen unsere Hubschrauberpiloten mit sich, die normalerweise nur kurz ins Gelände gehen und sich nicht so lange draußen aufhalten wie Rune oder ich.«

Trond hatte sich über den Toten gebeugt, um die Eintrittswunde noch etwas genauer zu untersuchen.

»Mach nur weiter, Frida. Ich höre dir genau zu. Ist alles höchst interessant und ich habe keine Ahnung davon. Schreiben die Behörden hier denn bestimmte Waffen vor?«

Frida hatte sich neben ihn gestellt und nickte.

»Faustfeuerwaffen sind zur Verteidigung gegen den Eisbären nur in ganz wenigen Ausnahmefällen erlaubt. Sie haben einen viel stärkeren Rückstoß als ein längeres schweres Gewehr und sind deshalb für ungeübte Schützen in einer hektischen Situation äußerst gefährlich.«

Trond legte den Kopf schief und überlegte.

»Dieser Schuss muss aus kurzer Distanz abgegeben worden

sein. Es ist doch gerade rund um die Uhr stockdunkel draußen, oder?«

»Klar, im Januar ist noch Kernpolarnacht, erst Mitte Februar beginnt es stundenweise zu dämmern.«

Frida hatte die Ohrenschützer an ihrer Kappe hochgeklappt. Nun zog sie ihre Mütze wieder über die Ohren und band sie unter dem Kinn zu.

»Der Täter muss seinem Opfer aufgelauert haben, möglicherweise haben sie sich sogar gekannt«, sagte Trond. »Aber was zum Teufel hat er da draußen gemacht?«

Frida schaute ihn ratlos an.

»Das haben Rune und ich uns auch gefragt.«

»Was macht man dort in der Finsternis? Und wer ist Rune?«

»Oh, das ist der Chefmeteorologe auf Spitzbergen. Der haust in der Wildnis und wertet seine Messungen aus, schon seit einer Ewigkeit.«

Trond nickte.

»Und was hast du bei ihm gemacht?«

Er kratzte sich am Kinn und schaute sie erwartungsvoll an.

»Ich hatte einen Kurierjob in Svea Nord und sollte mit den Hunden was abholen. Im Moment ist bei uns kaum etwas los und ich war echt froh darüber. Die Hunde hatten Bewegung und ich hab ein bisschen was verdient.«

»Aha. Und was solltest du abholen?«

Frida erzählte ihm von dem merkwürdigen Briefumschlag und fügte sofort hinzu, dass es sie gewundert habe, dass er nicht mit der Hauspost und dem Shuttle nach Longyearbyen gebracht worden sei. Das hätte mehr Sinn ergeben. Sie wolle Myklebust, den Empfänger, später unbedingt danach fragen. Den anderen Umschlag müsse sie noch an der Rezeption der Universität abliefern. Daran habe sie gar nicht mehr gedacht, weil der Mord alles überdeckt habe.

»Hm.«

Trond ging langsam an der Leiche entlang und suchte sie mit seinen Augen aufmerksam ab. Er hatte die Decke nun komplett entfernt.

»Wo ist dieser Umschlag jetzt? Kannst du ihn mir zeigen?«

Frida nickte heftig.

»Er ist oben in meinem Rucksack, im Regal bei den Schuhen. Soll ich ihn holen?«

Trond überlegte kurz.

»Ich denke, ja. Diese Geschichte ist seltsam, finde ich. Und dann diese Leiche. Wir sollten uns den Umschlag unbedingt genauer anschauen.«

Die Niederländerin öffnete die Tür und lief nach oben.

Trond Lie beugte sich über den Oberkörper des Toten und knöpfte sein Hemd auf. Er trug unter dem karierten Flanellhemd eines dieser dicken wollenen Unterhemden.

Trond suchte nach weiteren Anhaltspunkten, ohne die Leiche zu entkleiden. Was war das für eine verschorfte Stelle, die er da ertasten konnte?

»Hm.«

Das war interessant – es gab eine ältere Wunde. Oder war es eine Narbe? Da hörte er jemanden auf der Treppe. Frida kam durch die Tür. Ihr Atem ging schnell. Trond hatte den Kopf gehoben und starrte sie an.

»Was ist los, Frida? Du siehst aus, als hättest du ein Gespenst gesehen.«

Die Musherin holte tief Luft, bevor sie antworten konnte.

»Hab ich, Trond. Der Umschlag in meinem Rucksack – er ist weg!«

7 Trond war gerade mit der Neuigkeit in Mette Møllers Büro zurückgekehrt und stand vor ihrem Schreibtisch.

»Eine Leiche und ein verschwundener Umschlag, und das alles an einem einzigen Tag!«, sagte Mette und blätterte aufgeregt in einem Ordner, den sie vor sich liegen hatte. »Dabei ist die Zahl der Straffälle aus Svalbard sonst äußerst gering. 2019 verzeichneten wir lächerliche zehn Delikte, 2018 nur sieben und 2017 magere drei.«

Der Kommissar nickte bedächtig.

»Ich tippe mal auf gestohlene Schuhe.«

Mette hob den Kopf und starrte ihn an. Dann fuhr sie mit einem unterdrückten Grinsen fort, während Trond ihr aufmerksam lauschte:

»2018 ereignete sich der einzige Banküberfall in der Geschichte Svalbards, bei dem ein Russe knapp siebentausend Euro erbeutete. Mit den Worten ›Das ist kein Witz, das ist ein Überfall!‹ steckte er das Geld ein, um dann sein kurz zuvor ausgeliehenes Gewehr mit allen Patronen brav wieder im Laden abzugeben. Bei dieser Gelegenheit hat man ihn dann geschnappt. Das Gericht in Tromsø war sich bis zum Schluss nicht sicher, ob es sich nicht nur um einen Witz oder eine Wette gehandelt hat. Fast alle Delikte wurden in den Sommermonaten zur Anzeige gebracht, wenn Kreuzfahrtschiffe im Hafen lagen und zahlreiche Besucher das Städtchen überschwemmten, die nach wenigen Stunden wieder verschwanden. Aber jetzt, mitten im Polarwinter? Wo man den Täter jederzeit auf der Post, in der Bank, im Pub oder im Café treffen könnte?«

»Wer hielt sich in der letzten Stunde hier bei Ihnen in der Zentrale auf?«, fragte Trond den Sysselmann und nahm auf dem Stuhl gegenüber dem Schreibtisch Platz.

Dem Kommissar war klar, dass es schwierig sein würde, denjenigen ausfindig zu machen, der den Umschlag entwendet hatte. Im Büro des Sysselmanns gingen zahlreiche Leute ein und aus. Es gab Sprechstunden für die Bürger Svalbards, die einen Antrag abgeben, eine Auskunft einholen, ihren gänzlich abgestempelten Alkoholbezugsausweis gegen einen neuen eintauschen oder sich aus anderen Gründen an die Behörden wenden wollten. Gleichzeitig war das Haus auch die Einsatzzentrale der Polizei. Mette Møller standen eine Handvoll freundlicher Assistenten zur Verfügung. Sie schnüffelten nach Drogen und schützten die Bevölkerung gegen Eisbären. Das waren die fest umrissenen Aufgaben, mit denen ein Sysselmann zu rechnen hatte. Und nun das. Der Umschlag war direkt vor den Augen der Polizei verschwunden.

Mette stand auf und ging mit verschränkten Armen im Raum auf und ab. Tronds Blick fiel auf ihre Leopardenslipper. Die gefielen ihm. Selbst der nüchterne Sysselmann hatte offenbar kleine Schrullen.

Mette schien die letzte halbe Stunde in ihrem Kopf zu rekonstruieren.

»Ich hatte nicht viele Leute hier bei mir im Büro. Zunächst Siri Hummel, dann kamen Sie und irgendwann Frida, ich glaube, das war kurz nach Ihnen«, beantwortete sie Tronds Frage. »Später war noch Oleg, der Taxifahrer, hier. Der war aber nicht direkt bei mir, sondern hat sich den neuen Alkoholausweis bei meinem Kollegen im Nebenraum abgeholt.«

»Oleg Kalinin ist der Freund meiner Tochter«, brummte der Kommissar. »Der hat uns das Leben gerettet, als der Eisbär vorgestern hier auftauchte.«

Mette warf ihm einen Blick zu. »Das hat man mir erzählt. Ich will mich noch im Namen aller bei ihm bedanken.«

Trond überlegte. »Aber warten Sie mal, da war doch noch diese Dame hier, die mich fast umgerannt hätte.«

Mette zuckte leicht zusammen. »Ach, Sie meinen Fang Li. Ja, die hätte ich fast vergessen. Eine anstrengende Person.«

Trond räusperte sich und sah kurz durch die offenstehende Tür zu Frida hinüber, die auf dem Schuhbänkchen der Garderobe hockte und mit den Augen die Regale absuchte.

»Darf ich fragen, was diese Fang Li hier wollte?«, fragte er, an Mette Møller gewandt.

Der Sysselmann nickte. »Sicher, das dürfen Sie. Sie will ein Hotel hier bauen und hat vor ein paar Wochen einen Bauplan zur Genehmigung eingereicht, den wir leider ablehnen mussten. Sie wollte sich die genauen Gründe dafür von mir erläutern lassen.«

»Sie wollte sich beschweren«, rief Frida von ihrem Bänkchen aus herüber.

Mette lächelte matt. »Das auch. Aber Fang Li beschwert sich gern, oft und laut.«

»Im Gegensatz zu den Thais hier im Ort«, ergänzte Frida mit leicht ärgerlichem Unterton. Sie war nun aufgestanden und lehnte an der offenen Tür. »Die reden eher zu wenig als zu viel, und beschweren würden sie sich schon gar nicht. Dabei hätten sie allen Grund dazu. Denen geht es nämlich überhaupt nicht rosig im idyllischen Svalbard. Aber darüber spricht hier niemand. Da wird lieber weggeschaut.«

Mette sah die Musherin aufmerksam an, die ihren Blick angriffslustig erwiderte. Dann wandte sich Frida dem Mann aus Bergen zu.

»Trond, hast du Lust, nachher mit mir essen zu gehen? Vielleicht in dem kleinen Thai-Laden hinter dem Geschäft mit den Outdoor-Klamotten. Ma-Prang hat zwei Tische und kocht wunderbar.«

Frida nahm ihre Stiefel aus dem Regal und Trond erklärte, dass er das mit seiner Tochter Ingvild klären müsse. Es könne sein, dass sie heute Abend noch wegwolle und dass er auf seinen Enkel aufpassen müsse. Das gehe vor.

Er zwinkerte Frida zu, die ihre dicken Stiefel vom Regal nahm und anzog.

»Okay, wenn das so ist, schlage ich vor, ich hole uns Essen von Ma-Prang und wir essen bei dir.«

Trond nickte, er wollte noch ein paar Sachen mit Frida besprechen, was den Leichenfund betraf und den Weihnachtsausflug der Geologentruppe nach Svea. Es gab vieles, was er gern wüsste. Auch das mit den Thais, das sie gerade erwähnt hatte. Das war höchst interessant.

Ihm war zwar bekannt, dass die Thailänder nach den Norwegern kurioserweise die zweitgrößte Bevölkerungsgruppe hier oben darstellten, aber warum das so war und wie es ihnen hier ging, in einer Umgebung, die gut fünfzig Grad kälter war als ihre Heimat, das würde er gern von Frida erfahren.

Trond beschrieb ihr, wo er wohnte, am Eingang zum Stadtteil Haugen. Sie einigten sich darauf, sich in eineinhalb Stunden bei ihm zu treffen. Dann hätte sie genug Zeit, die Hunde zu versorgen und das Essen zu holen, er dagegen könnte noch kurz zur Universität, um mit den Geologen zu sprechen.

Trond und Frida waren, nachdem sie alles, was sie gegen die Kälte schützte, angezogen, übergestreift, zugeknöpft und anständig verriegelt hatten, bereit, nach draußen zu gehen.

Der Kommissar versprach Mette Møller, später anzurufen und sie über alles zu informieren.

Da flog plötzlich die Tür auf und ein eisiger Wind wehte herein. Draußen war wie immer Nacht und in der Tür stand ein hoch gewachsener Mann mit dem üblichen Gesichtsschutz, einer Polarkappe, dickem Anorak, Fäustlingen und hohen Stiefeln. Er sah aus, als wäre er auf einer Polarexpedition, was hier für die meisten Menschen galt.

Über seiner Schulter hing ein Gewehr und er trug einen

Rucksack. Es musste wieder angefangen haben zu schneien, denn dicke Schneeflocken lagen auf seiner Fellmütze. Er wischte sie von seinen Armen und zog als Erstes die Handschuhe aus. Dann streifte er den Gesichtsschutz ab. Es war Svein Vang Myklebust, der Journalist. Er sah sich um und fasste alle Anwesenden ins Auge.

Sie starrten ihn an, nur Frida nicht, die leicht schuldbewusst nach unten blickte.

Ohne einen Gruß stapfte der Neuankömmling sofort auf die Musherin zu.

»Endlich, da bist du ja. Ich hab schon auf dich gewartet.«

Im Gegensatz zu seinem geradezu forschen Auftritt klang seine Stimme freundlich und verbindlich – und doch eine Spur bedrohlich.

Frida wirkte nicht ängstlich, aber die Situation war ihr unangenehm, das spürte jeder im Raum.

An der Stelle schaltete sich Mette Møller ein.

»Svein, es ist etwas etwas Unerwartetes und Furchtbares passiert.«

Der Journalist drehte sich überrascht zu ihr um.

»Tatsächlich? Ich habe eigentlich nur auf einen Umschlag gewartet, den mir die Musherin bringen sollte. Und mich gefragt, warum es so lange dauert.« Er drehte sich zu Frida. »Nun, wo ist er?«

Trond Lies Augen verengten sich.

Mette fuhr fort: »Der Umschlag ist im Moment nicht wichtig. Es wurde ein Toter gefunden. Ermordet.«

Trond beobachtete den Journalisten aufmerksam. Dabei presste er seine Lippen aufeinander.

Myklebust musterte alle Anwesenden der Reihe nach.

»Das ist ja mal eine gute Neuigkeit. Ich meine selbstverständlich nur für die Zeitung. Ich persönlich bedaure es natürlich aus tiefstem Herzen. Es ist abscheulich. Wer genau wurde ermordet und wo ist das Motiv? Ich brauche umgehend alle Details. Wer hat die?«

Trond Lie trat einen Schritt näher an Myklebust heran.

»Ich ermittle im Moment. Mein Name ist Trond Lie, ich bin Kommissar im Ruhestand. Wenn es so weit ist, werden wir die Öffentlichkeit informieren. So lange muss ich Sie um Geduld bitten.«

Der Journalist zögerte. Nach einer Weile lächelte er Trond an.

»In Ordnung, aber vergessen Sie nicht, dass die Öffentlichkeit ein Recht auf Information hat. Zu Ihrer Zeit, bevor es die sozialen Netzwerke gab, war das vielleicht noch anders.«

Dann wandte er sich wieder an Frida. »So, und wo ist jetzt mein Umschlag?«

»Der wurde leider gestohlen, Svein«, erwiderte sie kleinlaut. »Warum hast du ihn nicht gleich der Hauspost von *Store Norske* mitgegeben?«

Die Antwort blieb Myklebust ihr schuldig.

8 Trond hatte den Tisch für Frida und sich gedeckt, dann Bjarne das Abendbrot gemacht, und nun wollte er den Jungen mit einer Gute-Nacht-Geschichte zu Bett bringen. Seine Tochter Ingvild kellnerte heute wieder im *Kroa*.

Er liebte diese intimen Momente am frühen Abend, wenn er seinem Enkel, der mit der Decke knapp unter dem Kinn im Bett lag und ihm gebannt zuhörte, Geschichten vorlas, in denen er, der Großvater, alle Personen, die Tiere eingeschlossen, mit verstellten Stimmen nachspielte. Selbst einem Zauberteppich hatte er schon überzeugend seine Stimme verliehen.

»*Beste?*«, kam Bjarnes Stimme, kaum dass er sich zu ihm gesetzt hatte.

»Ja, Bjarne?«

»Hattest du Angst vor dem Eisbären?«

Trond schaute auf und sah seinen Enkel lange an.

»Ja, Bjarne. Das hatte ich.«

»Ich auch, aber du warst ja bei mir.« Der kleine Junge griff nach der Hand des Großvaters und drückte sie leicht.

Trond war gerührt und hilflos zugleich, denn er wusste nur zu gut, dass sie lediglich mit großem Glück die todbringende Gefahr überlebt hatten. Er versuchte, sich auf die Geschichte, die er Bjarne heute Abend vorlesen wollte, zu konzentrieren.

Bestimmt spürte sein Enkel, dass sein *Beste* nicht wie sonst bei der Sache war. Die Vernehmung des Geologenteams bis vor einer guten Stunde ging ihm nicht aus dem Kopf. In ihren Aussagen gab es zu viele Ungereimtheiten, fand er.

Als er beginnen wollte zu lesen, bemerkte er, dass Bjarne bereits eingeschlafen war. Trond deckte ihn vorsichtig zu, blieb dann aber gedankenverloren auf der Bettkante sitzen. Es war ein kurioses Team von Wissenschaftlern gewesen, die er in der Universität vorhin gesprochen hatte. Vernehmen wäre nicht das richtige Wort gewesen, ging es ihm durch den Kopf. Eine Dänin, ein Russe, eine Kanadierin, ein Amerikaner. Und ein toter Schweizer, der mit dabeizusitzen schien.

Obwohl sie alle seit Oktober durch ein gemeinsames Forschungsprojekt hier in der Arktis miteinander verbunden waren, schienen sie ihm eher wie abgebrochene Puzzlestücke als wie Teil eines Ganzen zu sein. Ja, das war sein erster Eindruck gewesen. Puzzlestücke, die lieber riskierten verloren zu gehen, statt sich zusammenzufügen.

Aber vielleicht war dieser Eindruck ja übertrieben. Auch weil mit seiner Wahrnehmungsfähigkeit seit seiner Ankunft hier auf 78 Grad irgendetwas nicht mehr ganz stimmte, wie ihm nicht verborgen geblieben war. Nur was genau? Er musste auch sich selbst gegenüber wachsam bleiben, wusste Trond.

Pearse Mackenzie hatte ihm gegenüber den weihnachtlichen Ausflug des Geologenteams zu Svea Nord nicht erwähnt. Das holte die Kanadierin, Sylvi de Moulin, nun nach.

»Was war der Grund für Ihren Besuch in der Grube Svea Nord? Die wurde doch 2017 schon geschlossen.«

»Es war unser zweiter Besuch in Svea seit Beginn unserer Arbeit vor vier Monaten«, erklärte de Moulin. »Beim ersten Mal hatten wir einige Gesteinsproben im alten Schacht genommen, um sie genauer zu untersuchen. Das stimmt doch, oder, Pearse?«

»Klar.«

Der Amerikaner tippte etwas auf sein Pad, ohne aufzuschauen. Er schien abgelenkt und desinteressiert.

»Und Sie fanden etwas heraus, was eine zweite Untersuchung notwendig machte?«

Trond schaute nun auch die beiden anderen Wissenschaftler

im Raum auffordernd an. Die Dänin Stina Jensen stammte aus Jütland. Sie war eine kräftige Frau mit einem hübschen Gesicht, lustigen, wachen Augen und hohen Wangenknochen. Jetzt nickte sie heftig.

»Wir wollen auch unbedingt noch nach Lunckefjell, aber das hat bisher leider nicht geklappt, obwohl man es uns zugesichert hat. Warum eigentlich nicht, weißt du da etwas drüber, Pearse?«

Auch sie hatte sich zu ihrem Chef umgedreht, der gleichgültig mit den Schultern zuckte. Als nichts von ihm kam, nahm Stina den Faden wieder auf.

»Aber die Auswertung der Gesteinsproben dauerte länger als sonst, was Urs irgendwie ungeduldig machte. Er wollte noch einmal bei dem externen Labor nachhaken, das alle Resultate überprüft. Ich habe, pardon, ich hatte den Arbeitsplatz neben ihm. Ich kann es noch gar nicht fassen, dass Urs tot ist.«

Stina schlug die Hände vors Gesicht und Trond bemerkte, dass er immer noch keine eindeutige Antwort auf seine Frage erhalten hatte. Er räusperte sich.

»Haben Sie etwas bei dieser ersten Probe gefunden, das Sie interessiert oder verblüfft hat?«

Nun ergriff der Russe das Wort. »Auch ich habe Urs sehr geschätzt. Er war ein angenehmer Kollege, intelligent, integer und zu hundert Prozent verlässlich.«

Sascha Iwanow war ein zierlicher Mann mittleren Alters, mit Brille und schütterem blondem Haar.

»Diese Kombination findet man in der Wissenschaft nicht häufig, deshalb erwähne ich es. Aber ich kann Ihre Frage gar nicht beantworten, denn ich sitze an einem ganz anderen Projekt. Svea fällt nicht direkt in mein Ressort. Ich kümmere mich um den Friedhof in Pyramiden.«

Trond drehte sich nun zu ihm. »Das ist doch die russische

Grubenstadt, die 1998 ganz plötzlich aufgegeben wurde und seitdem als riesiges arktisches Industriedenkmal vor sich hin rottet. Da wollte ich schon immer mal hin.«

Iwanow nickte begeistert. »Ja, ganz Pyramiden ist ein einziges Mausoleum, mit seiner Leninstatue, dem Sportzentrum voller leergetrunkener Cola-Flaschen und dem Kulturhaus mit Konzerthalle und Flügel. Der Friedhof ist interessant, dort wurden nämlich auch Steine verwendet, die wesentlich älter sind als die der russischen Siedler vom Beginn des zwanzigsten Jahrhunderts. Möglicherweise stammen sie sogar aus der Eisenzeit. Zumindest aus der Zeit von Barents, also aus dem sechzehnten Jahrhundert. Das war die Epoche der Fallensteller und Walfänger, der Pomoren.«

»Das hört sich eher an, als wären Sie Archäologe.«

Trond hatte sich immer schon für Archäologie interessiert und zahlreiche Bücher darüber gelesen. Allerdings beschränkte sich sein Interesse auf norwegische archäologische Funde, insbesondere auf die Ära der Wikinger.

Der magere Russe neigte leicht den Kopf.

»Ja, ich bin in unserer kleinen Truppe der arktische Archäologe, könnte man sagen. Das ist ein Untergebiet der arktischen Geologie.«

»Mit solchen Themen können wir ihn ruhigstellen«, mischte sich nun zum ersten Mal der Chef der Truppe, Mackenzie, in das Gespräch und grinste breit. »Sascha ist nämlich bei Weitem der Geschwätzigste von uns. Wahrscheinlich weil die Vergangenheit so verschwiegen ist. Wie können wir Ihnen denn helfen, Mister?«

Der Mann legte endlich das Pad zur Seite und schaute Trond auffordernd an.

Nun stellte der Kommissar weitere Fragen.

Sie alle hätten Urs das letzte Mal hier im Büro der Universität gesehen, das sei vorgestern gewesen, nachdem der Eisbär endlich gefangen worden war und man wieder nach draußen durfte. Das müsse auch das letzte Mal gewesen sein, dass man ihn lebendig gesehen hatte. Das sei doch richtig, oder?

Die drei nickten.

»Hat Pflügi etwas über seine Pläne verlauten lassen?«, fragte Trond weiter.

»Pläne, was für Pläne?«, fragte die Kanadierin eher irritiert. Sie wirkte auf Trond wie eine Journalistin für Mode und Lifestyle. Auf arktische Geologie hätte er bei ihrer wohlkomponierten Langhaarfrisur und dem gestreiften Kaschmirpullover nie getippt.

»Er hat eine kleine meteorologische Station aus dem Weihnachtsurlaub mitgebracht, das war sein Hobby. Die wollte er irgendwo aufstellen. Meinen Sie das mit Plänen?«, hakte die Frau mit dem starken französischen Akzent nach.

Unsicherheit spiegelte sich in den Gesichtern der Anwesenden.

»Ich glaube, ihn beschäftigte etwas«, warf Stina Jensen vorsichtig ein.

Trond fragte überrascht nach: »Haben Sie eine Ahnung, was das gewesen sein könnte?«

Alle Kollegen starrten die Dänin nun gleichzeitig an, bis sie kurz, aber heftig den Kopf schüttelte.

»Hatte er bei Ihrem letzten Treffen vielleicht seinen Laptop dabei und ihn dann hier liegen lassen?«

»Seinen Laptop? Nein, das sieht nicht danach aus.«

Pearse zeigte auf den verwaisten Arbeitsplatz des Eisbären.

»Der müsste in seinem Hotelzimmer sein«, sagte Stina Jensen, die Labortischnachbarin des Toten. »Urs hat in letzter Zeit viel dort gearbeitet. Seit der Weihnachtspause hat er ihn gar nicht mehr mit hierhergebracht.«

»Er hatte sicher seine Gründe, vielleicht war der Computer ja auch in Reparatur«, sagte Pearse rasch.

»Wo hat man Urs eigentlich gefunden? Hier in Longyearbyen?«

Wieder war es die Dänin, die sich zu Wort meldete und endlich die Frage stellte, auf die Trond lange gewartet hatte.

»In unmittelbarer Nähe von Svea Nord.«

»Was?«, rief der Russe ungläubig.

»Kann sich jemand aus Ihrem Team vorstellen, was er dort zu suchen hatte?«, fragte Trond.

Nachdem alle aufgeregt durcheinandergeredet hatten, stellte sich wieder Schweigen ein.

Der Kommissar hatte sie nacheinander ins Auge gefasst. Irgendetwas stimmte hier nicht. Das war fast mit Händen zu greifen.

»Was wollte Ihr Kollege allein in Svea?«, wiederholte er seine Frage.

Nun ergriff Pearse das Wort.

»Als Chef unseres Forschungsprojekts muss ich Ihnen sagen, dass wir alle höchst verwundert sind. Niemand von uns kann sich vorstellen, was Urs dort, mitten im Eisbärland, wollte. Wirklich niemand.«

Stina Jensen warf Pearse einen wütenden Blick zu, den er offenbar übersah, aber Trond hatte ihn bemerkt. Sascha Iwanow starrte die ganze Zeit auf den grafitfarbenen Teppichboden.

Da meldete sich die Kanadierin. »Ich habe ihn gegen Mittag auf dem Schneemobil wegfahren sehen. Wohin er wollte, weiß ich allerdings nicht.«

»Er besaß ein Schneemobil?«, hakte Trond nach.

»Nein, aber wir können uns als Forschungsbeauftragte jederzeit eines von der Uni ausleihen, wenn sie nicht alle weg sind. Aber das kommt nur selten vor.«

Er musste nachprüfen, ob Urs Pflügi tatsächlich ein Schneemobil von dem Uni-Fuhrpark ausgeliehen hatte, nahm Trond sich vor.

»Trug er eine Waffe? Man darf doch den Ort nicht ohne Waffe verlassen.«

Die Kanadierin zuckte mit den Schultern. »Ich habe nicht darauf geachtet. Außerdem erkennt man das im Dunkeln ja nicht so gut.«

»Woran forschen Sie eigentlich? Ich meine, warum sind Sie hier?«

Niemand antwortete ihm, aber alle schauten auf den Chef des Teams, dessen schwarzer, geflochtener Zopf wie bei einem Mandarin genau in der Mitte des Rückens herunterbaumelte. Es dauerte fast eine halbe Minute, bis der Amerikaner antwortete.

»Wir untersuchen Gesteinsproben in verschiedenen ehemaligen Gruben.«

»Ach so.« Trond überlegte und schob seine Brille ein Stück höher. »Und warum? Ich meine, ich bin natürlich nur Laie, aber hier wird doch nichts mehr abgebaut. Früher musste man regelmäßig die Qualität des Gesteins, das man förderte, überprüfen. Das leuchtet ein. Aber heute?«

Pearse strich sich mit einem Finger übers Kinn. Es schien, als wollte er seiner Aussage nichts mehr hinzufügen.

»Norwegen hat viel Geld in die Gruben hier gesteckt«, mischte sich nun Silvi de Moulin ein, die statt Pearse antwortete. »Zuletzt in die Grube Lunckefjell bei Svea. Die wurde erst 2014 eröffnet.«

»Und 2017 wieder geschlossen«, ergänzte Stina nachdrücklich.

Die dunkelhaarige Kanadierin fuhr fort: »Und jetzt wollen sie sichergehen, dass es nichts mehr gibt, was ihnen dort in Zukunft Probleme bereiten könnte.«

Pearse nickte bestätigend.

»Genau, und dafür hat man uns geholt. Aber wir haben auch noch ein paar andere Aufgaben während unseres Forschungsaufenthalts hier auf Svalbard. Zum Beispiel die Mission von Sascha.«

Der Russe starrte die ganze Zeit auf den Boden.

Kurz darauf verabschiedete sich Trond und wies die Geologen darauf hin, dass sie nach der Obduktion vermutlich noch einmal befragt werden würden. Da er selbst die Ermittlungen nur kommissarisch leite, werde sich wahrscheinlich bald ein Kollege aus Tromsø bei ihnen melden.

Als er seine Stiefel im Vorraum der Universität schnürte, stand auf einmal der russische Geologe neben ihm. Er wirkte fahrig und schaute sich um.

»Haben Sie etwa Angst, dass man Sie mit mir sieht, Sascha?«

Trond grinste.

Der Wissenschaftler schüttelte heftig den Kopf.

»Nein, wie kommen Sie darauf?«

Trond hob seine Augenbrauen.

»Sie wirken nervös.«

»Das bin ich auch, Herr Kommissar, aber das ist bei mir ein Dauerzustand. Ich wollte Sie fragen, ob Ihnen der Begriff *Utmål* etwas sagt.«

»*Utmål?*«

Trond dachte einen Augenblick nach und schüttelte dann den Kopf.

»Keine Ahnung. Klären Sie mich auf.«

Er zog den Reißverschluss seines wattierten Anoraks bis fast unters Kinn.

Sascha Iwanow spitzte die Lippen und schaute sich wieder unruhig um.

»Also, das ist ein Gesetz, das nur auf Svalbard Gültigkeit besitzt.«

Trond lachte laut auf.

»Davon haben sie hier viele. Spitzbergen scheint voller eigentümlicher Gesetze zu sein. Das war mir vorher nie bewusst gewesen.«

»Ja, und das *Utmål* stammt aus dem Svalbardvertrag von 1920 und besagt, dass jeder, der auf Spitzbergen lebt, auch das Recht hat, hier ein Stück Land zu erwerben. Das gilt für alle 46 Nationen, die den Vertrag unterschrieben haben, und dieses Recht kann bis heute jeder hier einfordern. Man kann mit diesem Stück Land machen, was man will, solange es innerhalb von zwei Jahren geschieht. Sonst fällt es an Norwegen zurück. Norwegen spielt hier sowieso die erste Geige. Obwohl Svalbard nicht Teil von Norwegen ist, sondern lediglich von ihm verwaltet wird. Ein kleiner, aber feiner Unterschied.«

Trond musterte den Geologen. Ihm war nicht ganz klar, worauf er hinauswollte. Er hatte eben eine Spur trotzig geklungen.

»Ja, und?«

»Was könnte man wohl mit einem Stück Land auf Spitzbergen machen, Herr Kommissar?«

Trond dachte scharf nach und presste dabei die Lippen zusammen.

»Vielleicht ein Hotel darauf bauen?«

Ihm war in seinen ersten zwei Wochen hier aufgefallen, wie viele neu aussehende Gästehäuser unterschiedlicher Kategorien es in dem Polardorf gab. Die mussten erst kürzlich eröffnet worden sein.

Der Russe musste lächeln.

»Nicht schlecht, aber das funktioniert nur in einer besiedelten Region. Was würden Sie draußen in der Wildnis mit einem Stück Land anfangen, das Ihnen gehört und mit dem Sie rasch etwas anstellen müssen?«

Trond zog sich die dicke Kappe über und hielt inne. »Sagen Sie es mir.«

Sascha Iwanow trat noch einen Schritt näher und senkte die Stimme.

»Schürfen, graben. Das, was die Menschen hier seit über hundert Jahren gemacht haben. Svalbard hat Bodenschätze. Hier darf jeder graben, der sich ein Stück Land gesichert hat, weil er aus einem der Staaten stammt, die den Spitzbergenvertrag unterzeichnet haben.«

Trond zuckte die Schultern.

»Und was soll daran verwerflich sein? Die *Store Norske* fördert immer noch dreißigtausend Tonnen Steinkohle pro Jahr, nur um Longyearbyen am Leben zu erhalten. In Grube sieben, wenn mich nicht alles täuscht.«

»Hier geht es nicht um Kohle. Hier unten liegen ganz andere Schätze. Und es kommt darauf an, welche Nation zuerst darauf stößt, um sie dann für sich zu beanspruchen. Darum geht es.«

Der schmächtige Russe, der eben trotzig geklungen hatte, wirkte nun auf Trond wie ein stolzer Schuljunge, der gerade eine komplizierte Aufgabe an der Tafel gelöst hatte und dafür Lob einheimsen wollte.

»Und warum sagen Sie mir das?«

Trond misstraute dem russischen Geologen aus irgendeinem Grund, den er nicht benennen konnte.

Iwanow hob statt einer Antwort die Hand zum Abschied und ging in die große Eingangslobby. Trond lief hinter dem Geologen her.

»Wusste das Urs?«, rief er, als er ihn fast erreicht hatte.

Iwanow blieb stehen und drehte sich lächelnd zu ihm um.

»Ich denke schon, aber ich weiß es natürlich nicht. Das *Ut-mål* ist ja kein Geheimnis. Jeder hier kennt das Gesetz. Er hatte möglicherweise etwas entdeckt, und ich denke, dass er nach Svea wollte, um seinen Fund oder seine Vermutung zu überprüfen. Das hat irgendjemand verhindert. Das könnte doch interessant für Sie sein.«

9 »Das ist die wunderbarste Garnelensuppe, die ich je gegessen habe!«

Trond Lie neigte nicht zu Gefühlsausbrüchen, und obwohl er gern gut aß, pflegte er seine Einschätzung fremder Kochkünste eher für sich zu behalten. Aber hier hielt er sich nicht zurück und führte die Suppenschüssel an den Mund, um sie restlos auszuschlürfen. Frida, die ihm gegenüber am Küchentisch saß, grinste zufrieden.

»Ma-Prang macht die leckerste Tom Yam Gung überhaupt.«

Trond setzte die kleine blaue Schüssel ab.

»Es muss sich definitiv um die nördlichste Tom Yam Gung handeln.«

Beide brachen in Gelächter aus. Dann wurde der Kommissar wieder ernst.

»Was meintest du, als du vorhin erwähnt hast, dass die Thais Grund zu Klage hätten, sich aber nie beschweren würden?«

»Es gibt über hundert Thailänder hier in Longyearbyen, es ist die zweitgrößte Bevölkerungsgruppe nach den Norwegern. Gleich danach kommen die Schweden und die Deutschen. Sind sie dir noch nicht aufgefallen?«, sagte Frieda.

Trond langte nach der Stoffserviette und tupfte sich den Mund ab.

»Kaum, aber manchmal sieht man einen oder eine.«

Frida nickte.

»Wo hast du mal einen gesehen?«

Trond dachte nach. Die Niederländerin war ihm sympathisch. Sie kam schnell zum Punkt. Kein sprachlicher Schnickschnack, wie er es bei Kontinentaleuropäern oft angetroffen hatte.

»In einem Hotel vielleicht?«

Wieder nickte die junge Frau.

»Könnte gut sein. Bis vor einem Jahr gab es sogar ein Thai-Restaurant auf dem Fünfhunderter.«

»Dem Fünfhunderter?« Trond schaute verdutzt.

»Das ist die Hauptstraße mit den meisten Gebäuden hier. Da liegt das Kulturhaus, die Post, die Bank, unser kleines Krankenhaus und der Supermarkt. Außerdem das Lompen-Einkaufszentrum, Cafés und Kneipen. Diese Hauptstraße heißt offiziell Weg fünfhundert. Die wenigen Straßen hier sind doch alle durchnummeriert.«

»Ach.«

Das war ihm noch nicht aufgefallen. Aber es war seit seiner Ankunft ja auch stockdunkel gewesen und Ingvild hatte nie einen »Fünfhunderter« erwähnt.

Die Hauptstraße war für ihn ein relativ schmaler schnee- und eisbedeckter Trampelpfad, auf dem sich nicht nur Fahrzeuge auf Kufen, sondern manchmal auch welche auf vier Rädern vorbeischoben. Vom Fjord aus, an dem der Hafen lag und der jetzt im Winter zugefroren war, stieg sie leicht an und führte nach den letzten Häusern und Hotels des Ortes in einer sanften Linkskurve nach Nybyen, der Neustadt, die zwei Kilometer entfernt lag.

Das war bis vor wenigen Jahren noch eine triste Ansammlung von einstöckigen Mehrzweckbauten gewesen, die einst kostengünstig und ohne ästhetisches Beiwerk für die Grubenarbeiter errichtet worden waren. Heute war Nybyen fast schon gentrifiziert. Es gab dort tatsächlich ein hippes Café, eine angesagte Galerie, Hotels und zwei edle Restaurants.

»Aber obwohl das Thai-Restaurant jetzt weg ist, werden es immer mehr in der Community. Ist doch komisch, oder?«

»Wieso gibt es hier oben überhaupt so viele Thais?«

Trond stand auf und räumte die Suppenschüsseln ab.

Frida half ihm dabei und packte auf der Anrichte die mitgebrachten Gai Yang aus, die scharfen gegrillten Hühnerbeine.

»Nur wegen des Svalbardvertrags. Der gibt allen Nationen Rechte, die sonst nirgendwo existieren, auch denen, die nicht unterzeichnet haben, so wie Thailand. Damit haben sie sich Rechte hier oben gesichert, die heute richtig wertvoll sind. Zum Beispiel das Bleiberecht ohne Visum, und dazu die Freiheit, hier unbeschränkt Handel treiben zu dürfen.«

Trond beugte sich über die Hühnerschenkel und sog den würzigen Duft ein.

»Und wie ist das vor sich gegangen? Ich meine, die sind ja nicht schon vor hundert Jahren hier angekommen.«

Frida warf ihm einen Blick zu.

»Nein. Es geht das Gerücht, dass ein Dorfbewohner in Nordthailand vor ein paar Jahren von diesem Vertrag erfahren hat. Er lieh sich Geld und machte sich auf den langen Weg zum Nordpol. Er sah das Eis, den Schnee und die Dunkelheit, und als er erfuhr, wie hoch die Löhne und wie niedrig die Steuern hier sind, beschloss er, dass das ein guter Ort für all seine Verwandten sein könnte, und gründete die nördlichste Thai-Community der Welt.«

»Machst du Witze?«

»Nein.« Frida schüttelte heftig den Kopf. »Tatsache ist, dass wohl alle Thais hier aus derselben Region stammen. Das hat mir Ma-Prang mal erzählt. Sie ist eine der wenigen, die einem was erzählen können und wollen. Die meisten anderen können weder Norwegisch noch Englisch. Die Svalbard-Behörden haben sämtliche Sprachkurse schon ein, zwei Jahre nachdem die hier ankamen, flugs wieder eingestellt.«

Trond schaute sie fragend an. »Aber warum? Sie müssten doch daran interessiert sein, dass die Thais sich hier wie alle anderen eingliedern, oder? Als Teil der verschworenen arktischen Gemeinschaft.«

Frida trug das Hühnchen zum Tisch.

»Verschworen ja, Teil nein. Das hat wohl auf beiden Seiten nie so richtig geklappt. Die Norweger wollen sparen und sind an einer Integration der Thais nicht wirklich interessiert. Hauptsache, die machen die Drecksarbeit in der expandierenden Tourismusbranche. In Hotels und Restaurants – aber nicht vorn, wo alles glänzt, sondern eher hinten, wo es stinkt. Und die Thais, das muss man fairerweise erwähnen, sind genauso wenig an einer Integration interessiert und verzichten ohne Murren auf die Rechte, die die Europäer genießen. Sie sind bereit, unter menschenunwürdigen Umständen in Massenunterkünften zu leben, von denen hier offiziell niemand etwas wissen will, nur um möglichst viel Geld nach Hause schicken zu können. Sie setzen andere Prioritäten als wir. – Aber jetzt guten Appetit!«

Sie griff sich ein Hühnerbein und begann, es abzunagen.

Trond hatte sich nun ebenfalls ein Hühnerbein genommen und knabberte genüsslich daran.

»Mhmmm. Ma-Prang ist wirklich ein Kochgenie! Es wundert mich immer wieder, wie wichtig dieser Vertrag zu sein scheint.«

Frida warf ihm einen Blick zu und hielt beim Knabbern inne. »Du meinst den Svalbardvertrag?«

Trond nickte und warf das abgenagte Bein auf den Knochenteller, den er in die Mitte des Tisches gestellt hatte. Dann erzählte er ihr von dem kurzen Gespräch mit dem russischen Geologen im Foyer der Universität.

»Das *Utmål*-Gesetz kennt hier jeder. Du etwa nicht?«

Trond schüttelte den Kopf und wischte sich die fettige Hand an der Serviette ab.

»Das Wort gibt es gar nicht im norwegischen Sprachgebrauch«, erwiderte er. »Bis vorhin hatte ich es noch nie gehört.«

Frida schien überrascht.

»*Ut* heißt doch auf Norwegisch ›draußen‹ und *mål* bedeutet ›Ziel‹ oder ›Maß‹. Also ein Ziel, das draußen liegt.«

»Hmm. Das findest du aber nicht im Wörterbuch.«

»Hier auf Spitzbergen bedeutet es das Recht, ein Stück Land zu erwerben, auf dem du bestimmte Sachen machen darfst und sogar musst.«

»Wie zum Beispiel graben.«

»Genau.«

»Welchen Eindruck hattest du denn von den Geologen? Du hast sie doch im Dezember mit deinen Hunden nach Svea gebracht.«

Frida überlegte.

»Stimmt. Aber ich habe kaum mit ihnen geredet. Das geht beim Schlittenfahren nicht. Wir haben auf halber Strecke eine Rast gemacht. Die Dänin fand ich ganz nett, aber die Kanadierin war komisch. Sie war so aufgedreht, irgendwie unnatürlich.«

»Und unser Opfer? Wie hat er sich verhalten?«

Frida runzelte die Stirn. »Keine Ahnung. An den kann ich mich fast gar nicht erinnern. Er stand während der Rast ein bisschen weiter weg. Nur die nette Dänin ist mal zu ihm rübergegangen und hat ihm einen Kaffee gebracht.«

»Und der Russe?«

Frida hielt beim Essen einen Moment inne.

»Welcher Russe?«

Trond versuchte den Mann zu beschreiben. »Sehr mager, bisschen blass als Typ, meine ich. Scheint aber viel zu reden, zumindest behaupten das die anderen.«

»Ach der! Der war sehr an den Hunden interessiert. Das war merkwürdig. Normalerweise wollen die Leute immer alles über das Gespann wissen. Die aber nicht. Nur der Russe fragte ganz genau nach – wie man sie anspannt, wie man sie lenkt, welche Aufgabe der Leithund hat, was die anderen machen müssen. Er hat mir zum Schluss sogar beim Versorgen der Hunde geholfen.«

Trond überlegte.

»Kennst du dich auf Pyramiden aus?«, wechselte er das Thema.

Die Niederländerin nickte heftig.

»Klar, da wollen fast alle Besucher hin. Ist ja auch ein verrückter Ort. Eine Geisterstadt. Die Sowjetunion sozusagen im Taschenformat, vergessen und tiefgefroren im ewigen Eis. Warum fragst du?«

»Hmm, da sollten wir unbedingt mal hinfahren. Dieser Russe aus der Geologentruppe buddelt dort auf dem Friedhof herum.«

Frida hob den Kopf und legte ihr zweites Hühnerbein zur Seite.

»Das geht nur im Sommer«, erwiderte sie. »Aber hoffentlich ist der Mann gut bewaffnet. Der Eisbär liebt Pyramiden. Das ist einer seiner Lieblingsspielplätze. Er krönt sogar das Wappen von Pyramiden. Dort haben früher mal über tausend Menschen gelebt. Es war noch viel größer als Barentsburg.«

In dem Moment klopfte es ans Fenster. Trond und Frida tauschten Blicke.

»Wer kann das denn sein?«

Der Kommissar stand auf und ging zur Haustür. Wenig später kehrte er zu Frida in die Wohnküche zurück.

»Besuch für dich«, sagte er.

Kurz darauf betrat auch schon Svein Vang Myklebust den Raum. Diesmal lächelte er einnehmend. Frida verschränkte die Arme vor der Brust. Myklebusts Blick fiel auf den gedeckten Tisch mit den Hühnerschenkeln und Knochen.

»Oh, ich platze wohl gerade ins Abendessen. Tut mir leid, aber ich wollte mich bei dir entschuldigen.«

Trond wies stumm auf einen Stuhl am Esstisch. Der Journalist setzte sich und Frida tat es ihm nach.

»Ich habe vorhin beim Sysselmann mitbekommen, dass ihr euch hier verabredet habt«, sagte er, während die beiden anderen schwiegen. Und als er merkte, dass keine Reaktion kam, fuhr er fort: »Als ich dich bei Mette sah, Frida, sind mir die Pferde durchgegangen. Ja, ich habe auf den Umschlag gewartet, aber ich habe mich einfach blöd benommen. Dich trifft wirklich keine Schuld, dass jemand den Umschlag geklaut hat, und eine Mordermittlung geht natürlich in jedem Fall vor. Tut mir leid.«

Trond bot ihm Wasser und Kaffee an, den Myklebust gern annahm.

Frida beugte sich leicht zu ihm.

»Nun verrate mir aber bitte mal, warum ausgerechnet ich den Umschlag abholen sollte. Weil es mit den Huskys romantischer ist?«

Myklebust nahm einen Schluck Kaffee und schielte nach Trond.

»Willst du das wirklich wissen?« Es klang, als müsste er sich überwinden, ihr die Wahrheit zu sagen.

Frida nickte vehement.

»Also gut.« Er lehnte sich nun etwas zurück und holte dramatisch Luft. »Ich weiß, dass deine Geschäfte und die Geschäfte generell hier im Januar nicht gut laufen. Hier ist um diese Jahreszeit nichts los. Und da dachte ich mir, du kannst diesen Auftrag bestimmt gebrauchen. Solche Kurierdienste werden ja gut bezahlt und die Hunde wollen auch mal wieder laufen, hab ich Recht?«

Frida schwieg. Sie überlegte offenbar, wie sie reagieren sollte.

»Ja, aber ...«

»Aber was?«

»Nun, du hättest zum Beispiel auch den Kurierdienst von Fang Li buchen können. Die macht so was doch auch, mit Huskys oder mit dem Schneemobil.«

Der Journalist lachte laut auf.

»Bist du noch bei Trost? Erstens unterstütze ich Fang Lis Unternehmungen nicht, weil ich ihr Geschäftsmodell für problematisch halte, und zweitens bist du in meinen Augen eindeutig die Verlässlichere.«

Da mischte sich Trond ein.

»So, jetzt haben Sie Frida genug Honig ums Maul geschmiert, verraten Sie uns doch mal, was so Wichtiges in diesem Umschlag war. Es könnte durchaus im Zusammenhang mit meiner Ermittlung stehen.«

»Ja, also …«

Svein wirkte einen Moment lang unsicher, fing sich dann aber wieder.

»Also, Trond, das glaube ich nicht. Es handelte sich nur um Unterlagen über die Untersuchungen, die der norwegische Staat zusammen mit der *Store Norske* durchgeführt hat, um die Rentabilität der Gruben Lunckefjell und Svea Nord zu überprüfen. Ich brauche die Ergebnisse für einen Artikel in der *Svalbard Posten*.«

Er lächelte wieder sein charmantes Lächeln.

Svein Vang Myklebust gehörte zu den Männern, die so lange jungenhaft wirkten, bis sie fast übergangslos ins Greisenalter kamen, und da sie sich nicht mit der Rolle des weisen Großvaters anfreunden wollten, quasi über Nacht von der Bildfläche verschwanden.

Doch bis dahin würde er sicher noch etliche Abenteuer bestehen. Und eins davon hatte ihn offenbar nach Svalbard geführt.

»Und diese Untersuchungsergebnisse sind so kostbar, dass du sie mir anvertraust und sie dann auch noch geklaut werden?« Frida klang nun eher belustigt als ungläubig. »Das alles hört sich in meinen Ohren an, als hätte ich höchst geheime Dokumente befördert und wäre dann Opfer eines Komplotts geworden, dem mafiöse Strukturen zugrunde liegen. Oder es handelt sich gar um Geheimdienste, die tief unter dem Eis die finale Schlacht um die Arktis ausgerufen haben, und niemand hat's bisher gemerkt.«

Trond sah auf und blinzelte überrascht.

»Quatsch!«

Nun wirkte Svein mit einem Mal weniger freundlich. Auf seinem Gesicht zeigte sich wieder Hochmut, in seiner Stimme lag ein verächtlicher Ton. Es war, als hätte er nur einen winzigen Schalter umgelegt.

Trond hatte die Verwandlung ebenfalls registriert und war aufgestanden.

»Ich begleite Sie nach draußen, Svein. Falls Ihnen noch etwas einfällt, was für die Ermittlungen relevant sein könnte, kontaktieren Sie mich bitte.«

Er hielt ihm die Tür auf. Frida war sitzen geblieben.

Myklebust würdigte die Musherin keines Blickes mehr, als er sich an Trond vorbeischob.

»Das wird kaum nötig sein«, sagte er. »Ich war vorhin noch im Büro des Sysselmanns, als sie einen Anruf aus Tromsø erhielt. Der zuständige Ermittler wird morgen mit dem Flieger hier ankommen. Dann ist Ihre Zeit vorbei und Sie können sich endlich wieder Ihrer Rolle als *Bestefar* widmen. Das machen Sie sicher noch eine Spur besser, als hier den Kommissar zu spielen.«

10 Als Frida kurz darauf nach draußen trat, sah sie es sofort. Über ihr spannten sich riesige Schleifen aus Licht über den Sternenhimmel. Es waren Spiralen in Grün und Gelb, in Weiß und Cremefarben. Sie schwebten von einer Ecke des Firmaments plötzlich in eine andere, als würden sie auf einer Scheibe aus Glas hin und her gleiten. Dann gab es lange Schlieren, die über den Himmel wirbelten, während sich die Intensität ihrer grünen Farbe noch verstärkte. Ihre spitz zulaufenden Enden sahen aus wie Kringel aus Sternenstaub, blähten sich auf und schrumpften, veränderten permanent ihre Gestalt. Einmal gezwinkert, und schon waren sie aus dem Blick.

Das Schauspiel wirkte wie ein grenzenloses Ballett aus Lichtimpulsen, die in einer anderen Welt entstanden, um dann in unsere einzutauchen und uns in atemloses Erstaunen zu versetzen.

Aurora borealis. Ein rätselhafter Zauber, der süchtig macht.

Frida van Namen liebte das Nordlicht. Sie war während des arktischen Sommers auf Svalbard angekommen, in dem vierundzwanzig Stunden Helligkeit herrschte, und musste wochenlang warten, bis es sie eines dunklen Abends überraschte.

Nie würde sie diesen ersten Anblick vergessen.

Es war, als stünde sie unter einer Kuppel, die mit farbig glänzenden Girlanden geschmückt war. Girlanden dem zu Ehren, der darunter verweilen durfte. Ein lautloses Feuerwerk, das seine himmlische Choreografie nur den Blicken derjenigen preisgab, die ihre behagliche Heimat verließen, um sich dem eiskalten Norden und seinem Licht zu nähern.

Zehn Minuten später war die *Aurora* über den arktischen Himmel weitergezogen und Frida stapfte glücklich nach Hause.

Sie wünschte sich, ein Mal, nur ein einziges Mal, könnte sie einen Blick auf das seltenste aller Nordlichter erhaschen: das in Rotviolett. In den vier Jahren ihres Aufenthalts war es ihr bisher nicht vergönnt gewesen.

Schneefall hatte nun eingesetzt und dichte Flocken wirbelten in immer größerer Zahl auf sie herab.

Frida war nicht überzeugt davon, dass der arrogante Journalist aus Oslo die Wahrheit gesagt hatte. Auch Trond Lie hatte ihm nicht geglaubt, wie er ihr, nachdem Myklebust gegangen war, noch verraten hatte. Die Musherin glaubte einfach nicht, dass es bei diesen Dokumenten um Untersuchungsergebnisse ging, die Myklebust der Allgemeinheit zugänglich machen wollte. Und sie glaubte noch viel weniger an seine wohltätigen Motive, ihr mit dem Kurierdienst in mageren Zeiten ein Einkommen verschaffen zu wollen, obwohl sie ihm dafür dankbar gewesen war. Es gab mit Sicherheit einen anderen Grund dafür.

Frida musste grinsen. Sie hatte bewusst übertrieben, als sie die Mafia und Geheimdienste angeführt hatte, aber sie wollte ihn provozieren und das war ihr auch gelungen. Myklebust hatte sofort die freundliche Maske fallen lassen. Und wie herablassend er Trond Lie gegenüber gewesen war. Das machte ihr am meisten zu schaffen.

Dieser neue, der rechtmäßige Ermittler würde morgen hier auftauchen und ihnen alles aus der Hand nehmen.

Wie oft hatte Trond in der letzten Stunde das Wort »wir« benutzt, wenn er von seinen Ermittlungen sprach? Frida fand, sie waren fast ein Team. Sie kannte sich auf der Insel bestens aus und er kannte sich mit Verbrechen aus. Das war doch ideal, oder? Sie waren in ihren Augen die perfekte Ergänzung.

Der Schneefall verdichtete sich immer mehr, und bald konnte Frida ihre eigene Hand nicht mehr vor den Augen sehen. Dazu hatte der eisige Wind aufgefrischt und blies ihr scharf ins Gesicht, das sie jedoch mit einem Mund-Nasen-Schutz und der Schneebrille geschützt hatte. Sie war ganz allein auf dem eisglatten Weg oberhalb der Hauptstraße.

Plötzlich hörte sie ein polterndes Geräusch hinter sich. Sie blieb stehen, blickte sich um und griff gleichzeitig nach ihrer Waffe, die über der rechten Schulter hing. Aber sie sah nichts.

Gewaltige Schneeflocken fielen vom Himmel und verhüllten alles um sie herum.

Frida merkte, wie sich ihre Sinne auf der Stelle schärften. Gleichzeitig war sie wie in einen nassen Wattebausch getunkt. Ihre Ohren wurden durch die dicke Polarkappe bedeckt, die unter dem Kinn verriegelt wurde und fast ihren gesamten Kopf wärmte. Nur laute Geräusche drangen zu ihr vor, leise, feine, warnende dagegen schloss die Kappe aus.

Über den Augen trug sie ihre Schutzbrille, die sie auch auf den Husky-Touren anhatte, aber in dem dichten Schneetreiben der Polarnacht konnte sie trotz des Lichtes an ihrer Stirn kaum etwas wahrnehmen.

Dabei konnten es nur wenige in Longyearbyen mit ihrer Sehschärfe und Genauigkeit aufnehmen. Das hatte sie bei etlichen Schießwettbewerben bewiesen. Aber sosehr sie sich auch anstrengte, jetzt war nichts außer Schwärze zu sehen, zerrissen von weißen Flecken, die auf sie herabfielen und sie umtanzten.

»*Huuh!*«

Sie schrie den Musher-Ruf in den Wind, der vom Nordpol her wehte. Dann entsicherte sie ihr Gewehr und drehte sich im Kreis, nach allen Seiten spähend. Frida beschloss, mit gezogener Waffe auf Hüfthöhe weiterzugehen.

Was, wenn ihr jemand gefolgt war? Jemand, der ihr auflauerte, um sie zu überfallen?

Der Schnee ähnelte mehr und mehr einem fein gewebten bleichen Vorhang, der alles dahinter verbarg. Aber galt das nicht auch umgekehrt? Die dichten Flocken verbargen auch sie. Es sei denn …

Blitzschnell drehte sie sich um, doch sie konnte nichts erkennen und stapfte weiter. Es war nicht mehr weit bis zu ihrer Wohnung, dreihundert Meter vielleicht.

Einen Eisbären würde der Schnee nicht abhalten. Allein aus dem Grund, dass er keine Augen brauchte, um sie zu finden.

Er konnte sie riechen.

Frida rannte los.

11 Als Trond Lie am nächsten Morgen seine schneever-
klumpten Sachen ausgezogen und beim Sysselmann
an die Garderobe gehängt hatte, sah er an sich hinunter und entdeckte am linken großen Zeh ein Loch im Socken.
Kurz davor hatte er seine Brille enteist und geputzt. Seit dem
Erlebnis mit dem Eisbären trug er immer ein Sprayfläschchen
Autoscheibenenteiser bei sich.

»Hm«, knurrte er beim Anblick des Loches, als handelte es
sich um einen Akt von Sabotage eines Unbekannten.

Der Schneeschutzoverall am Nachbarhaken und die festen,
hochgeschnürten Männerstiefel darunter verrieten ihm, dass
der Sysselmann Besuch hatte. Myklebusts Stiefel waren es
nicht, wie er erleichtert feststellte. Der trug auffällig schim-
mernde Boots.

Trond schaute auf die Uhr. War der Kollege aus Tromsø
etwa schon angekommen? Das wäre ihm unangenehm gewesen, wie ihm überhaupt die anstehende Übergabe der Verant-
wortlichkeit in der Ermittlung gegen den Strich ging.

Er spürte, dass er unbedingt weitermachen wollte. Nicht, weil
er sein Leben lang gewohnt gewesen war, zu ermitteln, und
auch nicht, weil ihm seine Aufgaben als Großvater langweilig
gewesen wären. Er war als der beste *Beste* hier hochgekommen
und nahm diese Aufgabe ernst, ja, er liebte es, Opa zu sein.

Doch er hatte Blut geleckt, ahnte, dass er einer Sache auf der
Spur war, die anders war als die Gewaltverbrechen, mit denen
er es in seiner Heimatstadt Bergen fast immer zu tun gehabt
hatte. Dies hier schien ihm äußerst komplex zu sein. Ein gefährliches Geheimnis hinter einem Mord, das Vielschichtigkeit versprach. Es ging um eine geologische wie menschliche
Vielschichtigkeit, davon war er überzeugt. Und seine Aufgabe

als Ermittler bestand darin, eine Schicht nach der anderen zu erkennen, zu isolieren und abzutragen, um schließlich an den Kern zu gelangen.

Das hier, so musste er innerlich zugeben, war in der Hierarchie möglicher Verbrechen das Sahnehäubchen, von dem er und seine Kollegen in Bergen ein Polizeileben lang geträumt hatten.

Und nun war es ihm nach seiner Pensionierung begegnet. Noch dazu in einer Umgebung, die ihm komplett fremd und die hochgradig exotisch war.

Vielleicht war die verhasste Ablöse ja tatsächlich gerade mit dem Flugzeug hier angekommen. Als Spitzbergen-Neuling war Trond mit den Winterflugzeiten der beiden Linienflugzeuge nicht vertraut. Wann landeten die jeden Tag?

Jetzt war es kurz nach zehn Uhr morgens und selbstverständlich stockdunkel, was sonst?

Es hatte die ganze Nacht über geschneit und eine dicke Schicht Neuschnee lag überall auf den Straßen. Vereinzelte Räumfahrzeuge waren unterwegs. In dieser undurchdringlichen Dunkelheit hatte der Schnee nun auch noch den Rest unkenntlich gemacht. Die parkenden Schneemobile am Straßenrand hatten eine voluminöse Verpackung erhalten und waren darunter abgetaucht.

Trond schlurfte auf löchrigen Socken zum Büro des Sysselmanns und klopfte.

»Herein!«

Mette Møller klang schon durch die Tür energiegeladen. Sie saß mit einer Tasse Kaffee und einem Teller Waffeln mit karamellbraunem Ziegenkäse an ihrem Tisch und daneben stand ein Mann, den er noch nie gesehen hatte. Dabei hatte Trond schon nach einer Woche in Longyearbyen gemerkt, dass man hier eigentlich immer auf dieselben Menschen traf, die fast alle in unförmigen Overalls steckten.

Dieser Mann wäre ihm aufgefallen. Er war ungewöhnlich groß, ungewöhnlich kräftig und kahl. Und er hatte ein offenes Gesicht mit einem ansteckenden Lachen.

Als Trond den Raum betrat, stand der Riese auf und reichte ihm die Hand.

»Das ist Terje Johansen«, stellte Mette ihn vor und bat die Männer, sich zu setzen. »Terje ist Veterinär und unser Spezialist für Eisbären.«

»Ach«, entfuhr es Trond. »Das ist ja interessant. Ich habe von Ihnen gehört.«

Er hatte, als er noch in Bergen wohnte, Terje Johansens Buch über den König der Arktis gelesen. Er galt als einer der wenigen Eisbär-Spezialisten auf der Welt.

»Ich wusste nicht, dass Sie hier leben. Aber ich hätte es mir natürlich denken können.«

Terje erklärte ihm, dass er zwar einen Teil des Jahres in Longyearbyen wohne, aber auch eine Hütte auf Ny Ålesund und ein Bett auf der meteorologischen Station der Bäreninsel besitze. Dort verbringe er oft Wochen zu Studienzwecken. Und wenn es ihn nach Pyramiden verschlage, dann residiere er selbstverständlich im Hotel *Tulpen*.

»Was, das gibt es noch?«

Trond hatte zwei Dokumentarfilme über die Geisterstadt gesehen, daher war ihm das einstige Hotel der Grubenstadt bekannt.

Terje nickte und lachte.

»Retro-Chic à la Väterchen Stalin. Sie haben es vor nicht allzu langer Zeit im Sommer wiedereröffnet. Während der Polarnacht sind sie dort allerdings nur zu zweit. Da kommt ja niemand. Aber es gibt ein vernünftiges Bett und immer ausreichend Wodka vom Feinsten.«

»Sie gehen dorthin, wo der Bär ist, das macht Sinn«, sagte Trond und griff nach einer Waffel, die Mette ihm anbot. Mit dem Käsehobel schnitt er sich ein hauchdünnes Scheibchen des traditionellen Ziegenkäses ab und legte es auf die Waffel. Beides verschmolz im Mund zu einer Delikatesse. Nur ältere Norweger schätzten noch diese süß-salzige Kombination mit dem Hauch Schärfe des karamelisierten braunen Ziegenkäses.

Mette erklärte, dass sie gerade die Ereignisse des letzten Auftauchens eines Bären in Longyearbyen besprachen und dass sie Terje deswegen eingeladen hatte.

»Sie hatten ja unbeschreibliches Glück vor drei Tagen«, stellte der Veterinär fest.

»Als wir ihn schließlich weglocken konnten, kurz bevor wir die Sedierungskapsel abgeschossen haben, hatte der Taxifahrer ja schon eingegriffen und ihn mit seinem Gewehr abgedrängt. Mit dem haben wir bereits gesprochen.«

Trond nickte. In seinem Mund wurde es sofort trocken. Nie in seinem Leben würde er diesen Morgen der Polarnacht vergessen. Er hatte Bjarne nach einer Weile ein Stück weit entfernt auf dem Weg entdeckt. Gott sei Dank stand der Kleine genau unter einer der wenigen Straßenlampen, die einen Lichtkegel auf ihn warfen.

Trond hastete zu ihm und schloss ihn erleichtert in die Arme.

»Da drüben bewegt sich etwas, *Bestefar*!«, rief das Kind.

Trond strengte seine Augen an und versuchte etwas zu erkennen.

»Wo denn, Bjarne?«

Der Kleine zeigte mit ausgestrecktem Arm in die Richtung der beiden neuen Hotels am Ortsausgang. Sie lagen direkt neben dem beliebten Pub *Kroa*, wo seine Mutter arbeitete.

Es war genau in diesem Moment, wie Trond im Nachhinein rekonstruierte, dass ihn ein eigentümliches, schauriges Gefühl überkam.

»Lass uns von hier weggehen, Bjarne, lass uns schnell nach Hause laufen, komm!«

Er ergriff die Hand des Kleinen und zog ihn in die entgegengesetzte Richtung.

Trond wollte den Enkel nicht beunruhigen, auch wenn er selbst die Angst sehr genau spürte, die unaufhaltsam in ihm hochkroch und seinen ganzen Körper durchströmte.

Dann hörte er es.

Die eisklare Luft, die sich wie gefiltert anfühlte, so rein, so frei von jeglichem unsichtbarem Widerstand – diese Luft trug es direkt zu ihm: Trond hätte es nicht genau beschreiben können, weil er es noch nie zuvor gehört hatte. Es war eine Mischung aus einem heiseren, doch lauten Keuchen und einer Art abgehacktem Husten, der in ein Gebell überzugehen schien. Kein Gebell, wie es Hunde hervorbringen konnten. Selbst große Hunde vermochten das nicht. Dennoch musste es von einem gewaltigen Tier stammen.

»*Beste*! Das ist er!«

Trond stürmte mit seinem Enkelkind an der Hand den schmalen Weg hoch. Er stolperte, er rutschte ab, während er sich fragte, ob er schneller wäre, wenn er Bjarne tragen würde. Doch wenn er fiel, würden sie beide fallen.

Das heisere Bellen, das nun zu einem Gebrüll anschwoll, blähte sich hinter ihm auf und er merkte, wie es näher kam.

Auch aus diesem Grund waren die Türen in Longyearbyen nie verschlossen. Nur gab es hier gerade keine Türen, weil die nächsten Häuser ein Stück entfernt lagen.

»Zu dem Zeitpunkt, als Sie mit Ihrem Enkel nach Hause rannten, wussten Sie da schon, dass Ihnen ein Eisbär folgte?«

Terje Johansen hatte sich nach vorn gebeugt und beobachtete Trond genau.

Der schüttelte den Kopf.

»Nein. Als wir nach draußen gingen, ahnten weder mein Enkel noch ich, was dort auf uns warten könnte. Selbstverständlich nicht. Um ehrlich zu sein, rannte ich Bjarne nur hinterher, der im Neuschnee toben wollte. Ich verlor ihn aber sofort aus den Augen, denn meine Brille beschlug bei diesen Minusgraden. Ich sah plötzlich nichts mehr, und als ich die Brille endlich wieder freibekam, war er weg und ich in heller Aufregung. Aber selbst da ahnte ich noch nicht, in welcher Gefahr wir tatsächlich schwebten.«

»Sie fanden Ihren Enkel dann aber sehr schnell wieder, oder?«

Trond nickte.

»Bjarne war gar nicht so weit weggelaufen, nur ich war vorübergehend orientierungslos. Ich entdeckte ihn unter einer Straßenlampe in der Nähe des Pubs.«

»Und wann bemerkten Sie, dass Gottes Hund ebenfalls da war?«, fragte Terje.

»Gottes Hund?«

Trond wusste nicht, was der Tierarzt meinte.

»Der Eisbär ist nicht nur ein leibhaftiges Raubtier, sondern hier auf Svalbard auch schon immer ein mythisches Wesen. Die nordische Urbevölkerung nannte ihn respektvoll Gottes Hund oder den alten Mann im Pelzmantel. Sie sprachen nie vom Eisbären oder einem real existierenden Tier. Das brachte angeblich Unglück.«

Trond Lie legte seine Stirn in Falten, und Mette nahm einen Schluck Kaffee, schwieg aber nach wie vor.

Schließlich sagte der Kommissar: »Als ich Bjarne dann wiedergefunden hatte und ganz schnell nach Hause zurückkehren wollte, hörten wir auf einmal ein Geräusch, wie ich es noch nie zuvor gehört hatte.«

»Beschreiben Sie es, bitte.«

Trond versuchte sich genau zu erinnern.

»Es war ein Husten und gleichzeitig eine Art Gebell. Es war heiser, als hätte es jemand schwer auf den Bronchien, ein Asthmatiker oder ein schwerer Raucher. Es klang laut und abgehackt, knapp und sehr prägnant. Ich kannte so etwas nicht. Aber es war mir merkwürdigerweise völlig klar, wer der Urheber sein musste.«

»Das ist das typische Gebrüll des Eisbären«, klärte ihn Terje Johansen auf. »Heiser, wie von einem alten Mann im Pelzmantel.«

»Das trifft es genau.«

»Und was passierte dann?« Diesmal drängte ihn Sysselmann Mette mit ihrer nächsten Frage.

Trond überlegte einen Moment. Die Ereignisse von vor drei Tagen wühlten ihn auf. Wieder wurde ihm klar, wie gefährlich die Situation gewesen war.

»Das nächste Haus muss etwa hundertfünfzig Meter entfernt gewesen sein. Aber da es stockdunkel war, hätte ich die Eingangstür sicher nicht schnell genug gefunden. Mein Problem ist, dass ich mich hier noch nicht gut auskenne, und Bjarne ist noch zu klein, um alles im Kopf zu haben, wie ein Achtjähriger es vielleicht hätte. Ich hatte das Gefühl, dass der Husten des Heiseren immer näher kam. Wir rannten, als ich auf der rechten Seite plötzlich einen kleinen Schuppen entdeckte, in dem man hier Schneemobile unterstellt. Den konnten wir erreichen.«

Terje nickte wieder und schenkte sich und Trond Kaffee nach. Mettes Tasse war noch fast voll.

»Und da hinein flüchteten Sie sich?«

»Ja, die Tür des Schuppens war nur angelehnt. Aber als ich sie öffnete, bemerkte ich, dass es kein Schloss gab. Ich schob eins der beiden Schneemobile vor die Tür, um sie zu sichern. Doch im selben Moment war mir klar …«

»Dass Sie und Bjarne in der Falle saßen, denn der Schuppen stand wie fast alles hier auf Stelzen. Und solche Schuppen haben meist keinen Boden wie die Wohnhäuser des Ortes.«

Trond nickte. »Ja. Ein jüngerer Bär oder ein Weibchen hätte uns problemlos von unten her angreifen können. Es klaffte ein großer Spalt zwischen dem Erdboden und den tragenden Holzbalken des Schuppens. In diesem Augenblick hörten wir zum ersten Mal den Helikopter.«

Trond merkte, wie ihm der Schweiß ausbrach. Er zog ein Taschentuch aus der Jacke und wischte sich die Stirn ab.

»Da wussten Sie es.«

»Ja, das war die Bestätigung.«

Mette Møller war aufgestanden und ans Fenster getreten. Sie starrte mit verschränkten Armen in die Dunkelheit.

»Der Schnee hat wieder eingesetzt. Es schneit heftig.«

Aus irgendeinem Grund hörte sie sich zufrieden an. Die beiden Männer beachteten sie kaum.

»Und was passierte dann?«

Trond wischte sich nun mit dem Handrücken über die feuchte Stirn.

»Ich suchte mit meiner Taschenlampe den Schuppen nach einem sicheren Ort für Bjarne ab. Einem Schrank vielleicht oder etwas in der Art, in den ich ihn stecken konnte. Da hörte ich ihn auch schon draußen. Ich schaltete sofort die Lampe aus.«

Terje beugte sich zu ihm hinüber.

»Sie hätten sie anlassen können. Eisbären sehen nicht besonders gut, ähnlich wie wir Menschen. Ihr Gehör ist unserem überlegen. Der wichtigste Körperteil jedoch ist ihre schwarze Nase. Sie riechen Beute durch eine meterdicke Eisplatte und über eine Distanz von einem Kilometer. Das macht sie für uns Menschen so gefährlich. Während wir noch keine Ahnung haben, dass sie in der Nähe sind, wissen sie bereits genau, wo wir zu finden sind. Wir können uns noch so gut verstecken. Der Eisbär riecht uns überall. Das sollten Sie sich merken, falls Sie vorhaben, noch ein wenig hierzubleiben.«

Trond nickte nachdenklich.

»Soll ich weitererzählen?«

Terje legte die Fingerspitzen seiner Pranken zusammen, eine zarte Geste des Hünen.

»Es gab nichts, was sich als sicheres Versteck für den Kleinen geeignet hätte. Ich war verzweifelt, versuchte es aber vor dem Kind zu verbergen. Mittlerweile hörten wir es an der Schuppenwand kratzen, klopfen und reißen. Wir machten keinen Mucks. Bjarne verstand, dass wir uns absolut still verhalten mussten. Ob er ahnte, dass der Bär uns riechen konnte, weiß ich nicht.«

»Wie lange dauerte es ungefähr, bis Sie das Auto hörten?«

Trond hatte den Kopf gehoben.

»Ich habe gar kein Auto gehört. Wahrscheinlich habe ich mich nur auf die Geräusche konzentriert, die der Bär machte. Das ist so ähnlich, wie wenn man als Polizist einem Verbrecher in die Falle gegangen ist und mit höchster Konzentration darauf lauert, dass der andere einen Fehler macht, damit man selbst entkommen kann. Man blendet alles andere aus und konzentriert sich nur auf diese eine Sache.«

»Verstehe. Nun, das Taxi, das der Freund Ihrer Tochter fuhr, kroch wohl kurz nach Ihnen den Weg entlang. Sie hatte den Mann, einen Russen, glaube ich …«

»Oleg stammt aus der Ukraine. Er ist aus dem dortigen Kriegsgebiet geflüchtet«, korrigierte Trond den Tierarzt.

»Genau, Ihre Tochter hat ihn wohl telefonisch informiert und gebeten, nach Ihnen zu suchen. Sie wusste, wo man den Bären zuletzt gesichtet hatte, und Oleg und sie vermuteten, wo Sie sich ungefähr aufhalten mussten. Zumindest war es sehr wahrscheinlich. Entweder waren Sie und der Kleine die Straße hoch- oder hinuntergelaufen. Eine andere Möglichkeit gab es nicht.«

Das Handy, das auf dem Schreibtisch lag, meldete sich.

Mette, die sich wieder zu den beiden Männern gesetzt hatte, stand etwas unwillig auf.

»Entschuldigen Sie, bitte.« Sie nahm den Anruf entgegen. »Ja?«

Trond hatte seine Brille abgenommen. »Wie gesagt, das Auto habe ich nicht registriert, der Junge auch nicht. Wir saßen in der Falle und hatten einfach Angst. Ich hielt ihn im Arm und versuchte trotz allem nicht zu ängstlich zu wirken, um es für ihn nicht noch schlimmer zu machen.«

Trond brach ab.

Sie hörten, wie Mette leise mit dem Anrufer sprach. Trond, der seine Brille wieder aufgesetzt hatte, entdeckte auf dem Gesicht des Sysselmanns ein seltsames Lächeln, das er nicht deuten konnte.

»Was passierte dann?«

»Wie bitte?«

Der Ausdruck auf Mettes Gesicht hatte ihn einen Moment lang abgelenkt.

»Ich fragte, was dann passierte.«

»Ich hörte den ersten Schuss. Dann noch einen. Da erst wurde mir klar, dass da draußen nicht nur ein Eisbär auf uns lauerte, sondern dass es noch jemanden gab. Die Schüsse wirkten ziemlich nah und konnten nicht vom Hubschrauber abgefeuert worden sein. Der war in diesem Augenblick nicht mehr zu hören. Er musste ein Stück weitergeflogen sein, kehrte aber ganz schnell zurück.«

Mette bedankte sich und legte auf. Sie setzte sich wieder an den Tisch und schenkte allen mit einer hochzufriedenen Miene Kaffee nach.

»Ich war oben mit drin«, sagte Terje. »Wir suchten mit dem Scheinwerfer das Gelände ab, bis wir das Taxi entdeckten. Als wir näher heranflogen, sahen wir, wie der Mann vom Auto aus nicht direkt auf den Bären schoss, sondern ihn mit gezielten

Schüssen zu vertreiben versuchte. Wie wir das mit Leuchtmunition und Knallkugeln sonst auch tun. Er verhielt sich vorbildlich und konnte mit der Waffe ungewöhnlich geschickt umgehen. Der Eisbär fühlte sich sofort gestört, das konnten wir im Lichtkegel beobachten. Er zauderte einen Moment und hastete dann in Richtung Nybyen weiter.«

Trond nahm noch einen Schluck Kaffee.

»Sie haben ihn danach sediert?«

Terje nickte. »Ja, etwas später, in der Nähe vom Huset. Das war fast Routine. Dann kam er ins Netz und wir brachten ihn durch die Luft möglichst weit weg, in die Nähe von Svea, in das neu ausgewiesene Naturschutzgebiet. Der Eisbär ist geschützt und wir haben kein Interesse daran, ihn zu töten, wenn keine unmittelbare Gefahr für den Menschen besteht. Ganz im Gegenteil.«

Trond musste lächeln.

»Oleg hat uns gerettet. Wir haben ihn an dem Abend als Helden gefeiert.«

»Zu Recht!«, ergriff Mette Møller nun das Wort. »Das war übrigens Tromsø eben am Telefon. Sie können dort wegen des schlechten Wetters nicht starten. Alle Flüge sind gecancelt.«

Tronds Augenbrauen schnellten in die Höhe und er merkte, wie eine Welle der Freude in ihm aufstieg.

»Ach?« Das war alles, was er herausbrachte, ohne seine Begeisterung über diese Neuigkeit zu sehr zu verraten. »Und für wie lange?«

Mette grinste nun unverhohlen.

»Bis auf Weiteres, denke ich. Die Wettervorhersage ist grässlich. So eine Wetterlage kann gut zwei, drei Tage dauern. Ich hoffe, Sie stehen uns so lange noch für die Ermittlungen zur Verfügung, Trond?«

Der Kommissar nickte. Warum war der Sysselmann mindestens ebenso erfreut über diese Nachricht wie er?, ging es ihm durch den Sinn.

»Dann sollten Sie vielleicht Frida benachrichtigen«, schlug Mette vor, während sie begann das Geschirr zusammenzustellen. Die beiden Männer sprangen sofort auf und halfen ihr dabei.

Trond schaute erst verwundert, lachte dann aber.

»Ja. Ich rufe Frida gleich an. Wir fliegen sofort nach Svea. Ich muss mit dem Meteorologen Rune Berg reden und mit dem Team, das noch in der Grube arbeitet. Die Geologen waren ja vor Weihnachten dort und haben Proben genommen.«

»Sie wollen fliegen?«

Um den Mund des Veterinärs zuckte es. Er hielt das quadratische kleine Stück Ziegenkäse in der Hand, als wollte er damit würfeln.

»Sie sind wirklich noch nicht lange bei uns. Wenn Tromsø nicht startet, weil man auf Svalbard nicht landen kann, fliegt hier außer ein paar Gedanken wirklich nichts mehr.«

12 Frida saß auf ihrem Küchensofa und reinigte ihr Gewehr, das sie auf den Oberschenkeln balancierte. Sie hatte Trond einen Kaffee hingestellt.

»Auch mit dem Hundegespann kommen wir bei dem Neuschnee nicht durch, Trond«, sagte sie beiläufig.

Der Kommissar überlegte und trank einen Schluck. Der Kaffee schmeckte anders als der in Norwegen. Nicht schlecht, aber was war das für ein Beigeschmack?

»Nehmen wir ein Schneemobil?«

Trond klang nervös. Allein der Gedanke, auf einem Schneemobil durch die dunkle Polarlandschaft zu pflügen, bereitete ihm Unbehagen – aber was sein musste, musste sein. Er würde die Zähne zusammenbeißen. Schließlich hatte er es schon einmal gewagt und es war gar nicht so übel gewesen.

Frida lachte laut.

»Auch das geht im Moment nicht«, erwiderte sie. »Schneemobile bleiben bei so viel Neuschnee schnell stecken und dann *ha det bra* liebe Welt, wie ihr euch auf Norwegisch verabschiedet. Dabei wollte ich schon immer als Eisbärhappen enden, wenn ich ganz ehrlich bin. Das wäre doch eine nachhaltige und sinnvolle letzte Aufgabe im Leben, die gleichzeitig dem Artenschutz zugute käme.«

Der Kommissar schaute sie etwas irritiert an und erzählte ihr dann von der Unterhaltung mit Terje Johansen beim Sysselmann.

»Ein eigentümlicher Mensch, der mir allerdings recht sympathisch war. Solche wie ihn trifft man selten.«

Trond nahm wieder einen Schluck Kaffee.

»Was ist das für ein Geschmack da drin?«, fragte er.

Frida schaute kurz auf.

»Zimt und frischer Ingwer. Kopi Jahe, nennt man das. Es ist indonesisch.«

»Hmm. Nicht übel. – Also, Johansen kennt sich wirklich aus mit Eisbären. Ich musste ihm unsere Begegnung haargenau schildern.«

»Ging dir das nahe?«

Trond hob überrascht den Kopf und schaute sie an.

»Ja, es ging mir sogar ziemlich nahe. Ich habe noch mal gemerkt, wie knapp das alles war. Ohne Oleg säße ich jetzt wahrscheinlich nicht hier und, was noch schlimmer ist …«

»Bjarne auch nicht«, ergänzte Frida den Satz. Sie legte das Gewehr beiseite. »Darf ich dich mal was fragen?«

Trond nickte.

»Was macht Oleg eigentlich, wenn er nicht Taxi fährt? Er ist doch mit deiner Tochter zusammen, hast du erzählt.«

Trond überlegte. »Warum willst du das wissen, Frida?«

Die junge Frau hob unentschlossen die Schultern und ließ sie wieder sinken.

»Nur so.«

Der Kommissar legte den Kopf schief und grinste sie an.

»Jetzt erzähl nicht so einen Quatsch. Du bist kein Mensch, der etwas *nur so* wissen möchte. Du hast einen konkreten Grund, mich das zu fragen.«

Frida errötete leicht.

»Also gut, ich weiß, dass er manchmal Touren fährt, die bei Fang Li gebucht werden«, sagte sie. »Er macht keine Husky-Trips, weil er ja nicht als Musher ausgebildet ist, die macht eher Anders, der Norweger. Aber Oleg übernimmt schon mal Schneemobiltouren nach Barentsburg oder fährt im Sommer Touristen mit dem Boot rüber nach Pyramiden. Weißt du mehr darüber?«

»Willst du das wissen, weil Fang Li deine Konkurrentin ist und dir die Kundschaft wegschnappt?«

Trond hörte sich nicht verärgert, sondern eher belustigt an. Frida schüttelte vehement den Kopf.

»Nein, ich dachte nur, da du ihm anscheinend vertraust, könntest du ihn ja mal befragen. Ich meine, polizeimäßig.«

Trond kratzte sich hinter dem Ohr und musste lächeln. »Worüber soll ich ihn denn befragen?«

Der Musherin war ihr Vorpreschen nun anscheinend etwas peinlich und sie schwieg.

»Wir sind doch Partner, Frida«, sagte Trond und lächelte ihr aufmunternd zu.

»Du kannst mir alles erzählen. Ich gehe davon aus, dass es mit unserem Fall zu tun hat.«

Die Niederländerin nahm sich ein Herz.

»Keine Ahnung, aber es könnte sein. Also gut – ich wüsste gern, was Oleg von Fang Lis Geschäften hält. Von ihren touristischen Unternehmungen, meine ich.«

Trond lehnte sich zurück und nahm den letzten Schluck Kopi Jahe.

»Das verstehe ich nicht ganz. Was genau meinst du?«

Frida schluckte. »Hat sie wirklich ein Unternehmen für touristische Aktivitäten auf Spitzbergen oder tut sie nur so?«

Trond starrte sie an.

»Du glaubst, dass ihre Angebote für die Touristen nur Fassade sind und dass sie sich eigentlich aus einem ganz anderen Grund hier auf Svalbard aufhält?«

Frida nickte. »Genau.«

Jetzt musste der Kommissar schlucken.

»Interessant. Sie war beim Sysselmann, als dein Rucksack verschwand, wenn ich mich richtig erinnere … Aber wie kommst du auf diesen Verdacht?«

Frida überlegte einen Moment, holte tief Luft und dann sprudelte es aus ihr heraus. Sie erzählte Trond, wie sie Mitte November in dem kleinen Supermarkt, wo auch Tronds Tochter an der Kasse saß, an der Fleischtheke stand und zwei Chinesen, die sie für verspätete Touristen hielt, neben ihr ungeniert darüber sprachen, wie lang man Fang Li noch unterstützen könne. Wie viel Zeit man ihr noch geben werde, um an die Ergebnisse der Bohrungen zu kommen. Und ob man ihr überhaupt noch trauen könne.

»Und das breiteten die beiden an der Fleischtheke einfach so aus?«, sagte der Kommissar verblüfft.

Frida nickte.

»Hochsensible Themen in Hörweite von Zeugen?«

Trond konnte sich das einfach nicht vorstellen. Da fiel ihm noch etwas ein: »Sprachen die Englisch oder Norwegisch?«

Nun schaute Frida verwundert und schüttelte entrüstet den Kopf.

»Keins von beiden. Sie sprachen natürlich Mandarin mit einem Shanghai-Akzent!«

Trond starrte sie an, als wäre sie eine Eisbärin im Schafspelz.

Jetzt lachte die junge Frau und hielt sich dabei den Handrücken vor den Mund.

»Glaubst du im Ernst, die beiden hätten so etwas in der Öffentlichkeit besprochen, wenn sie auch nur im Entferntesten gedacht hätten, dass jemand in der Nähe sein könnte, der sie versteht?«

Beide schüttelten gleichzeitig und in vollstem Einverständnis den Kopf.

»Aber da war niemand weit und breit. Bloß Hühnerbeine, Schweinekoteletts und ich – eine junge, blonde Frau, die Preise vergleicht und nur aus Nordeuropa stammen kann ...«

Frida lächelte breit. Auf ihrem Gesicht lag eine fröhliche Selbstzufriedenheit.

»Was hast du eben getrunken, Trond?«

»Kaffee. Mit etwas drin.«

13 Einen Vorteil hatte man in der Kernpolarnacht, in der es vierundzwanzig Stunden lang stockdunkel war: Man brauchte nicht darauf zu warten, bis es endlich hell wurde. Und genauso wenig musste man sich sputen, um vor der Dunkelheit noch zu Hause zu sein. Die Dauerdunkelheit bescherte einem ein besonderes Maß an Freiheit: Man war nicht an die Zeit gebunden.

Trond Lie hatte während der ersten drei Wochen hier eine Art tiefe Verwirrung erfasst, die von seinem ganzen Körper Besitz ergriffen hatte. Es war fast wie damals, als er mit seiner Frau Hilde zu einer lang geplanten Traumtour mit dem Wohnmobil durch Neuseeland aufgebrochen war. Es war der erste und bisher auch letzte Langstreckenflug seines Lebens gewesen. Über die Hälfte des vierwöchigen Trips hatte Trond wegen des Jetlags nicht richtig schlafen und deshalb auch das Wohnmobil nicht steuern können. Er hatte übermüdet, erschöpft und teilweise orientierungslos auf dem Beifahrersitz gekauert, während Hilde souverän quer über den Inselstaat am Ende der Welt gekurvt war.

So ähnlich war es ihm auch seit seiner Ankunft auf Svalbard in der Polarnacht ergangen. Sein Körper signalisierte ihm einen »Dauer-Jetlag« und konnte sich nur mühsam und schleppend an einen Tag-Nacht-Rhythmus ohne den natürlichen Wechsel von Hell und Dunkel gewöhnen.

Wenn er gegen elf Uhr abends mit einem Buch zu Bett ging, schlief er zwar kurz darauf ein, saß aber meist gegen drei Uhr morgens aufrecht in den Kissen und hätte dann im Prinzip seine ganze Büroarbeit zügig erledigen können.

Doch in Longyearbyen gab es keine Arbeit für ihn. Und den Wäschekorb, auf den er sich in der dritten Nacht aus schierer

»Richtig. Kopi Jahe. Eine Erinnerung an meine Kindheit. Ich bin im Diplomatenviertel von Jakarta aufgewachsen. Dem ehemaligen Batavia, der Hauptstadt Indonesiens. Das war vor Urzeiten mal eine niederländische Kolonie, wie du sicher weißt. Dort war es normal, dreisprachig aufzuwachsen.«

Trond strich sich behutsam mit der Hand über seine graue Haarbürste.

»Dreisprachig? Also Niederländisch, Indonesisch und …«

»Mandarin! Meine chinesische Kinderfrau kam aus Shanghai.«

Verzweiflung gestürzt hatte, um die saubere Wäsche zu falten und im Wandschrank einzusortieren, hatte Ingvild inzwischen mit einem sanften Drohfinger entfernt.

»Papa, du sollst um diese Zeit schlafen und nicht aufräumen.«

Trond hatte, ohne dass er es seiner Tochter verraten hätte, einfach die Zeit verloren. Das schwarze Loch draußen vor der Tür hatte die Stunden geschluckt, die Minuten waren ins Vakuum der polaren Finsternis gesaugt worden und die winzigen Sekunden in glitzernde Eisspalten gerutscht.

Dieser Zustand begann sich erst jetzt allmählich zu legen. Oder wollte er sich das nur gern einreden? Wurde es tatsächlich besser oder bildete er es sich nur ein, weil es dann weniger bedrohlich war?

Trond Lie schob diesen Gedanken auf der Stelle beiseite.

Er hatte mit Frida vereinbart, dass sie sich erkundigen würde, wann sie mit den Hunden oder mit einem Helikopter nach Svea gelangen konnten. Während er noch bei ihr war, hatte er einen unerwarteten Anruf von einem Mitglied des Geologenteams erhalten und sich mit der Frau in dem kleinen Landeskundemuseum von Svalbard verabredet.

Jetzt war Trond auf dem Weg dorthin. Er war seit seiner Ankunft vor Weihnachten noch nicht im Svalbard-Museum gewesen, hatte aber einen Besuch dort mit Bjarne fest eingeplant.

Das Museum war in einem Nebengebäude der Universität untergebracht und ein geradezu unangenehm öffentlicher Ort. Wenn niemand sie sehen sollte, schien es eindeutig der falsche Treffpunkt zu sein, auch wenn das Museum, das sich mit der Geschichte der Besiedlung Svalbards beschäftigte, um diese Jahreszeit praktisch wie ausgestorben war.

Das Museum war in einer Halle mit einem hölzernen Flachdach untergebracht. Schautafeln hingen rundum an den Wänden, während in der Mitte des Raumes Schaukästen mit archäologischen Funden standen und ausgestopfte Tiere in einem nachempfundenen arktischen Habitat ausharrten. Besonders eindrucksvoll wirkte der riesige Eisbär, aber auch die Ringelrobben, Polarfüchse und die weißen Rentiere, die seit einiger Zeit wieder auf Svalbard heimisch waren, nachdem sie kurz nach der Gründung des Städtchens verschwunden waren, weil man sie aufgegessen hatte.

Neben dem Bären war ein mächtiges Walross ausgestellt, die zweite imposante arktische Spezies. Trond sah es schon von Weitem, als zwinkerte es ihm schläfrig zu, während er noch dabei war, seine Daunenjacke an der Garderobe aufzuhängen. Er zog seine Stiefel aus und stellte sie in das dafür vorgesehene Regal.

Sein Blick streifte die Pantoffeln, die das Museum für seine Besucher bereithielt. Doch er verzichtete darauf und lief stattdessen auf seinen löchrigen Socken durch die Halle. Er musste das Loch dringend stopfen, das sah sonst nachlässig aus. Seine Verabredung schien noch nicht hier zu sein.

Trond trat an den Empfangstisch, um ein Ticket zu lösen. Die junge Frau machte eine abwehrende Handbewegung und flüsterte ihm leise zu: »Sind Sie Trond Lie?«

Er nickte und schaute sich um, ob es vielleicht noch einen zweiten Besucher gab, der ihnen zuhören könnte. Doch er war nach wie vor der einzige Besucher.

»In der Hütte der Fallensteller«, raunte sie und zeigte mit ausgestrecktem Finger auf den Teil der Ausstellung, der vom Eingang am weitesten entfernt war.

Der Kommissar bedankte sich mit gerunzelter Stirn und versuchte, möglichst ohne auf seinen Socken auszurutschen, über das glattpolierte Parkett zu gleiten.

Die junge Frau schaute ihm interessiert hinterher, wie er zunächst durch die Pomoren-Abteilung schlurfte.

Er kam näher an dem Walross vorbei, das mit seinen winzigen schwarzen Augen eine Mischung aus Melancholie und

Sanftmut verbreitete, die Trond irgendwie berührte. Die gelben Hauer, die aus seinem Stoppelbart sprossen, verliehen dem massigen Raubtier eine Art resignierte Gleichmut.

Trond blieb kurz stehen und las die Beschreibung der größten arktischen Robbenart, da er vermutete, dass seine Gesprächspartnerin noch nicht auf ihn wartete.

Was ihn dabei besonders erstaunte, war, dass die meisten Walrosse offenbar Rechtsflossler waren. Sie verwendeten also bei der Nahrungsaufnahme – und sie mussten täglich viele Muscheln knacken, um sich zu ernähren – ähnlich wie der Mensch ihre rechte Flosse. Nur knapp fünf Prozent dieser Tiere mit den mächtigen Eckzähnen waren Linksflossler, und wie die Menschen blieben sie es auch bis an ihr Lebensende.

Trond Lie war ebenfalls Linkshänder, was ihn bei seinen Ermittlungen und bei der Handhabung von Waffen bisweilen in Verlegenheit gebracht hatte. Deshalb fand er dieses Detail besonders interessant.

Plötzlich hörte er unweit von sich ein unterdrücktes Husten. Er spähte in die Richtung, aus der er das Geräusch zu hören glaubte, und starrte auf eine Holzhütte, neben deren Eingang eine Reihe von weißen Polarfuchspelzen an einer Schnur baumelten. Das musste die Fallensteller-Station sein.

Er steuerte darauf zu, und nachdem er sich vergewissert hatte, dass sich niemand sonst im Museum aufhielt, stieg er über die Absperrung und schlüpfte ins Innere der Hütte. Es war eine aus rohen Planken zusammengenagelte Holzkonstruktion, die einen Nachbau der unwirtlichen Trapper-Unterstände der vorletzten Jahrhundertwende darstellte.

Trond trat überrascht einen Schritt zurück, als er seine Verabredung auf einem niedrigen, hölzernen Lager hocken sah. Es war die Kanadierin. Sie hatte sich zurückgelehnt und die Beine, die in dicken, gesteppten Hosen steckten, übereinandergeschlagen, als säße sie in einem komfortablen Sessel.

»*Bonjour, Monsieur le Commissaire.*«

Die Frau lächelte freundlich und richtete sich auf.

»Madame de Moulin. Ich wusste nicht, dass Sie schon hier sind. Es tut mir leid, wenn Sie lange warten mussten.«

Sie machte eine wegwerfende Handbewegung.

»Ich hatte es nicht weit, wie Sie wissen, Monsieur Lie. Und ich bin Ihnen dankbar, dass Sie unser Treffen so schnell möglich machen konnten.«

Trond schaute sich im Halbdunkel nach einer weiteren Sitzgelegenheit um, konnte in dem düsteren Ambiente aber nichts Passendes entdecken. Fallensteller mussten wohl ein karges Leben führen, stellte er insgeheim fest. Hier gab es nicht einmal einen Schemel. Wo zum Teufel hatten die ihre Kadaver gehäutet?

»Warten Sie, ich rutsche ein Stück«, sagte die Kanadierin.

»Danke, aber ich setze mich lieber auf den Boden.«

Trond bevorzugte es, den Menschen gegenüberzusitzen, mit denen er sich unterhielt. So konnte er ihre Körpersprache und Mimik besser beurteilen.

Er ließ sich vorsichtig vor ihr auf dem Holzboden nieder und versuchte dabei, sportlich und keinesfalls steif oder gar gebrechlich zu wirken. Als würde er eigentlich immer auf dem Boden hocken, statt sich verweichlicht auf einem Sitzmöbel niederzulassen. Die Frage war nur, wie er später wieder hochkommen würde.

»Das bin ich vom Spielen mit meinem Enkel gewohnt«, fügte er hinzu.

Die Geologin nickte unsicher.

Trond versuchte zu lächeln.

»Also, weshalb wollten Sie mich treffen?«

»*Bon.*«

Sie hatte ihre Fingerspitzen zusammengelegt und sie an die Lippen geführt, als müsste sie sich konzentrieren.

»Seit Urs' Tod gehen mir so manche Dinge durch den Kopf, denen ich vorher keine Bedeutung beigemessen habe. Und ich kann nicht beurteilen, ob sie wirklich wichtig sind oder nur meiner …«, hier zögerte sie einen Moment, »… meiner Einbildungskraft geschuldet sind. So sagt man doch, oder?«

Trond nickte.

»Und was geht Ihnen durch den Kopf?«

»Da wäre zum einen, dass ich mich über die Gesichtspunkte wundere, nach denen unsere Truppe angeblich von Mackenzie zusammengestellt wurde.«

Damit hatte Trond nicht gerechnet.

»Wieso angeblich? Wird so etwas nicht ausgeschrieben, ich meine, in Ihren einschlägigen Publikationen?«

Die Kanadierin nickte fast in Zeitlupe, als müsste sie noch genauer nachdenken.

»Ja, das ist eine Möglichkeit. Sehr viel häufiger jedoch stellt ein Teamleiter die Truppe zusammen, in genauer Absprache mit den Stiftungen, die das Projekt finanzieren. Man kennt sich untereinander. Die Leute wissen, woran man arbeitet und welches Spezialgebiet man hat. Arktische Geologie ist nicht besonders weit verbreitet, wie Sie sich denken können. Wir sind auf dieser Welt eine überschaubare Truppe.«

Trond schaute sie von unten her an.

»Und?«

Sie strich sich über das dunkle Haar.

»Nun, Urs war eine eher seltsame Wahl, aber vor allem Sascha passt da nicht rein.«

»Der Russe?«

Trond erinnerte sich an das, was der Russe ihm im Foyer der Universität zugeraunt hatte. Er hatte das Gesetz des *Utmål* erwähnt, das hier auf Svalbard galt und das ihn fast obsessiv in Beschlag zu nehmen schien. Das war jetzt interessant.

»Verstehen Sie mich nicht falsch, Sascha ist ein sympathischer und kompetenter Kollege. Ich kannte ihn vor diesem Projekt nicht persönlich, nur vom Namen her, aber er ist eigentlich Archäologe. Arktischer Archäologe, selbstverständlich. Nur haben wir es bei diesem Projekt eher mit Gesteinen zu tun. Und nicht mit Überresten aus der Zeit der russischen Pomoren auf Svalbard oder der Frage, wer, wie und unter welchen Umständen in den letzten zehntausend Jahren in der Nähe von Pyramiden begraben wurde.«

Trond nickte.

»Verstehe. Sie untersuchen also Gesteinsproben und sind nicht auf der Suche nach Schätzen, die man möglicherweise unter der Erde findet?«

De Moulin nickte vage.

»Ich nehme an, Sie haben Mackenzie bereits darauf angesprochen?«, fragte Trond.

Die Kanadierin zögerte einen Moment. Es war zu dunkel, um ihre Augen zu sehen.

»Sicher. Und er erwiderte, dass Sascha an einem Nebenprojekt dran sei. Und dass wir ihn, falls es nötig sein sollte, jederzeit auch bei uns mit einspannen könnten – als Joker sozusagen.«

Trond verzog den Mund. »Na also.«

Sie schaute ihn ungeduldig an, als wäre er schwer von Begriff.

»Ja, und jetzt wäre es tatsächlich nötig, wo wir Urs verloren haben. Aber Sascha buddelt weiterhin in Pyramiden.«

»Das sollten Sie mit Ihrem Chef klären. Der wäre der richtige Ansprechpartner.«

Wie er jetzt wohl wieder auf die Beine kommen könnte, ohne sich eine Blöße zu geben, fuhr es Trond durch den Kopf.

Das Problem, das die Kanadierin hier umrissen hatte, betraf seiner Meinung nach nicht den Mord an Urs Pflügi, sondern schien eher eine interne Angelegenheit des Projektes zu sein und an einer mangelhaften Zusammensetzung des Teams zu liegen.

De Moulin war nun etwas nach vorn gerutscht und fixierte ihn.

»Ja, aber glauben Sie denn nicht, dass es für den furchtbaren Mord an dem Schweizer Kollegen ein Motiv gibt, das uns alle betrifft? Ich meine jetzt unsere Forschungsgruppe.«

Tronds Augen hatten sich allmählich an das Halbdunkel gewöhnt und er konnte sie nun besser erkennen. Er schwieg ein paar Sekunden und dachte nach.

»Monsieur? Ich habe Sie etwas gefragt.«

»Nun, Madame, das werden wir herausfinden. Es könnte sich auch um eine Verwechslung handeln.« Trond merkte, dass er gar nicht genau wusste, was er damit sagen wollte und wie er überhaupt darauf gekommen war. Verwechslung? Wie zum Teufel …?

»Eine Verwechslung?«

Ihre Stimme, die bisher ruhig und besonnen geklungen hatte, wurde nun eine Spur schrill.

»Wer oder was sollte da bitte verwechselt worden sein?«

In dem Moment hatte der Kommissar das Gefühl, das jemand draußen vor der Hütte stand. Es war nur ein kaum wahrnehmbares Geräusch gewesen, aber sein Gehörsinn war immer noch sehr fein. Er setzte sich auf und legte den Finger auf die Lippen.

Silvi de Moulin hielt den Atem an und bewegte sich nicht. Es gab kein Fenster in der kleinen Behausung und so krabbelte Trond vorsichtig zum Ausgang. Dort zog er sich langsam und geräuschlos am Eingangspfosten hoch und spähte um die Ecke.

Niemand zu sehen. Er ging ein paar Schritte und schaute um die nächste Ecke. Aber vergeblich.

Mittlerweile war auch die Geologin nach draußen gekommen und schaute sich unsicher um.

»War da jemand?«

Trond kehrte zu ihr zurück und nickte.

»Ich bin sicher, dass ich etwas gehört habe. Jemand hat sich angeschlichen und uns belauscht. Ein Kollege aus Ihrer Truppe? Weiß irgendwer, wo Sie sind? Haben Sie das erzählt?«

Die Frau schüttelte vehement den Kopf.

Trond wischte sich mit der Hand über das Gesicht. »Ich hasse diese Düsternis. Nicht nur draußen ist es permanent stockdunkel, auch hier drinnen. Alles bleibt verschwommen, ungenau, ungreifbar. Nein – unbegreiflich, das ist das richtige Wort.«

Da fing die Kanadierin an zu lachen.

Trond warf ihr einen finsteren Blick zu.

»Warum lachen Sie?«

»Wissen Sie, wie es hier im Sommer ist?«

Trond verneinte.

»Da wird es vier Monate lang nicht mehr dunkel. Die Sonne scheint selbst nachts um drei und blendet Sie im Schlaf. An Schlaf ist gar nicht mehr zu denken. Ich war vor drei Jahren im Sommer hier und es war die helle Hölle. Bei uns in Kanada ist es ganz oben im Norden ähnlich. Man kann der Helligkeit nicht entkommen. Sie durchströmt einen und krallt sich fest. Sie reißt einen nicht in den Abgrund, wie es diese Dunkelheit tut, aber sie heftet sich an einen und man kann sie nicht abschütteln. Meinen Sie etwa, das ist besser?«

»Komisch, dass Sie sich dann auf arktische Steine spezialisiert haben. Damit besiegeln Sie doch Ihr Schicksal.«

»Wie meinen Sie das?«

Er lächelte sie statt einer Antwort an. Es war in der Tat kurios, dass jemand, der unter den Lichtverhältnissen hier oben litt, einen Beruf wählte, mit dem er ihnen für immer ausgeliefert war. Hatte de Moulin einen Hang zum Masochismus oder log sie dreist?

Da kam Trond auf einmal eine Idee. Er eilte los in Richtung Eingang. De Moulin starrte ihm hinterher.

Trond stürmte an dem Eisbären und den Robben vorbei und an den Schaukästen, die die Blütezeit der Gruben und des Kohleabbaus illustrierten, und erreichte etwas atemlos den Eingangsbereich mit der jungen Frau an der Rezeption. Sie saß da wie zuvor und blätterte in der *Svalbard Posten*.

»Entschuldigen Sie, aber können Sie mir sagen, wer nach mir hier hereinkam und wo er jetzt ist?«

Die junge Frau blinzelte ein wenig und lächelte dann.

»Was genau meinen Sie?«

Trond machte eine Pause, bis er wieder bei Atem war, und wiederholte dann seine Frage.

Die Frau guckte ihn mit weit aufgerissenen Augen an.

»Hier kam niemand herein. Sie und die Frau vom UNIS, Sie sind bis jetzt die einzigen Besucher heute.«

14 Es war der Heli, der Frida und Trond am nächsten Tag nach Svea brachte.

Die Niederländerin hatte ihm zwar signalisiert, dass auch die Hunde wieder bereit seien und es spielend schaffen würden, aber Trond hatte vorgeschlagen, lieber mit dem Hubschrauber zu fliegen, den Sysselmann Mette für sie reservieren würde.

Als er der Musherin am Telefon seinen weiteren Plan darlegte, reagierte sie zunächst skeptisch. Er wollte sie als seine Assistentin ausgeben, damit sie unerkannt den Menschen identifizieren konnte, der ihr den ominösen Umschlag überreicht hatte.

Aber sie habe gar keine Kleidung dafür, erwiderte Frida. Trond riet zu ganz normalen Jeans und Pulli, das würde genügen. Eine Brille wäre nicht schlecht. Er würde sich darum kümmern. Und die Haare müssten anders frisiert sein.

Ob er denn glaube, dass das funktioniere?

Trond brummte, dass es einen Versuch wert sei. Schließlich hatte der Mensch, der ihr in Svea den Umschlag für Myklebust übergeben hatte, im Dunkeln nur eine vermummte Musherin gesehen, die mit ihren Hunden vor der Tür stand. Ob sie den Gesichtsschutz denn vor ihm abgenommen habe?

Frida zögerte.

»Ja«, sagte sie, »ganz kurz, um einen heißen Kaffee zu trinken. Aber da war der andere schon wieder weg«, fiel ihr dann ein. »Der Mann von der Security hat mir den Kaffee gebracht.«

»Dann hat dich der Mann, der dir den Umschlag gegeben hat, also nur mit Gesichtsschutz gesehen?«

»Vermutlich. Aber ich würde ihn wiedererkennen, da bin ich mir ziemlich sicher.«

Trond wollte auch mit dem Leiter der in Svea verbliebenen Truppe reden, über die Gesteinsproben, die die Geologen dort genommen hatten. Und vielleicht auch über das *Utmål*-Gesetz, das die Vergabe von Schürf- und Abbaulizenzen regelte.

»Wäre es nicht auch gut, Rune zu besuchen?«, schlug Frida vor. »Der wohnt ganz in der Nähe der Grube. Ich werde ihn anrufen und fragen, ob wir nach dem Besuch in Svea mal bei ihm vorbeischauen dürfen.«

Trond war sofort einverstanden. Den Meteorologen hatte er auch auf dem Schirm gehabt.

Am nächsten Morgen starteten sie kurz nach acht Uhr. Der Heli wartete schon mit rotierenden Blättern auf dem Landeplatz hinter dem Haus des Sysselmanns.

Oleg hatte Trond und Bjarne mit seinem Taxi abgeholt, Bjarne in der Kita abgeliefert und den Kommissar dann zum Flugplatz gefahren. Der Ukrainer hob zum Abschied kurz den Daumen, zwinkerte Trond zu, wendete auf dem Schnee und verschwand in der Dunkelheit.

Der Kommissar war beim Anblick des Hubschraubers erleichtert darüber, dass er jetzt keine dreistündige Fahrt auf dem Hundeschlitten vor sich hatte. Festgezurrt mit harten Gurten und in Felldecken eingerollt wie eine Mumie. Mochten die Touristen noch so viel Geld dafür hinlegen und es für das Abenteuer ihres Lebens halten, er brauchte diese Ruckelei nicht und verzichtete gern darauf. Aber das würde er Frida nicht offenbaren.

Er hatte nur etwas über drei Stunden geschlafen, genauer gesagt, zwischen halb zwölf und drei. Danach hatte er sich wie immer im Bett herumgewälzt. Aber auch das würde er niemandem mitteilen.

Er kletterte in die Kabine, begrüßte Frida und den Piloten und schnallte sich an.

Da sahen sie, wie Mette Møller herbeigeeilt kam.

»Gut, dass ich Sie noch erreiche!« Sie entfernte den Schal vor ihrem Mund und ihrer Nase, damit man sie besser verstehen konnte. »Ich habe eben mit den Kollegen in Tromsø gesprochen. Sie sollen, wenn Sie in Svea angekommen sind, bitte die Gerichtsmedizin dort anrufen, Trond. Ich habe Ihnen die Nummer aufs Handy geschickt. Die haben das Ergebnis der Obduktion der Leiche.«

Der Kommissar nickte. »Und was ist mit dem Kollegen, wann kommt der hier an?«

Sysselmann Mette biss sich auf die Unterlippe.

»Soweit ich weiß, erst morgen. Obwohl heute schon wieder die ersten Flieger gehen.«

»Und warum erst morgen?«, fragte Trond. Von ihm aus könnte er auf dem Festland bleiben.

»Keine Ahnung. Aber ich konnte dem Chef der dortigen Polizei ganz gut vermitteln, dass Sie alles unter Kontrolle haben und dass wir ordentlich vorankommen.«

Bis auf meine Schlafprobleme, dachte Trond, die entgleiten allmählich meiner Kontrolle. Doch das ging niemanden etwas an.

»Ich habe darauf hingewiesen, dass es deshalb nicht eilt, den Kollegen zu schicken. Ich hoffe, dass Sie das ähnlich sehen.«

Trond warf ihr einen zufriedenen Blick zu und nickte dann stumm.

»Und ich hoffe auch …« Sie brach ab. »Hallo Frida, schön Sie zu sehen. Ich wusste gar nicht, dass Sie eine Brille tragen. Ich habe Sie kaum wiedererkannt.«

Mette Møller winkte der jungen Frau zu, die hinter Trond auf der zweiten Passagierbank Platz genommen hatte.

Frida errötete und lächelte unsicher.

Der Pilot schloss die Tür und Mette trat zurück. Ihr Daunenmantel wehte im Luftzug der Rotoren.

Frida trug nicht ihren unförmigen gepolsterten Overall, sondern eine helle, dicke Steppjacke und einen bunt gestreiften Schal um den Hals. Über den Kopf hatte sie sich eine lustige Bommelmütze gezogen.

Trond musste heimlich grinsen. Ob sie jetzt wohl fror?

Wenig später stiegen sie auf, und Trond spürte, wie der Blick auf die winzigen Lichter im Tal, umgeben von den hohen Bergen, die man in der Dunkelheit nur erahnen konnte, in ihm eine Art Verlorenheit, Wehmut und Einsamkeit weckte. Es lag ein Hauch Schönheit darin, eine Mischung von Gefühlen, die ihn verstörte.

Sie drifteten nach Süden. Schon fünfzehn Minuten später setzten sie zur Landung an. Der Pilot rief ihnen beim Aussteigen zu, dass er in der Pförtnerloge auf sie warten würde. Diesen Bereich konnte man schon von Weitem erkennen. Es war der halbrunde, mit Glastüren verschlossene Eingang der Grube, und davor sahen sie ein Empfangskomitee, das aus drei Personen bestand, die in einem hellen Lichtkegel auf sie warteten.

»Kommt dir einer von denen bekannt vor?«, raunte Trond Frida zu, während sie auf die kleine Gruppe zugingen.

Frida verneinte.

Sie stellten sich als die Ingenieure des Rückbauteams vor, das seit 2019 hier für die endgültige Schließung der Grube Svea Nord zu sorgen hatte. Sie hatten sich 2017 auch um Lunckefjell gekümmert. Die Grube dort war mit viel Geld erschlossen und 2013 mit großer medialer Aufmerksamkeit eröffnet worden, doch man hatte nie mehr als die erste symbolische Tonne Kohle gefördert. Lunckefjell war zu einem Fiasko industrieller Fehleinschätzung des dritten Jahrtausends geworden. Seine fehlende Rentabilität im Zusammenhang mit dem Niedergang der Weltmarktpreise wurde mit nachhaltigen Umweltzielen kaschiert. Als wenig später der nahe gelegene *Nordenskiöld Nationalpark* als angeblich brandneues Klimaschutzprojekt in den Fokus der Öffentlichkeit geriet, konnte der Staat Norwegen der Welt seinen so verantwortungsvollen Umgang mit der Natur präsentieren.

Der komplette Rückbau der beiden Gruben sollte einen weiteren ökologischen Fortschritt darstellen. Dass der Nationalpark schon vor der Erschließung der neuen Grube existierte und dass man sich bis dahin überhaupt nicht um seinen Erhalt geschert hatte, blieb Umweltexperten und Journalisten jedoch kaum verborgen. Gleich mehrere renommierte skandinavische wie internationale Publikationen hatten das Thema aufgegriffen und öffentlich unangenehme Fragen darüber gestellt.

Das alles hatte Trond gestern Abend recherchiert.

Der Leiter der *Store Norske* schlug Trond und Frida erst einmal eine kurze Führung durch einen Teil des zehn Kilometer langen Haupttunnels vor. Er verteilte Helme und Schutzbrillen und sie stiegen in einen Geländewagen, um in die Grube hineinzufahren.

Nach drei Kilometern hielt der stämmige Mann im weißen Schutzanzug an und bat sie auszusteigen. Im Gegensatz zu draußen war es in der Grube trocken und eindeutig wärmer. Nicht nur, weil es hier drinnen wind- und schneegeschützt war. Trotzdem wirkte die ganze Umgebung trist und in Tronds Augen irgendwie provisorisch, unfertig. Als hätte man diesen Teil der Erde einst wie ein ungewünschtes Geschenk nachlässig eingepackt und dann auf die Schnelle das Geschenkpapier halb zerrissen, nur um desinteressiert hineinzulugen.

Der Ingenieur zeigte auf die mächtigen Flöze zu beiden Seiten.

»Mit dieser Länge können nur sehr wenige Gruben konkurrieren«, erklärte er stolz. »Und auch die Dicke der Kohlenflöze ist außergewöhnlich. Wir messen hier bis zu sechs Meter.«

»Bei so viel Kohle ist es doch ungewöhnlich, dass hier nicht weiter abgebaut wird, oder?«, fragte Trond daraufhin.

Der Leiter ignorierte diese Frage und zeigte mit einer ausholenden Armbewegung auf die mit dickem Maschendraht und hellem Plastik eingepackten Wände.

»Hier sehen Sie ein Beispiel für das *Longwall*-Verfahren. Das ist effizienter als das sonst gängige Schneekristall- oder *Room and Pillar*-Verfahren, bei dem am Ende Säulen von Kohle stehenbleiben, um die Decke zu stabilisieren.«

Trond und Frida stapften hinter dem Mann her. In dem dunklen Schacht fühlte es sich ein wenig so an, als würde sie ein Schlauch ansaugen, um sie ins Innere der Erde zu ziehen.

»Wir sind keine Journalisten oder Touristen, die Sie beeindrucken müssen«, erwiderte Trond ungeduldig. »Aber ich hatte Sie etwas gefragt.«

Der Ingenieur drehte sich kurz zu ihnen um und erhöhte dann das Tempo.

»Da waren wohl die Preise auf dem Weltmarkt ausschlaggebend. Es hat sich einfach nicht mehr gelohnt. Wir brauchen nur noch genug Kohle, um den Betrieb in Spitzbergen aufrechtzuerhalten, und dafür reicht das, was wir jährlich aus Grube sieben herausholen. Alles andere ist überflüssig. Was die Russen in Barentsburg machen, interessiert uns nicht.«

Warum er jetzt wohl die Russen erwähnte?, dachte Trond bei sich.

»Ja, aber die Steinkohle hier besitzt doch eines der höchsten Qualitätsmerkmale auf unserer Erde. Die hat ganz spezielle Abnehmer und wird nicht nur nach gängigen Handelskriterien bewertet«, sagte er zu dem Ingenieur.

Trond hatte gestern Abend gründlich im Internet recherchiert. Frida warf ihm einen anerkennenden Blick zu.

Der Mann im weißen Arbeitsanzug blieb kurz stehen und musterte den Kommissar.

»Was genau wollen Sie wissen?«

»Sie hatten vor Weihnachten ein paar Geologen vom UNIS zu Besuch. Die haben Gesteinsproben genommen. Wo genau war das und wofür?«

Der Teamleiter kniff die Augen hinter der Schutzbrille zusammen.

»Das war ein Routinevorgang. Sie nahmen ein paar Gesteinsproben, bevor Lunckefjell endgültig geschlossen wurde. Das ist jetzt dicht.«

Trond fixierte den Mann.

»Wir ermitteln in einem Mordfall. Sie dürften davon gehört haben.«

Der Ingenieur zuckte mit den Schultern und räusperte sich.

»Und was haben die Wissenschaftler damit zu tun?«

Trond rückte seinen Helm zurecht, der ins Rutschen geraten war.

»Das Opfer war ein Mitglied der Gruppe, die hier bei Ihnen war.«

»Tatsächlich?«

Frida und Trond tauschten Blicke. Das hatte groß und breit in der *Svalbard Posten* gestanden und auch in anderen Medien.

»Also?«, trieb Trond den Teamleiter an.

»Lunckefjell liegt ungefähr zwölf Kilometer von hier. Der Großteil der Strecke führt durch diesen Tunnel und ist nur unter Tage zu erreichen. Die restlichen drei Kilometer verlaufen über eine oberirdische Straße in sechshundertfünfzig Metern Höhe. Dort sind die vor Weihnachten mit zwei Geländewagen entlanggefahren. Das sollten Sie mit den Kollegen selbst besprechen. Ich war nicht dabei. Aber jetzt kommen Sie weiter. Es ist zu ungemütlich zum Stehenbleiben.«

Trond hatte hier genug gesehen und wollte lieber zu den anderen stoßen. Der Leiter des Rückbauteams zögerte, doch dann kehrten sie zum Wagen zurück und fuhren, ohne ein weiteres Wort zu wechseln, zum Ausgang der Grube zurück.

Trond merkte, wie er sich langsam entspannte. Er war reizbar gewesen, hatte er gespürt.

Frida beobachtete ihn aufmerksam, sagte aber nichts.

Selbst die Dunkelheit draußen, in die sie nun wieder eingetaucht waren, empfand er als tröstlich im Vergleich zu den vernarbten hässlichen Wunden des Erdreichs, die er gerade hatte sehen müssen. Das Innere der Erde ähnelte einem misshandelten Tier. Ja, daran hatte es ihn zu seiner Überraschung erinnert.

Bevor sie den Raum betraten, wo die anderen Ingenieure auf sie warteten, entschuldigte sich Trond, um kurz mit der Rechtsmedizin in Tromsø zu telefonieren.

Frida ging mit dem Teamleiter in den kleinen Aufenthaltsraum mit einer Kaffeemaschine und einigen Tischen mit Plastikoberfläche, auf denen Teller mit Haferkeksen und zwei Laptops standen.

Zu den beiden Männern, die sie vorhin am Eingang des Gebäudes erwartet hatten, war nun ein dritter gestoßen, den die Musherin auf der Stelle wiedererkannte. Es war der Mann, der ihr vor ein paar Tagen den braunen Umschlag überreicht hatte.

Hoffentlich wirkte ihre Brillenkostümierung. Frida wurde nervös.

Sie hatte ihre dicke Jacke an den Garderobenhaken gehängt, und da sie ihr schulterlanges Haar offen trug, versuchte sie, es ebenfalls als Tarnung zu nutzen und sich dahinter zu verstecken.

Sie wollte sich gerade einen Kaffee holen, als ihr der junge Mann eine Tasse brachte. Sie bedankte sich einsilbig und er setzte sich neben sie.

»Und Sie sind bei der Polizei in Tromsø? Spannend.«

Frida nickte und wünschte sich sehnlich, dass Trond auftauchte.

»Machen Sie nur Mordfälle?«

Sie schüttelte den Kopf. Plötzlich hatte sie Angst, dass er ihre Stimme und ihren niederländischen Akzent wiedererkennen würde.

»Was denn noch?«

Er gehörte offenbar zur Gruppe der arglos neugierigen Menschen auf der Welt. Wie verstellt man seine Stimme, ohne dass es komisch klingt oder auffällt?

Sie nippte an dem heißen Kaffee und verschluckte sich fast.

»Alles Mögliche, was eben wichtig ist«, nuschelte sie, als sie wieder Luft bekam.

Der junge Mann stellte sich als Jon vor und schien ein wenig enttäuscht, als ihm die junge Polizistin ihren Namen nicht nannte. Als sie weiter schwieg, fing er an, alles Mögliche zu erzählen. Dass er Architekturstudent an der Uni Trondheim sei und hier ein Praktikum im Bereich des industriellen Rückbaus absolviere. Schon seit Oktober, aber im März sei leider Schluss.

Dann fügte er hinzu, dass er sich nicht vorstellen könne, dass in der Provinz Troms viel passiere, was tatsächlich gefährlich sei. Da oben sei doch alles ein wenig verschlafen, oder?

Frida lächelte vielsagend, wie sie meinte, entgegnete jedoch nichts.

Endlich ging die Tür auf und Trond trat ein.

Sie warf ihm einen verzweifelten Blick zu, und der Kommissar kam ihr sofort zur Hilfe und verwickelte Jon in ein Gespräch.

Der Teamleiter war nun ebenfalls hereingekommen, blieb aber abwartend und mit verschränkten Armen an der Tür stehen. Die drei anderen scharten sich mit den Kaffeebechern in der Hand um Trond und Frida.

Der Kommissar erläuterte knapp, dass sie im Mordfall Urs Pflügi ermittelten, und da der Schweizer Wissenschaftler ganz in der Nähe erschossen wurde, sei es für ihre Ermittlungen äußerst wichtig, herauszufinden, was die Geologengruppe vor Weihnachten hier gemacht habe. Und auch, was jeder der gerade Anwesenden an dem Tag gemacht habe, als Pflügi ermordet wurde. Der Schweizer war kurz vor seinem Tod in unmittelbarer Nähe der Grube aufgetaucht. War er am Tage seines Todes etwa hier gewesen?

Die Männer schauten sich unschlüssig an und schüttelten dann fast gleichzeitig die Köpfe.

»Nein. Die haben damals nur in Lunckefjell Gesteinsproben genommen. Das war nichts Ungewöhnliches«, sagte einer der beiden Ingenieure vom Empfangskomitee.

»Waren die nicht hinter den Pflanzenfossilien her, die es dort gibt? Da geht es um die Wurzeln von einem alten Baum.« Das war der zweite Mann.

»Wo haben sie die Proben genommen?«, fragte Trond.

Nun meldete sich der Teamleiter. »In Querschlag sechs.«

»Was heißt das?«

»Das ist ein kleiner Querstollen«, erklärte Jon.

»Die waren vor Weihnachten in BT4B.«

»Nein, das waren sie nicht!«

»Sie waren am tiefsten Punkt im Berg, und das ist BT4A!«

Die Stimmen der Männer wurden lauter. Der Einzige, der sich heraushielt, war jetzt Jon. Er beobachtete die anderen drei, die sich heftig widersprachen und stritten.

Schließlich ergriff Trond das Wort.

»Wir werden noch einmal direkt bei Mackenzie, dem Chef der Geologengruppe, nachfragen. Ich danke Ihnen, meine Herren. Pflügi war also am Tag seiner Ermordung nicht bei Ihnen. Gegebenenfalls werden wir Ihre Aussagen noch einmal bei den Kollegen in Lunckefjell überprüfen.«

Nun war es auf der Stelle still.

Erst nach ein paar Sekunden brach einer der Ingenieure das Schweigen und begann zu lachen. Dann fielen auch die anderen Männer in das Lachen ein.

Frida schaute Jon fragend an, der ernst geblieben war und sich ebenfalls zu wundern schien.

»Darf man den Grund für Ihren gemeinsamen Frohsinn erfahren?«, fragte Trond schließlich.

Einer der Ingenieure wischte sich ein paar Tränen ab, bevor er antwortete: »Da gibt es nichts mehr zu überprüfen. Die Grube Lunckefjell wurde gleich nach dem Besuch der Geologen zugemacht. Da kommt niemand mehr rein. Und Kollegen gibt es dort schon gar nicht!«

15 Auf dem Flug zurück nach Longyearbyen versuchte Trond Lie seine Eindrücke zu ordnen. Da war zunächst der merkwürdige Empfang der drei Ingenieure vor Svea Nord. Waren die allesamt dumm oder war das ein miserabel durchgeführtes Ablenkungsmanöver gewesen? Tronds Gedanken wanderten zu der Begegnung danach. Sie waren nach dem Besuch in Svea mit dem Schneemobil zu Rune Berg gefahren und Trond hatte ausführlich mit dem Meteorologen geredet.

Die Maschine vibrierte ein wenig, während sie über Port Amsterdam flogen, und Trond beugte sich zu Frida, die neben ihm saß.

»Dein Freund ist ein interessanter Bursche.« Er musste sie fast anschreien.

Frida reagierte verblüfft. »Welcher Freund?«

»Na, der Wettermann, Rune heißt er, oder?«

Frida grinste und spielte mit den Handschuhen, die sie in ihrer Hand hielt.

»Ja, Rune ist schwer in Ordnung.«

»Er weiß mehr, als er uns gesagt hat«, stellte Trond fest.

Die junge Frau kniff die Augen zusammen.

»Meinst du? Das glaube ich nicht. Rune ist aufrichtig. Für den lege ich meine Hand ins Feuer.«

Trond warf einen kurzen Blick zu dem Hubschrauberpiloten, der über Kopfhörer mit der Flugüberwachung verbunden war. Dann beugte er sich noch ein Stück näher zu Frida hinüber.

»Das bezweifle ich auch nicht. Was ich meine, ist, dass Rune vielleicht gar nicht weiß, dass er etwas wissen könnte. Nicht unbedingt, dass er uns etwas verschweigt.«

Frida schaute ihn zweifelnd an.

»Das verstehe ich nicht ganz.«

Trond kratzte sich am Kinn.

»Ich könnte mir vorstellen, dass er bei den täglichen Checks seiner verschiedenen Wetterstationen rund um Svea irgendwelche Dinge oder Menschen beobachtet hat, die zunächst ganz unauffällig wirkten. Hinterfragt man jedoch den Kontext, in dem sie ihm begegnet sind, sieht die Sache möglicherweise ganz anders aus.«

Frida überlegte.

»Kannst du mir ein Beispiel dafür geben, Trond?«

»Hmm.«

Jetzt überlegte Trond.

Sie sackten etwas ab, aber die Maschine fing sich sofort wieder.

»Das ist gar nicht so einfach«, sagte er schließlich. »Aber ich versuche es mal: Stell dir vor, du machst mit deinen Huskys einen deiner regulären Ausflüge. An einer ganz bestimmten Stelle eurer Tour stehen fast immer Rentiere, wenn ihr vorbeisaust. Ist irgendwie ein Lieblingsplatz von denen. Vermutlich gibt es da etwas Feines zu knabbern. Bei eurer nächsten Tour steht da wieder was. Ein Rentier, denkst du. Stimmt aber nicht. Diesmal ist es ein Eisbär, der da steht und blöd guckt. Du denkst gar nicht daran, dein Gewehr von der Schulter zu nehmen, um dich und die Hunde zu verteidigen. Ist ja in deinen Augen nur ein Rentier, das heute vielleicht ein bisschen komisch wirkt. Du unternimmst nichts, weil du den Eisbären nicht als solchen wahrgenommen hast, weil da ja sonst immer harmlose Rentiere stehen. Hast du mich verstanden?«

Nun nickte Frida.

»Du meinst, Rune hat vielleicht mal was gesehen, was ihm ganz normal vorkam, was aber in Wirklichkeit etwas ganz anderes war, möglicherweise sogar etwas Gefährliches?«

Trond nickte.

»Ist das hinter den Bergen schon Longyearbyen?«

Er hatte die Frage nach vorn zum Piloten gerufen, der nicht reagierte. Trond wandte sich wieder seiner Nachbarin zu, eine Spur entspannter als eben. Die Fluggeräusche durchschnitten die Kabine.

»Ich werde ihn morgen anrufen und noch mal mit ihm reden. Und was ist mit dem Jungen, deiner Meinung nach?«

»Welchem Jungen?«

Der Kommissar hob die Augenbrauen.

»Na, der mit dem Umschlag für Myklebust.«

»Jon? Was soll mit ihm sein?«

Trond sah sie aufmerksam an. Das war ein komplett neuer Ton von ihr gewesen. Diese Klangfarbe ihrer dunklen Stimme war ungewohnt.

»Meinst du, er hat dich erkannt?«

Sie schüttelte den Kopf. »Auf keinen Fall. Er hat mir die Polizistin aus Tromsø abgenommen. Er studiert an der Uni Trondheim. Industrierückbau. Scheint ein Spezialgebiet von denen zu sein.«

Das wusste der Kommissar im Ruhestand. Ein alter Schulfreund von ihm war Dozent in diesem Fachbereich in Trondheim. Aber Trygve war inzwischen sicher auch schon Pensionär, fuhr es ihm durch den Kopf. Vielleicht sollte er ihn mal anrufen.

»Und was hältst du von ihm?«, fragte Trond.

Im Grunde hatte ihre Stimme es schon verraten, aber das behielt er für sich.

»Ach, der ist ganz okay, denke ich. Er wohnt auch bei Siri Hummel, wie der tote Schweizer. Hast du ihn nach Myklebust gefragt?«

Trond nickte und betonte, dass er den Umschlag nicht erwähnt habe.

»Er sagte, er kenne ihn nur flüchtig vom *Kroa*. Er lese zwar die *Svalbard Posten*, aber dem Chefredakteur sei er noch nie begegnet.«

Die junge Frau sah eine Sekunde lang fast deprimiert aus, riss sich dann aber zusammen.

»Das heißt …«

Trond musterte sie über seinen Brillenrand hinweg.

»Genau. Er lügt.«

Frida biss sich auf die Lippen.

»Was hat die Gerichtsmedizin herausgefunden? Du hast sie doch angerufen.«

Der Krach der Rotoren wurde nun unerträglich laut und sie mussten das Gespräch abbrechen. Der Hubschrauber stand in der Luft. Unter ihnen sahen sie die Lichter von Longyearbyen wie blitzende Schnüre, die vom Fjord ins Adventdalen hineinkrochen.

Der Helikopter setzte sanft auf und der Schnee stob auseinander. Frida und Trond suchten ihre Rucksäcke und öffneten die Gurte, ehe sie vorsichtig aus der Kabine kletterten und auf die Eispiste traten.

Trond wollte noch mit Frida ins Café im Kulturhaus gehen, um sich aufzuwärmen. Es war kurz nach zwei Uhr Mittag. Er musste Bjarne erst in zwei Stunden abholen.

Da sahen sie Mette Møller auf sie zukommen. In ihrer Begleitung war ein Mann, der einen schiefen Gang hatte, als wäre er in einen Sturm geraten und hätte sich seither nicht wieder aufgerichtet.

»Kennst du den?«, fragte Trond, an Frida gewandt.

Es war ein Mann mittlerer Größe mit einer sehr spitzen Nase. Seine dunklen Augen saßen tief und sein Mund war fest verschlossen, um nicht zu sagen verkniffen.

»Nie gesehen«, antwortete Frida.

Der Mann musterte sie schon aus der Ferne ganz genau.

Mette neben ihm wirkte, wie Trond auf der Stelle spürte, ungewohnt angespannt. Ihr sonst so lebhaftes Gesicht erinnerte an eine Maske.

Kurz darauf hatten sie die beiden erreicht.

»Das sind Trond Lie und Frida van Namen«, stellte Mette Møller die beiden Ankömmlinge vor. »Und das ist Arvid Kristoffersen.«

Kristoffersen blieb stumm und streckte ihnen auch keine Hand zur Begrüßung entgegen. Er nickte nur kurz. Sein Blick streifte sie beinahe widerstrebend, ehe seine Augen den schneebedeckten Boden absuchten.

»Wir hatten Arvid heute noch nicht erwartet, eigentlich erst morgen oder übermorgen. Er kam mit der ersten Maschine aus Tromsø rüber, um die Ermittlungen zu übernehmen.«

Niemand sagte etwas. Die Rotoren wurden langsamer und standen wenig später still. Ein eisiger Wind pfiff.

»Und nun ist er da.«

16 »Was genau ist Ihre Rolle hier, wenn ich fragen darf?«
Arvid Kristoffersen saß mit Mette, Frida und Trond
am Tisch im Büro des Sysselmanns und hatte diese
Frage an Frida gerichtet. Nachdem er drei Süßstofftabletten in
seinen Kaffee geworfen hatte, rührte er in seiner Tasse, ohne
aufzublicken.

Mette Møller antwortete, noch bevor Frida etwas entgegnen konnte.

»Ich habe Frida van Namen gebeten, Trond Lie bei seinen
Ermittlungen zu begleiten. Sie kennt sich hier exzellent aus,
was in diesem Fall sehr wichtig ist. Schließlich kam Trond erst
kurz vor Weihnachten hier zu uns rauf.«

Der Kommissar aus Tromsø nickte kaum merklich. Trond
Lie beobachtete ihn aufmerksam.

»Gut, dann können Sie sich jetzt zurückziehen. Das hier ist
eine interne polizeiliche Besprechung und ich möchte Sie daher bitten, den Raum zu verlassen. Danke für Ihre Hilfe.«

Der Mann vermied es, irgendjemanden anzuschauen, und
hatte diese Anweisung an Frida auch ohne einen Blick auf sie
geäußert.

Mette Møller funkelte Kristoffersen wütend an. Frida
musste das eben Gesagte erst einen Moment sacken lassen, bevor sie unsicher aufstand und ihre Sachen zusammensuchte.

»Frida bleibt. Oder ich gehe auch.«

Trond hatte das ganz ruhig gesagt.

Kristoffersen warf ihm einen zornigen Blick zu.

»Sie entscheiden hier gar nichts.«

Da ergriff Mette das Wort.

»Hier entscheide ich, Arvid. Als Sysselmann von Svalbard
und damit auch als Chefin der Polizei liegt es in meinem Er-

messen, wer hier in die Ermittlungen eingebunden wird. Und ich entscheide, dass Frida bleibt.«

Kristoffersens Augen blitzten zornig. Er wollte etwas entgegnen, verkniff es sich aber.

Frida stand mit ihrem kleinen Rucksack in der Hand unschlüssig mitten im Raum.

»Und wenn ich nun selbst lieber gehen möchte?«

»Dann bitte ich Sie, zu bleiben, Frida. Wir brauchen Sie.«

Mette Møller klang sehr entschlossen.

In dem Moment stand auch Trond auf und stellte sich neben Frida.

»Sie bekommen heute noch meinen Bericht, Mette. Ich bedanke mich für Ihr Vertrauen in uns beide und wünsche Ihnen eine schnelle Aufklärung dieses Mordes.«

Die Gouverneurin riss die Augen auf, und der Polizist aus Tromsø unterbrach verblüfft das Umrühren seines Kaffees, in das er sich vertieft zu haben schien.

Trond hob zum Abschied die Hand, und er und Frida verließen ohne ein weiteres Wort das Büro.

Er war sich sicher, dass ihn niemand daran hindern würde. So viel hatte er verstanden. Die Übergabe war schneller gegangen, als er erwartet hatte. Doch irgendetwas gefiel ihm an der Sache nicht, abgesehen von der Tatsache, dass er in diesem Fall gern weiter ermittelt hätte.

Frida schaute ihn fragend an, während sie sich an der Garderobe die Wolljacke überzog.

»Gehen wir ins Kulturhaus, Frida?«

Sie lachte erleichtert und nickte.

Als sie eine Viertelstunde später mit einem Apfelkringel und einem Krabbenbrot auf gemütlichen Korbstühlen saßen, gab Frida zu, dass sie schon befürchtet hatte, dass er nun nicht einmal mehr einen Kaffee mit ihr trinken wolle.

Trond schaute sie belustigt an.

»Wie kommst du darauf?«

Sie nahm eine Gabel von ihrem Kuchenteilchen und steckte sie sich in den Mund.

»Weil wir jetzt kein Ermittlerteam mehr sind.«

»Nur weil Spitznasen-Arvid das behauptet?«

Frida musste lachen.

»Spitznasen-Arvid klingt gut. Er hat etwas von Pinocchio, dieser Kinderbuchfigur.«

Trond grinste und nickte.

»Die war aber viel sympathischer, wenn ich mich recht erinnere.«

»Pinocchio hat gelogen, und ich könnte mir denken, dass der hier auch gerne lügt.«

Trond kaute nachdenklich. Schließlich nickte er.

»Dann lass uns auch ein bisschen lügen.«

Frida schaute ihn ratlos an.

»Wir ermitteln einfach weiter. Ohne dass er etwas davon weiß. Und er braucht es auch erst einmal nicht zu wissen, wenn du mich fragst.«

»Mette Møller mag ihn auch nicht«, fügte Frida hinzu, wie um eine Rechtfertigung hervorzuziehen.

»Das war nicht zu übersehen. Offenbar hatte sie noch nicht mit ihm gerechnet.«

»Warum hatte er es so eilig? Was meinst du, Trond?«

Dem alten Kommissar fielen drei Krabben wie rosa Würmer auf den Teller, als er ein Stück von seinem Brot abbiss.

»Das habe ich mich auch schon gefragt.«

Er klaubte sie auf, tunkte sie in die Rose aus Mayonnaise, die neben einem Schnitz Zitrone den Tellerrand zierte, und steckte sie sich in den Mund.

»Und dazu fallen mir gleich drei Erklärungen ein: Zum einen könnte es sich bei ihm um einen Fall von Übereifrigkeit aufgrund von Karrieregeilheit handeln. Den ersten Mord auf Spitzbergen aufklären! Das wäre doch was!«

Frida nickte.

»Könnte sein, passt aber nicht unbedingt zu ihm.«

Trond fixierte sie einen Moment, bevor er ihr Recht gab.

»Stimmt. Kristoffersen ist wirklich kein Übereifriger. Zweiter Grund: Er könnte aber ein Problem mit seinem Selbstwertgefühl haben. Es nagt an ihm, seit er in Tromsø erfuhr, dass ein Rentner, und obendrein einer aus Bergen, die Ermittlungen hier leitet. Und dann sitzt er auch noch wegen des verdammten Wetters hilflos fest.«

Frida kratzte sich hinter dem Ohr.

»Was hat Bergen damit zu tun?«

Trond Lie hob den Blick und grinste zu ihr hinüber.

»Kannst du als Nicht-Norwegerin nicht wissen. Das ist eine alte Konkurrenz zwischen Nordnorwegen und dem Süden, die immer noch glimmt. Nur Oslo wäre noch schlimmer gewesen.«

Um seinen Mund zuckte es.

»Und der dritte Grund?«

Trond schob sich den letzten Bissen des Krabbenbrots in den Mund und kaute bedächtig. Dann nahm er seine Brille ab, entfaltete die kleine Papierserviette, die er nicht benutzt hatte, hauchte die Gläser an und begann seine Brille damit zu polieren. Schließlich hielt er inne und schaute Frida offen an.

»Keine Ahnung, Frida. Aber wahrscheinlich ist es genau der.«

Nun lächelte die junge Frau, lehnte sich zurück und verschränkte die Arme vor der Brust.

»Gut, dann behalten wir den dritten Grund mal fest im Auge. – Was war eigentlich mit der Gerichtsmedizin?«

Trond nahm einen Schluck Kaffee.

»Sie bestätigen im Prinzip das, was wir bereits wussten: Es war ein Schuss aus einer Faustfeuerwaffe, Kaliber neun Millimeter, aus einer Entfernung von maximal zwanzig Metern. Wir können also davon ausgehen, dass unser Opfer vorher mit seinem Mörder gesprochen hat, ihn vielleicht sogar kannte, und dass es deshalb keinen Argwohn verspürte und auch nicht versuchte zu fliehen. Aber, und das wussten wir bisher nicht: Er wurde schon einen Tag früher ermordet. Also am Tag seines Verschwindens. Vierundzwanzig Stunden, bevor du ihn gefunden hast.«

Frida schob ihre Unterlippe vor. Sie dachte nach.

»Glaubst du, dass es Jon war?«

Sie klang wenig überzeugt.

Trond warf ihr einen prüfenden Blick zu. Dann schüttelte er den Kopf.

»Nicht unbedingt. Der tote Schweizer kannte ihn zwar von seinem kurzen Aufenthalt auf Svea Nord, aber das gilt für das ganze verdächtige Ingenieursteam. Es könnte jeder von ihnen gewesen sein. Die haben alle drei furchtbar schlecht gelogen, als wir heute Morgen dort waren. Je länger ich darüber nachdenke, umso mehr wird mir das bewusst.«

»Falls es damals, als ich die Leiche fand, Spuren eines zweiten Schneemobils gegeben hat, dann haben wir jetzt keine Chance mehr, die zu entdecken. Es gab seither viel zu viel Neuschnee.«

In dem Moment meldete sich Tronds Handy. Er fischte es aus seiner Jackentasche, die über dem Stuhl hing, schaute auf das Display und zuckte mit den Schultern. Er wusste nicht, wer ihn da anrief.

»Ja?«

»Hier spricht Stina Jensen. Können Sie sich an mich erinnern?«

Es war die dänische Geologin aus der Truppe.

»Natürlich erinnere ich mich an Sie. Und Sie möchten mich sprechen? Gern.«

Sein Mund verzog sich zu einem zufriedenen Lächeln.

»Wann passt es Ihnen denn?«

»So um fünf? Ich muss jetzt in ein Meeting.«

Er schaute kurz auf seine Armbanduhr.

»Ginge es nicht ein bisschen früher?«

Er dachte an Bjarne und dass er Ingvild versprochen hatte, auf ihn aufzupassen, während sie im *Kroa* kellnerte.

»Hmm.« Er war etwas enttäuscht.

Doch dann hatte er eine Idee.

»Wollen Sie vielleicht heute Abend zu mir kommen? Ich muss nämlich bei meinem Enkel babysitten.«

Nun hatte sein Gesicht fast etwas Spitzbübisches.

»Ja, prima.«

Er gab Stina seine Adresse durch und beschrieb den Weg von der Hauptstraße aus.

»Bis später dann.« Ehe er den Anruf beendete, fiel ihm noch etwas ein. »Sie sollten den Besuch bei mir lieber für sich behalten. Es kann sein, dass der neue Polizist bald bei Ihnen auftaucht. Ich glaube, es ist besser, wenn nicht jeder erfährt, dass wir uns treffen.«

Kurz darauf legte er das Handy auf den Tisch.

»Das war die Dänin aus der Geologentruppe. Stina Jensen.«

Frida nickte. »Die Nette, die dem Schweizer einen Kaffee gebracht hat. Auf dem Weihnachtsausflug nach Svea, meine ich. Und die will mit dir sprechen?«

»Ja, aber sie konnte jetzt nicht, weil sie dringend in ein Meeting musste. Vielleicht ist das ja schon Kristoffersen, der sich sofort auf die Truppe gestürzt hat. Sie kommt heute Abend zu mir, hast du ja gehört.«

Da meldete sich Fridas Handy.

»Rune?«, sagte sie überrascht in den Hörer. »Das ist ja ein

Zufall. Trond wollte dich auch noch mal sprechen. Moment, er sitzt neben mir. Ich gebe ihn dir.«

Sie reichte das Handy an den Kommissar, der sich zu ihr gebeugt hatte.

»Ihnen ist noch etwas eingefallen?«, fragte er.

»Ja. Ich habe ein paar Fotos gefunden, die könnten interessant für Sie sein«, sagte der Meteorologe.

Tronds Augenbrauen rutschten ein kleines Stück nach oben.

»Hmm. Ich dachte mir schon, dass Sie vielleicht etwas übersehen haben könnten.«

»Am besten, wir treffen uns morgen früh in meiner Wetterstation vier.«

Trond hörte dem Mann aufmerksam zu.

»Wo genau ist das?«

»Oh, das ist schwierig zu beschreiben, wenn man sich nicht auskennt. Frida weiß aber Bescheid.«

Trond schnitt eine freundliche Grimasse.

»Gut, dann bringen Sie die Fotos mit.«

»Bis morgen.«

Trond gab Frida das Gerät zurück. Sie bestätigte den Ort und den Zeitpunkt des Treffpunkts und beendete dann das Gespräch.

»Da hast du tatsächlich Recht gehabt«, sagte sie. »Der alte Eisbär hat doch immer was in petto. Rune liebt Überraschungen. Als wir die Leiche gefunden haben, hat er mir auch nicht sofort gesagt, dass der Schweizer mit einem Revolver erschossen wurde. Er ließ mich erst mal im Glauben, es sei ein Großkaliber gewesen, wie wir es alle hier bei uns tragen.«

Trond dachte einen Moment nach und griff dann nach seiner Jacke, die über dem Stuhl hing, um etwas in den Innentaschen zu suchen.

»Rune liebt den großen Auftritt«, fuhr Frida fort. »Er wäre ein super Filmregisseur geworden. Stattdessen hat er sich fürs

Wettergucken in der Einsamkeit entschieden. Ein Gespür für dramatische Höhepunkte hat er jedenfalls. Was will er dir denn sagen?«

Trond zog eine Landkarte hervor, die er auf dem Tisch ausbreitete.

»Gute Frage. Er blieb vage und erwähnte nur irgendwelche Fotos, die er angeblich gefunden hat. Wenn er uns morgen ein Stück entgegenkommt, haben wir weniger als die halbe Strecke. Ist das hier irgendwo?«

Trond fuhr mit seinem Zeigefinger von Longyearbyen in Richtung Svea, dem südlichsten besiedelten Teil Spitzbergens. Frida warf einen Blick auf die Karte, die die Insel in einem großen Maßstab zeigte.

»Ja, das ist die Wetterstation vier. Die ist von hier aus am nächsten. Da gibt es eine kleine Schutzhütte. Die liegt – hier!«

Sie ließ ihren Finger auf einem kleinen Seitental des Adventdalen ruhen.

»Im Helvetiadalen. Dafür brauchen die Hunde weniger als eine Stunde.«

Sie sah ihn erwartungsvoll an.

Trond wand sich. »Können wir nicht ein Schneemobil nehmen?«

»Tika und die Bande brauchen dringend Bewegung, Trond. Das musst du verstehen.«

Er seufzte. »Gut. Er hat gesagt, er ist um zehn Uhr da. Und er bringt die Fotos mit, die er gemacht hat.«

»Was für Fotos sind das?«

»Hat er nicht gesagt. Er meinte, die wären vielleicht interessant für uns.«

Frida nickte mit wissender Miene.

»Thriller, das wäre genau sein Ding gewesen. Spionagethriller.«

Sie grinste.

Trond stand auf und griff nach seiner Jacke.

»Ich muss Bjarne abholen. Wann kommst du vorbei?«

Sie nahmen ihr Geschirr und trugen es nach hinten zur Theke.

Kaum hatten sie es auf das hohe Rollregal gestellt, packte Frida Trond blitzschnell an der Jacke und zog ihn hinter das Regal. Er schaute sie verblüfft an. Aber noch ehe er etwas fragen konnte, legte sie den Finger auf den Mund, und sie lugten vorsichtig um die Ecke.

Beide erkannten den Mann, der gerade durch die schwere Eingangstür stapfte.

»Wie hast du ihn vorhin genannt? Pinocchio?«

»Besser, der fiese Pinocchio.«

»Passt genau.«

17 »*Go!*«, ertönte Fridas Stimme, während sie mit den Hunden durch eine Felsspalte rasten, die von steilen Steinformationen links und rechts begrenzt wurde.

Tika war nach tagelanger Schneepause richtig in ihrem Element, und die anderen vier Hunde folgten ihrer Leithündin freudig.

Trond saß eingepackt in Rentierfelle auf dem Schlitten und fühlte sich, als hätte man ihn in einen Teppich gewickelt, um ihn zu einer eisgekühlten Schlachtbank zu transportieren und dort unbarmherzigen arktischen Göttern zu opfern. Monströsen Fantasiegeschöpfen mit Walrosshauern und schwarzen Nasen, die alles im Umkreis von zwei Kontinenten erschnüffelten und ihm in blutrünstiger Vorfreude ihre Pranken entgegenreckten.

Dabei musste er zugeben, dass er dieses leicht holpernde Gleiten auf den Kufen durch die Finsternis nicht ganz so unangenehm fand, wie er befürchtet hatte. Manchmal fuhren sie über eine Unebenheit, ein Felsstück, das hervorragte, was den Schlitten dann zum Hüpfen brachte. Zum Glück gab es die Gurte, die quer über ihn gespannt waren und ihn festhielten.

»Alles okay, Trond?«

Frida hatte sich zu ihm heruntergebeugt, damit er sie besser hören konnte. Sie stand sonst aufrecht hinter ihm auf dem Schlitten, den sie von dort aus steuerte. Die Musherin trug wieder eine dieser Stirnleuchten, die er schon oft an den Köpfen der Dorfbewohner gesehen hatte. Sie sahen aus wie ein unverzichtbarer Teil jeder Polarexpedition, genau wie Energieriegel und Tuben von Schmelzkäse, beides Artikel, die, wie ihm Ingvild einmal verraten hatte, im einzigen Lebensmittelladen Longyearbyens oft ausverkauft waren. Das mit dem Schmelzkäse war ihm rätselhaft geblieben.

»Ja, alles prima«, rief er.

Nichts war prima. Trond hatte wieder nur knapp drei Stunden Schlaf gehabt, die sich diesmal auch erst gegen Ende der Nacht eingestellt hatten. Als der Wecker um halb sieben klingelte, hätte er liebend gern weitergeschlafen.

Bis Frida ihn vor einer Stunde in die Felle gewickelt und ihn wie eine Puppe auf dem Schlitten festgezurrt hatte, hatte ein leichtes Zittern seinen ganzen Körper durchgerüttelt, das ihn höchst irritierte. Was war das nun wieder?

Ingvild hatte noch geschlafen, als er Bjarne das Frühstück gemacht und ihn dann in die Kita gebracht hatte. Sie war gegen vier Uhr morgens von der Arbeit im *Kroa* in die Wohnung geschlichen, als er noch wach gelegen hatte.

Trond wollte sie nicht mit seinen Schlafproblemen belasten. Womöglich würde sie sich noch dafür verantwortlich fühlen. Schließlich hatte sie ihn in ihren Augen hier hochgelockt. Er nahm sich vor, ihr an einem entspannten Abend bei einem guten Essen einmal zu gestehen, wie sehr er sich darüber gefreut hatte, zu ihr und Bjarne kommen zu dürfen. Dass er sich nun nicht mehr so einsam und endlich wieder nützlich fühlte. Die Polarnacht, die ihn anscheinend fest im Griff hatte, würde bestimmt bald das Interesse an ihm verlieren und ihn in Ruhe lassen. Dessen war er sich sicher. Er musste nur die Nerven behalten.

»War's interessant gestern Abend mit der Dänin? Das musst du mir nachher noch erzählen.«

Sie brüllte es durch ihre Gesichtsmaske in eine undurchdringliche Nacht, die eigentlich neun Uhr morgens war.

»Schau mal, Trond! Der Mond!«

Frida zeigte auf eine rotgoldene Scheibe, die schief am Himmel hing und aussah, als wäre sie vor lauter Putzen und Polie-

ren stumpf geworden. Den hätte man nicht in die Spülma-
schine stecken sollen, ging es Trond kurz durch den Kopf und
er musste lächeln.

»In der Polarnacht geht der Vollmond mehrere Tage nicht
unter, deshalb ist es bei klarem Himmel auch so hell!«, schrie
die Musherin zu ihm nach vorn.

Das hielt Trond für eine dieser typischen Übertreibungen,
wie sie auf Svalbard gern gepflegt wurden. Er hätte außer
elektrischem Licht hier nichts auch nur ansatzweise als hell
bezeichnet.

Die Hunde rannten, als gäbe es kein Morgen. Sie hetzten und
hechelten, sprangen und flogen. Manchmal schienen sie schwe-
relos, ihre Pfoten krallten sich in die schiere Luft, die sie antrieb.

Tika führte sie an und Trond musste zugeben, dass er es
mittlerweile sogar recht angenehm fand, hier auf dem Schlitten mit den Hunden auf den Spuren des Eisbären zu kurven.
Zeit- und mühelos durch eine Welt zu gleiten, die unabhängig
von den Taten der Menschheit existierte und in ihrer Reinheit,
Klarheit und Kälte einem ungeschliffenen Juwel glich.

»Trond?«

Der Mann aus Bergen schüttelte heftig den Kopf, als könnte
er dadurch etwas loswerden, was sich gegen seinen Willen in
ihm eingenistet hatte. Um Himmels willen, war das etwa der
Polarkoller, von dem immer alle sprachen? Er musste unbedingt die Symptome im Internet aufrufen.

»Noch eine Viertelstunde. Bist du okay?«

Trond hob seinen linken Arm in die Höhe, um sie zu beruhigen.

Er mochte Frida. Irgendwie kam sie ihm wie eine zweite
Tochter vor. Ingvild war genauso zupackend wie sie, aber anders. In Frida steckte noch etwas Ungezähmtes, Rohes, das ab
und zu aufblitzte. Ingvild war pragmatischer und zurückhal-
tender und doch auf ihre Art wagemutig und kühn.

Trond überlegte. Wäre er als junger Mann einfach so in die Wildnis gegangen? Sicher nicht. Dazu wäre er zu feige gewesen. Und zu bequem, wenn er ehrlich war.

Beide jungen Frauen hatten sich Svalbard ausgesucht, statt Oslo oder Amsterdam – wenn auch aus unterschiedlichen Gründen.

Ingvild wollte so schnell wie möglich genug Geld verdienen, um eines Tages ihre eigene Goldschmiedewerkstatt im Süden zu eröffnen.

Und was waren Fridas Pläne? Wollte sie etwa auch im fortgeschrittenen Alter noch als Musherin mit den Hunden durch das ewige Eis hetzen? Er musste sie fragen. Vielleicht würde dieses ewige Eis aber längst verschwunden sein, wenn Frida eine ältere Dame war.

»*Haw!*«

Die Huskys bogen nach links und zogen nach oben. Offenbar waren sie dabei, einen Berg zu überqueren. Trond spürte, wie er an die Rückenlehne des Schlittens gepresst wurde.

Da kam ihm Rune, der Meteorologe, in den Sinn. Der war auch nicht mehr der Jüngste und hielt trotzdem hier oben die Stellung. Der Mann gefiel ihm, und doch hatte er etwas Undurchsichtiges an sich.

Die Hunde wurden langsamer. Trond versuchte etwas in der Dunkelheit zu erkennen. Die Lampen, die nach vorn gerichtet waren, erzeugten ein diffuses gelbliches Licht, das die Finsternis nicht zu durchdringen vermochte. Schlaglichtartig tauchten felsige Konturen in ihrem Blickfeld auf und verschwanden wieder wie Trugbilder, die Verwirrung stifteten.

Warum war Stina Jensen gestern Abend zu ihm gekommen?, überlegte Trond.

Auch um Verwirrung zu stiften?

Ingvild hatte mit Bjarne am frühen Abend noch etwas ferngesehen, während Trond und Stina am Küchentisch saßen und die gefühlt zwanzigste Tasse Kaffee an dem Tag in sich hineinschütteten.

Es war etwas unzusammenhängend gewesen, was sie ihm erzählt hatte. Urs habe seit dem Weihnachtsausflug nach Svea immer seltener in der Uni gearbeitet, er sei unter fadenscheinigen Vorwänden in seiner Pension geblieben. Einmal habe sie ihn unerwartet mit einer seltsamen Kiste in der Hand auf der Straße getroffen, und er habe irgendetwas davon gefaselt, dass das ein Teil seiner Hobby-Wetterstation sei.

Kurz darauf waren fast alle in den Weihnachtsurlaub aufgebrochen. Seit seiner Rückkehr vor einigen Tagen war er kaum noch im Büro gewesen.

Als sie ihm dort einmal kurz begegnet sei, habe er ihr von irgendwelchen Darts-Meisterschaften erzählt, wobei sie nicht genau verstanden habe, ob er im Büro dafür trainieren musste oder ob er deshalb früher in die Schweiz zurückkehren wollte.

Überhaupt hatte sie den Eindruck, als sei er, der bis dahin immer freundlich, wenn auch zurückhaltend gewesen war, fast über Nacht im neuen Jahr sehr auf Distanz zu den anderen vieren gegangen. Er sei geradezu misstrauisch und unnahbar geworden, als wäre er auf irgendein hässliches Geheimnis gestoßen.

Einmal – es war wohl wenige Tage vor seinem Tod – habe er in der Bar bei Siri Hummel tatsächlich zu vorgerückter Stunde angedeutet, dass er möglicherweise gar nicht bis zum Abschluss des Projekts hierbleiben werde. Dass er nicht in etwas mit hineingezogen werden wolle. Da war er schon ziemlich betrunken gewesen, hatte Siri ihr erzählt, was äußerst selten bei ihm vorkam.

Arktiker würden gerne trinken, vertraute Stina Trond an. Da falle es schon auf, wenn einer ausscherte wie Urs.

Trond hatte die Dänin gefragt, was sie von den anderen Kollegen halte und ob sie sie vorher schon gekannt habe.

Gehört habe sie schon von allen, man kenne sich zumindest vom Namen her, so viele gebe es schließlich nicht auf der Welt, die sich mit der fast unbesiedelten Region und der Geologie hier beschäftigten.

Silvi, die Kanadierin, kenne sie am besten. Mit der habe sie vor ein paar Jahren einmal in Alaska gearbeitet. Aber freundschaftlich nah waren sich die beiden Frauen nie gekommen. »Sie ist eine Diva«, sagte Stina und lachte, »sie spielt gern Rollen.« Das sei nicht so ihr Ding.

Pearse habe vor zwei Jahren an einer Tagung teilgenommen, bei der Stina einen Vortrag gehalten habe. Allerdings hatten sie damals kein Wort miteinander gewechselt und konnten sich auch nicht wirklich kennenlernen.

Den anderen beiden, Sascha und Urs, war sie nie zuvor begegnet.

Interessant fand Trond ihre Antwort auf seine Frage, warum sie denn nun zu ihm gekommen sei.

Die Dänin hatte nur ihre Schultern gehoben und zunächst geschwiegen. Sie schien angestrengt zu überlegen, was sie ihm anvertrauen sollte.

Der neue Kollege aus Tromsø, der sei auch bei ihnen gewesen, sagte sie schließlich statt einer Antwort und schaute ihn dabei aufmerksam an.

»Kennen Sie ihn gut?«

Trond lächelte und schüttelte bedächtig den Kopf.

»Werden Sie sich die Ermittlung jetzt teilen?«, bohrte Stina Jensen nach.

»Wir arbeiten einander zu«, wich Trond diplomatisch aus.

Nur zu gern hätte er sich bei Stina erkundigt, was Kristoffersen sie im Einzelnen gefragt hatte. Doch das hätte ihr verraten, dass sie in Wirklichkeit gar nicht zusammenarbeiteten. Und das wollte er den Geologen, solange es ging, noch vorenthalten.

Er war nämlich überzeugt davon, dass dieser Truppe Wissenschaftler bei der Aufklärung des Verbrechens eine zentrale Bedeutung zukam, und er wollte sich jeden von ihnen noch einmal einzeln vorknöpfen, möglichst ohne das Wissen des unangenehmen Kollegen.

Danach schwiegen sie eine Weile und blickten leicht verlegen in die schwarzen Kaffeetassen. Man konnte die Sieben-Uhr-Nachrichten im kleinen Wohnzimmer nebenan hören.

Schließlich fragte Stina ihn aus heiterem Himmel, ob er eigentlich Schach spiele.

Trond musste lachen. Was sollte denn diese Frage?

Manchmal, hatte er ihr geantwortet. Nicht erst seit Magnus Carlsen sein Land dafür begeistert hatte. Warum sie das frage?

In Dänemark würden nicht so viele Menschen Schach spielen, erklärte sie. Sie selbst spiele jedoch leidenschaftlich. Bald würde ein Porträt von ihr in der *Svalbard Posten* erscheinen. Myklebust habe sie interviewt. Als dänische Schachspielerin, nicht als arktische Geologin. Beim Schach sei Taktik immens wichtig.

»Wie kommen Sie denn darauf?«, fragte Trond.

Stina grinste breit und strich sich eine helle Haarsträhne aus dem sommersprossigen Gesicht.

»Je länger ich über unser Projekt hier oben nachdenke, desto sicherer bin ich, dass irgendetwas nicht stimmt.«

Hatte das nicht schon Madame de Moulin vermutet?, überlegte Trond.

»Und was stimmt nicht?«, fragte er nach.

»Das weiß ich nicht. Aber ich bin sicher, dass Urs irgendetwas herausgefunden hat. Wo und wie auch immer. Er verhielt sich so seltsam seit seiner Rückkehr aus den Weihnachtsferien. Vielleicht habe ich selbst auch etwas entdeckt. Was vom Gehirn her betrachtet eigentlich gar nicht möglich ist.«

»Vom Gehirn her? Was genau meinen Sie damit?«

Da hatte sie nur kess gegrinst und in die Hände geklatscht.

»Warten Sie mal ab. Wenn Sie selbst Schach spielen, wissen Sie vielleicht, was ein doppeltes Turmopfer ist.« Sie beobachtete ihn mit schräg gelegtem Kopf.

Trond zögerte einen Moment, bevor er ihr antwortete.

»Davon habe ich schon mal gehört. Warum?«

»Ich und Urs, wir sind bei diesem Spiel die Türme.« Dabei hatte sie ihn unverwandt angeschaut. »Ich bin der zweite Turm. Deshalb bin ich zu Ihnen gekommen.«

18 Eine gute Viertelstunde später bog der Hundeschlitten ganz abrupt um eine Felsenecke, und Trond erkannte in der Dunkelheit die vagen Umrisse einer Schutzhütte aus Wellblech.

Es schien ihm, als hätten erdfremde Wesen, die eigentlich einen Schnellimbiss für Polarexpeditionen einrichten sollten, stattdessen beschlossen, hier den letzten Unterstand für aus der Zivilisation Gefallene zu bauen. Die Behausung klebte schief und wackelig an einem Felsen und man musste schon sehr verzweifelt oder im Polarrausch sein, um sie wirklich betreten zu wollen – oder ein Meteorologe.

Die Hütte wirkte so fragil und provisorisch, dass man sie am liebsten mit den gepolsterten Handschuhspitzen auf ihre Stabilität hin überprüfen wollte.

Tronds Beine fühlten sich etwas steif an, als Frida ihn von den Gurten befreit hatte und ihm half aufzustehen. Runes Schneemobil war nirgends zu sehen.

Frida versorgte die Hunde, während Trond auf die Hütte zustakste.

»Müsste Rune nicht schon hier sein?« Der Kommissar hatte sich zu Frida und dem Gespann umgedreht.

»Auf 78 Grad, in der Nähe des Nordpols ist es schwierig, feste Termine einzuhalten«, erklärte sie ihm. »Hier gibt es nur ungefähre Absprachen. Und die sollten sich besser nicht mit den Terminen von Nanuq überschneiden.«

Trond senkte den Kopf und verzog den Mund. »Nanuq?«

»Das ist der Name der Inuits für den Eisbären. Wir gehen lieber rein.«

Sie knipsten beide ihre Taschenlampen an und ließen die schimmernden Kegel miteinander tanzen.

Die Hütte war innen nicht viel gemütlicher, als sie von außen aussah. Es gab eine roh gezimmerte Holzbank an der Wand, die sich an den Felsen lehnte, daneben einen schmalen, langen Tisch, der wackelig wirkte. In der Ecke stand ein zusammengeklapptes altes Campingbett. Eine dünne Matratze war in Plastikfolie eingerollt und lag daneben. Allerdings war der feine Staub auf dem Boden an dieser Stelle etwas verwischt worden, als hätte jemand das Campingbett vor Kurzem hervorgeholt und auseinandergeklappt.

Trond hielt seine Nase in die Luft und schnupperte.

»Riecht nach Kaffee.«

Frida reagierte nicht.

»Hier trägt Rune die Messergebnisse in seine Unterlagen ein«, erklärte sie ihm.

»Die Messgeräte sind in verschiedenen Abständen rund um die Hütte aufgestellt. Es geht um die Temperatur, die Feuchtigkeit natürlich, dann um die Windrichtung und …«

Trond unterbrach sie barsch. »Hier war jemand, Frida, erst vor Kurzem, da bin ich mir sicher. Kannst du versuchen, Rune zu erreichen?«

Überrascht schaute die Musherin auf.

»Klar. Nur schätze ich, dass er schon auf dem Weg hierher ist, und ob er auf dem Schneemobil ans Handy gehen kann …? Ich versuch's mal.«

Sie zog ihr Handy aus der Tasche und drückte eine Nummer.

Trond schaute sich mithilfe der Taschenlampe weiter um.

»Gibt's hier auch richtiges Licht?«

Frida warf ihm einen mitleidigen Blick zu.

»Du bist heute aber ungeduldig. Wir sind in der absoluten Wildnis. 78 Grad nördliche Breite, Trond. In seiner Wohnhütte hat Rune einen Generator, aber hier gibt's nur eine batteriebetriebene Leuchte. Keine Ahnung, wo die ist.«

Sie wirbelte ihren Lichtkegel durch den kargen Raum.

»Kein Handynetz, ich dachte es mir.«

Trond murmelte etwas. Das gefiel ihm alles ganz und gar nicht. Wo blieb Rune nur?

»Was hat denn die Dänin gestern ausgepackt?«, fragte Frida. »Das könntest du mir doch erzählen, während wir auf ihn warten.«

»Hmm. Später.«

Trond brummte vor sich hin.

»Da ist sie!«

Frida schien in ihrer guten Laune und dem morgendlichen Tatendrang ungebrochen. Der Lichtstrahl ihrer Stirnleuchte war auf eine viereckige Metalllampe gefallen, die auf einem Brett über dem Tisch stand, und Frida griff sofort danach.

Die Lampe warf ein unerwartet starkes Licht in die Hütte. Schatten hüpften plötzlich über das Wellblech.

Frida strahlte über das ganze Gesicht.

»Ich habe uns eine Stärkung mitgebracht, Trond.«

Sie stellte ihren Rucksack auf die Bank und begann ihn auszuräumen. Eine Thermoskanne, zwei Becher, eine Tafel Schokolade. Sie stellte alles nebeneinander auf den Tisch.

Als von Trond keine Reaktion kam, hob sie den Kopf.

Der Kommissar stand neben der geschlossenen Tür und sah aus, als würde er angestrengt in sich hineinhören.

»Trond?«

Frida ging zu ihm und nahm ihn vorsichtig an den Schultern. Dann schüttelte sie ihn sanft, als hätte sie es mit einem Schlafwandler zu tun.

»Was ist los?«

Er trat einen Schritt zur Seite und schaute sie wütend an.

»Was soll das?«

Frida stemmte ihre Hände in die Hüften.

»Hör mal, ich will wissen, was mit dir ist! Du benimmst dich wie ein … wie ein …«

Da hörten sie ein wildes Gebell von draußen. Es hatte ganz plötzlich eingesetzt.

»Das ist Tika!«

Und dann fielen alle Hunde in das wütende Bellen ihrer Leithündin ein.

Blitzschnell machte die Musherin zwei Schritte in Richtung Tür, legte den Zeigefinger auf die Lippen und horchte nach draußen.

»Rune?«, flüsterte Trond.

Frida schüttelte den Kopf. Sie griff nach ihrem Gewehr, das sie in Reichweite abgestellt hatte.

»Wir müssen die Hunde … hereinholen …«, wisperte sie.

»Glaubst du …?«

Trond wagte nicht, den Gedanken zu denken.

Frida deutete ein Nicken an. »Könnte sein. Oder ein anderes Tier. Ich will kein Risiko eingehen.«

Das Gebell draußen hatte sich zu einem ohrenbetäubenden Gejaule gesteigert.

Die Musherin wog die großkalibrige Flinte in der Hand.

»Kannst du mit so etwas umgehen? Ist leider keine Glock.«

Trond nickte, während sein Blick auf die Waffe fiel.

Die Hunde schienen draußen durchzudrehen.

»Schnell!«

Frida entsicherte die Waffe und drückte sie ihm in die Hände.

»Gib mir Deckung!«

Damit riss sie die Tür auf und spähte kurz in die Finsternis. Das Licht warf ein Spotlight auf die Hunde, die unweit der Tür angeleint waren. Sie waren außer sich, zerrten an den Leinen, sprangen senkrecht nach oben, krallten sich aneinander und brüllten in die Polarnacht. Ihre Angstschreie hallten und wurden von den Felswänden um sie herum noch verstärkt.

Trond hatte das Gewehr angelegt und versuchte Frida, die Hunde und gleichzeitig die schwach beleuchtete unmittelbare Umgebung im Auge zu behalten. Frida löste vorsichtig die Verankerung der Hundeleinen und zog die Tiere mit sich die paar Schritte in Richtung Hütte.

Selbst die souveräne Tika, die nie den Überblick verlor, schien völlig übergeschnappt. Sie war zu einer japsenden, röchelnden Kreatur geworden.

Mit letzter Kraft zerrte Frida die fünf Hunde durch die Tür, während Trond an der Schwelle ihren Rückzug sicherte. Als sie alle in der Hütte waren, warf er einen letzten Blick nach draußen – und da sah er ihn in einiger Entfernung.

Er hatte sich aufgerichtet und mit einer Tatze an einem Felsen abgestützt. Man konnte ihn nur schemenhaft am Rand des Lichtkegels erkennen.

Trond spürte sofort, wie sein Herz zu rasen begann. Übelkeit stieg in ihm auf.

Der Bär hatte nun seinen Kopf in Richtung der Hütte gedreht, als wollte er seine Witterung weiterverfolgen. Es war klar, dass er die Hunde gerochen hatte, und mehr als wahrscheinlich, dass er die beiden Menschen auf seiner tiefblauen Zunge geradezu schmecken konnte.

Trond merkte, wie ihm trotz der eisigen Kälte der Schweiß ausbrach.

»Komm rein, um Gottes willen, schnell!«

Er hörte Frida von drinnen schreien, war jedoch unfähig, sich zu bewegen. Es war, als hätte man ihm ein Betäubungsmittel in die Beine gejagt, das nicht die geringste Bewegung zuließ. Es war, als wäre er gelähmt.

Trond Lie stand mit dem Gewehr im Anschlag bewegungslos an der offenen Tür und hatte das Gefühl, in die Ewigkeit zu starren.

Da packte ihn etwas von hinten und riss ihn zurück. Es war,

als erwachte er aus einem tiefen Schlaf, und er stolperte ein paar Schritte zurück. Dann wurde die Tür zugeknallt und Frida schob fast im selben Augenblick die Bank vor den Eingang.

Sie waren erst einmal sicher – und saßen gleichzeitig in der Falle.

19 Stina Jensen hatte sich den ganzen Morgen nicht auf die Arbeit konzentrieren können. Außerdem hatte sie schlecht geschlafen. Jetzt war Nachmittag, und sie schreckte auf, als die Bürotür laut ins Schloss fiel. Sie musste nach dem spontanen Umtrunk am Mittag in der Kantine über ihrem PC eingedöst sein.

Die ganze letzte Nacht war sie alles, was passiert war, im Kopf immer wieder durchgegangen. Und ihre Vermutungen über das, was Urs möglicherweise herausgefunden hatte.

Die Polarnacht bereitete ihr normalerweise keine Schlafprobleme. Dänemarks Winter waren auch nicht sehr hell, und dies war schon ihr vierter Winter in vollständiger Dunkelheit, zwei davon auf Grönland und zwei auf Svalbard. Stina war es im Grunde ziemlich egal, ob es vor ihrer Tür dämmerte, ob die Sonne strahlte oder ob es stockdunkel war. Als erprobte Arktikerin hakte man den ausbleibenden Wechsel der Tageszeiten nur achselzuckend ab und wandte sich lieber dem Alltagsgeschäft zu.

Am Tag seines Verschwindens hatte sie Urs in Siris Pension besucht und arglos sein Zimmer betreten. Das hatte sie vorher schon mehrmals getan. Einmal im November, als er schwer erkältet gewesen war, um ihn über den Stand der Arbeit zu unterrichten und neue Unterlagen vorbeizubringen, und einmal, um ihn geradeheraus zu fragen, was denn eigentlich mit ihm los sei. Damals war er ihr ausgewichen und hatte nur etwas von einem Vertrag gemurmelt, der angeblich falsch ausgelegt werde.

Hatte er damit vielleicht gemeint, dass jemand aus ihrem Team den Forschungsvertrag für seine Zwecke missbrauchte, den Vertrag, den Pearse für die ganze Gruppe unterschrieben hatte? Oder hatte er möglicherweise vom Svalbardvertrag gesprochen?

Das war erst vor ein paar Tagen gewesen, nachdem sie aus den Weihnachtsferien zurückgekehrt waren. Nur Sascha und Pearse waren über den Jahreswechsel in Longyearbyen geblieben. Da sie beide keine Familie hatten, wollten sie die Zeit zwischen den Feiertagen nutzen, um Ergebnisse aufzuarbeiten, die liegen geblieben waren. Sascha hatte sogar eine neue Testreihe mit Erdproben gestartet, die er, wie er auf seine wichtigtuerische Art überall herumerzählte, einem verheißungsvoll alten Teil des Friedhofs in Pyramiden entnommen hatte.

Nach den Weihnachtsferien war Urs noch abweisender geworden, fand Stina. Er hatte ihr in der Mensa als Ablenkungsmanöver, wie sie es auslegte, etwas vom Fechten erzählt. Oder war es Darts gewesen?

Sie grübelte. Ihr Gehirn lief nach der Feier heute nicht mehr so geschmeidig. Sie sollte nach Hause gehen und sich hinlegen.

Vielleicht hätte sie ihm von dem Artikel über sie als Schachmeisterin berichtet, auf den sie sich so freute. Das war möglich. Eins hätte das andere ergeben.

Jedenfalls war sie am Tag von Urs' Verschwinden in sein unverschlossenes Zimmer gegangen und hatte seinen kleinen Laptop auf dem Tisch entdeckt. Stina hatte den Computer einfach in ihren Rucksack gesteckt. Sie wollte unbedingt aufdecken, was Urs so beschäftigte. Danach, als man ihren toten Kollegen gefunden hatte, verließ sie der Mut, sodass sie den Besitz des Computers vor dem Kommissar einfach verschwiegen hatte.

Wie sie diesen frechen Diebstahl Urs hätte erklären können, kam ihr nicht in den Sinn. Wahrscheinlich hätte sie den Laptop einfach möglichst unbemerkt bald wieder in sein Zimmer zurückgeschmuggelt.

Eigentlich hätte sie es dem Kommissar spätestens gestern

Abend beichten müssen, ging es ihr durch den Kopf. Aber dann hätte er die Herausgabe des PC gefordert und sie war noch nicht ganz fertig damit. Sie wollte den Laptop noch eine kleine Weile für sich behalten, bis sie alles durchgegangen war, was Urs zusammengetragen hatte.

Seinen PC zu knacken war einfach gewesen. Man konnte sich gar nicht vorstellen, wie einfallslos die meisten beim Erstellen ihrer Passwörter waren. Dabei schien die Vorhersagbarkeit bei Wissenschaftlern besonders haarsträubend zu sein. Urs hatte den Vornamen seines Kindes gewählt, von dem der sonst schweigsame Schweizer immer wieder gern erzählt hatte, sodass alle ihn kannten.

Stina hatte vorsichtshalber alles auf ihrem USB-Stick abgespeichert, den sie in ihrer Schachkiste aufbewahrte. Diebstahl und Schach passten ihrer Meinung nicht zusammen, deshalb hielt sie dieses Versteck für sicher.

Heute Morgen hatte Silvi de Moulin alle gefragt, ob sie am Mittag in die Mensa kommen könnten. Sie habe den Sonderraum für Dozenten reserviert, da sie mit ihnen auf etwas anstoßen wolle.

Pearse und Sascha hatten überrascht geguckt, aber genickt. Stina hatte Silvi erklärt, dass sie gern dabei sein werde, aber ihr eigenes Mittagessen mitgebracht habe, da sie seit den Feiertagen auf Diät sei. Aber das sei ja nicht weiter schlimm.

Gegen zehn tauchte plötzlich dieser Polizist mit der spitzen Nase bei ihnen auf und stellte allen ein paar Fragen. Seit wann sie in Longyearbyen seien, was sie mit den Gesteinsproben machten und ob sie vorher schon einmal hier gewesen seien. Ob ihnen vielleicht etwas Ungewöhnliches aufgefallen sei?

Stina hatte das Gefühl, dass diese Fragen alle schon von dem älteren Kommissar gestellt worden waren. Aber was sie noch mehr verblüffte, war, dass der Neue an ihren Antworten offenbar nicht wirklich interessiert war.

Unruhig streiften seine Augen durch den Raum, blieben an nichts und niemandem hängen, und er vermittelte ein Gefühl des Überdrusses, als sei ihm alles lästig.

Silvi nutzte seine Anwesenheit, um länger auf der Toilette zu verschwinden, wofür sie sich bei ihrer Rückkehr beim Kommissar entschuldigte. Der zuckte lediglich mit den Schultern und verschwand dann ohne Gruß.

Kurz darauf ging Pearse in die Küche, um für alle frischen Kaffee aufzusetzen, wie er lautstark verkündete.

Gegen halb zwölf wurde Sascha an die Rezeption bestellt. Dort war für ihn etwas abgegeben worden. Er kehrte mit einem kleinen Karton zurück und stellte ihn ungeöffnet unter seinen Schreibtisch.

Kurz darauf schaute Sysselmann Mette Møller vorbei, die den Kommissar Kristoffersen aus Tromsø suchte. Silvi lud spontan auch Mette Møller ein, in der Mensa mit ihnen zu feiern.

In dem für die Party reservierten Raum standen Sektflaschen und ein paar Gläser bereit. Da Stina ihr Diät-Essen im Kühlschrank der Kaffeeküche vergessen hatte, entschied sie spontan, ihr Mittagessen ausfallen zu lassen und nur ein Glas Sekt mit den anderen zu trinken.

»Wo ist denn deine Diät geblieben, Stina?«, fragte Silvi erstaunt.

»Im Kühlschrank!«

Alle lachten und hoben ihr Glas.

Die Kanadierin hatte sich auf eine Professur in den Vereinigten Staaten beworben und eine Zusage erhalten. Das wollte sie mit den Kollegen feiern.

Die Stimmung wurde schnell sehr locker für die Mittagszeit und im Nu hatte sich die kleine Feier unter den anderen Wissenschaftlern der Uni herumgesprochen.

Nachdem noch ein knappes Dutzend Kollegen mit der Pensionswirtin Siri Hummel im Schlepptau dazugestoßen waren und das Mittagessen sich mit Bier, Wein und Wodka schon längst in eine Party verwandelt hatte, stellte Stina, vom Alkohol beschwingt, dann doch die Frage, die ihr seit der Internetsuche auf der Zunge brannte. Sie hatte sich bewusst mit ihrem Glas zu ihrem Kollegen gesellt.

Die Reaktion ihres Gegenübers auf ihre Frage fiel eher belustigt als verunsichert aus.

»So etwas kann sich ändern.«

»Wirklich? Das wusste ich nicht.«

»Das wurde vor längerer Zeit mal wissenschaftlich untersucht, dass das durchaus möglich ist.«

»Ach, interessant, wo denn?«

»Auf Silvi, auf ihre Professur!«, ertönte da eine Stimme.

»*Skål*« und »*Santé*!«, schrien alle enthusiastisch, dazwischen hallten ein paar »*Cheers!*«.

»Auf Silvi!«

Alle Gäste prosteten der kanadischen Wissenschaftlerin zu.

Zwei Stunden später löste sich der spontane Umtrunk langsam auf. Eigentlich wäre Stina gern nach Hause gegangen, um sich hinzulegen. Doch sie musste noch eine Statistik auswerten, die nicht warten konnte. Also machte sie sich an die Arbeit und döste tatsächlich darüber ein.

Als sie durch ein Türknallen wach wurde, wusste sie einen Moment lang nicht, wo sie sich befand. Dann dämmerte es ihr, dass sie in ihrem Büro am Arbeitsplatz war. Der Raum war gespenstisch leer. Sie schaute sich um.

Wo waren ihre Bürokollegen? Wo waren Pearse, Sascha und Silvi abgeblieben?

Sie stand rasch auf und merkte, dass sich alles um sie drehte. Was war passiert? So viel hatte sie doch gar nicht getrunken.

Da fiel ihr ein, dass sie das Mittagessen hatte ausfallen lassen. Sollte sie es sich jetzt holen? Stina starrte einen Moment durch das Bürofenster in die Dunkelheit. Sie schaute auf die Uhr – es war fast vier – und entschloss sich dann, doch lieber nach Hause zu gehen. Um vier Uhr machte sich hier sowieso jeder über alle spitzen Berge.

Sie fuhr ihren Computer herunter, räumte ein paar Dinge zusammen und ging dann in die Küche.

Pearse stand am Spülbecken und wusch die Gläser von der Mittagsparty ab.

»Oh, du bist wieder wach! Wir wollten dich nicht wecken, du hast so sanft an deinem Schreibtisch gepennt.«

Er zwinkerte ihr zu und Stina winkte ab.

»Ich habe gestern nicht gut geschlafen und dann der Alkohol am Mittag. Das wirft mich um.«

Sie holte den Plastiktopf mit dem Salat aus dem Kühlschrank, hob den Deckel und schnupperte genüsslich daran.

»Lecker. Den hatte ich vergessen. Jetzt ist er für heute Abend.«

Pearse hatte sich zu ihr umgedreht und reckte den Kopf.

»Sieht gut aus, was ist das?«

»Dänischer Heringssalat mit Kartoffeln und Roter Bete«, erwiderte Stina. »Meine Mutter macht ihn traditionell mit Sahne und einem Schuss Aquavit.«

Pearse trocknete sich die Hände ab und kam näher.

»Ach, und ich dachte, du bist auf Diät.«

Die Dänin nickte heftig.

»Klar. Mein Salat ist ja ohne Kartoffeln und ohne Sahne und Schnaps. Schmeckt aber auch mit Joghurt.«

Sie schob das Plastiktöpfchen in ihren Rucksack.

»Was hast du eigentlich vorhin genau gemeint, als du …?«

Pearse war einen Schritt näher getreten und blinzelte nervös.

Sie zögerte einen Moment. »Du meinst, als ich was gefragt

habe … Ich wusste nicht, dass du das überhaupt mitbekommen hast … Ach, vergiss es. War nicht wichtig.«

Sie merkte, dass er mit sich kämpfte, und legte ihm eine Hand auf den Arm. »Wirklich, war nicht wichtig. Wir hatten alle schon einen Kleinen in der Birne.«

Pearse schaute sie an. Seine wasserblauen Augen waren fast so hell wie das Blau des Gletschereises auf den Bergen.

»Glaubst du auch, dass hier etwas nicht stimmt?«, fragte er sie plötzlich. Seine Stimme hatte einen metallischen Klang.

Stina nahm ihre Hand von seinem Arm und starrte ihn misstrauisch an.

»Wie meinst du das? Wer glaubt das denn sonst noch?«

20 Frida versuchte geduldig, die Hunde zu beruhigen, was ihr nur unzureichend gelang. Sie japsten und quiekten, als quälten sie Schmerzen. Dass der da draußen wusste, dass hier drinnen Beute für ihn sein könnte, war der erfahrenen Musherin klar – anscheinend auch den Hunden, so wie sie sich aufführten.

Trond war dagegen wieder ganz der Alte.

»Kann der hier rein, was glaubst du?«

Der Kommissar war im hinteren Teil der Hütte in die Hocke gegangen.

Er suchte den Boden nach einem Loch oder einer undichten Stelle in der windschiefen Hütte ab, konnte aber nichts entdecken. Außer der Tür gab es keine Öffnung nach draußen, keine Fenster, keine Luken, keine klaffenden Spalten zwischen Gestein und Wellblech.

Schließlich war da nichts mehr, was er mit den Augen aufmerksam überprüfen konnte, also hielt er inne und starrte Frida an. Beide schwiegen eine Weile und man hörte nur das aufgeregte Hecheln der Hunde.

»Wir können hier nicht ewig ausharren«, brach Trond endlich das Schweigen.

»Eine Zeitlang schon«, erwiderte Frida. »Allerdings könnte ich auch versuchen ihn mit dem Gewehr zu vertreiben. Und natürlich die Signalpistole einsetzen. Ich habe immer eine dabei, wenn ich mit dem Gespann unterwegs bin.«

Frida zog eine handliche Pistole aus ihrem Rucksack und hielt sie ihm hin. Diese Schreckschusswaffe wurde auf Svalbard verwendet, um den Eisbären zu warnen und ihn dazu zu bringen, die Flucht zu ergreifen.

Trond nickte und schien zu überlegen.

»Du hast vorhin ein Funknetz erwähnt, das hier nicht mehr funktioniert. Könnten wir überhaupt Hilfe rufen?«

Seine Stimme klang nicht aufgeregt. Wenn er Angst hatte, dann war es ihm gelungen, sie gut zu kontrollieren.

Fridas Blick fiel auf das kleine Rudel zu ihren Füßen. Die Hunde hatten sich jetzt dicht beieinander an sie geschmiegt. Sie konnte ihr Zittern durch den dicken Stoff ihrer Hose spüren, aber die Huskys waren ruhig.

»Frida«, wiederholte Trond seine Frage, »können wir irgendwie Hilfe holen?«

Die Musherin überlegte. Etwas ließ sie zögern. Schließlich nickte sie und zog ein etwa handygroßes Gerät aus der Innentasche ihrer Jacke.

Trond schaute sie fragend an.

»Das ist ein PLB, ein sogenannter *personal locator beacon*, für absolute Notfälle«, erklärte sie ihm. Sie aktivierte das Gerät, indem sie einen Knopf drückte. Ein grünes Licht leuchtete flackernd auf.

»Wir befinden uns außerhalb von Verwaltungsgebiet zehn«, fuhr sie fort. »Da funktioniert nur noch dieser Notsignalsender auf Iridium-Basis. Der Sysselmann empfängt das Signal und kann es dann einigermaßen exakt zuordnen. Leider kriegen wir darüber keine Antwort und können deshalb auch nicht wissen, ob uns wirklich jemand zu Hilfe kommt. Wenn kein Heli zur Verfügung steht, sehe ich schwarz. Deshalb helfen wir uns jetzt besser selbst. Das hier ist nur eine Zusatzmaßnahme.«

Frida griff nach der Signalpistole.

Noch bevor Trond etwas erwidern konnte, war die Musherin zur Tür gegangen und bedeutete ihm mit einer stummen Geste, ihr zu folgen. Vorsichtig öffnete sie die Tür einen Spalt und spähte hinaus ins Dunkel. Sie hatte die Pistole entsichert und schob sie durch die schmale Ritze.

»Er war eben drüben am Felsen«, flüsterte der Kommissar.

Sie hielten beide den Atem an. Obwohl man mit einer Signalpistole Menschen und Tiere durch innere Verbrennungen ernsthaft, ja sogar tödlich verletzen konnte, versuchte Frida genau das zu vermeiden.

Manche Eisbären konnte man mit einem solchen Schuss auf der Stelle in die Flucht treiben, andere dagegen ließen sich keine zehn Sekunden lang davon aufhalten. Die setzten ihren Angriff völlig unbeeindruckt fort. Das erzählte sie Trond.

Dann schoss die Musherin dreimal kurz hintereinander in die Luft.

Es waren rote Leuchtgeschosse, die hoch in den Himmel stiegen. Sie dienten nicht nur der Abschreckung und Vertreibung des Angreifers, sondern konnten auch anderen signalisieren, wo sich Gefährdete befanden.

Sofort schlossen sie wieder die Tür und Frida warf sich von innen dagegen.

»Komisch«, sagte Trond, als sie sich wieder in der Hütte befanden, »Ingvild hat mal erwähnt, dass man hier zur Abschreckung Blitzknall-Wurfkörper verwendet. Sie hat immer einen im Rucksack. Du nicht?«

Frida schüttelte heftig den Kopf.

»Ich weiß, das machen viele. Die sind schneller zur Hand als die Waffe. Du nimmst sie raus, ziehst oben was ab und schleuderst sie weg. Aber die sind nicht so zuverlässig, weil sie zum Teil aus Pappe bestehen und hier schnell feucht werden können. Und dann gibt es keinen Blitz und keinen Knall, und Meister Petz kräuselt nicht einmal die Nase.«

Plötzlich sprang Tika auf, knurrte und ihr Schwanz wirbelte wie wild herum. Trond warf einen misstrauischen Blick auf die Hündin. »Was hat sie?«

Frida legte wieder den Finger auf den Mund und schlich zur Tür. Trond folgte ihr vorsichtig und lauschte. Es herrschte atemlose Stille.

»Tika muss etwas gehört haben. Ihre Ohren sind besser als unsere.«

Die Hunde begannen kurz darauf leise zu winseln.

Frida öffnete jetzt ihre Waffe und überprüfte die Ladung ihres Gewehrs. Trond räusperte sich.

»Die Dänin war der Meinung, dass irgendetwas mit ihrem Forschungsprojekt nicht stimmt. Nach der Kanadierin ist sie schon die Zweite aus dem Team, die das denkt.«

Er hörte sich an wie ein Dozent in der Polizeischule, der über einen hervorragend geeigneten Schulungsfall sprach.

»Sie deutete an, dass Urs wohl auf Widersprüche gestoßen sei, was die Gesteinsproben betraf, und dass auch sie selbst ...«

Frida hob überrascht den Kopf und starrte ihn ungläubig an.

»Hör mal, schätzungsweise dreißig Meter von hier steht das gefährlichste Landraubtier dieser Erde und du spekulierst über mögliche Hintergründe deines Kriminalfalls?«, sagte sie fassungslos. »Wenn das deine Art ist, mit der akuten Lebensgefahr für uns alle umzugehen, scheinst du tatsächlich auf dem Weg in den Wahnsinn zu sein.«

Die Hunde begannen wieder zu jaulen. Ihre langgezogenen, winselnden Laute schraubten sich in immer schrillere Höhen.

In dem Moment erlosch die batteriebetriebene Lampe und die Hütte versank in Dunkelheit. Beide fluchten laut.

»Wo ist deine Taschenlampe?«, schrie Frida und polterte durch den engen Raum. Trond wusste, dass er sie wieder in die Jackentasche gesteckt hatte. Er zog sie heraus und knipste sie an. Ihr karger Lichtkegel tanzte durch die Hütte, es war zumindest eine kleine Hilfe. Das Licht streifte Frida, die ihre Flinte wieder zusammengeklappt hatte.

»Sag mir, was ich tun kann!«, rief der Kommissar verzweifelt. »Ich habe keine Waffe, aber ich kann dir mit der Signalpistole Deckung geben und ihn vielleicht ablenken.«

In dem Moment hörten sie einen Schuss. Kurz darauf folgten noch vier oder fünf weitere. Das Jaulen der Hundemeute wechselte auf der Stelle in lebhaftes, geradezu erleichtertes Gebell.

Frida und Trond starrten sich ungläubig an, als die Tür mit einem Schlag aufgerissen wurde.

Es war Rune.

21 Kurz nach Mittag saßen Trond und Frida in der winzigen Wohnung der Niederländerin und löffelten den traditionellen Eintopf aus Möhren, Kartoffeln und Zwiebeln, den Frida aus ihrer Heimat importiert hatte. Die dicke Suppe war jetzt sicher das Beste, um nach den gefährlichen Stunden in Eis und Schnee ihre Lebensgeister zu wecken und ihr Wohlbefinden zu steigern.

Die Hunde waren ebenfalls versorgt und ruhten erschöpft auf dem Stroh in ihren Hütten.

Rune war es gelungen, den Eisbären zu sedieren. Er hatte, kurz bevor er den Treffpunkt erreicht hatte, die roten Signalkugeln am Himmel bemerkt und sich entsprechend vorbereiten können.

»Das schmeckt wundervoll, Frida«, sagte Trond. Er kratzte mit dem Löffel den letzten Rest des Eintopfs zusammen und wirkte jetzt wieder so ruhig wie fast immer. Die Angst und Anspannung vom Morgen schien gewichen. »Hätte nie gedacht, dass Möhren so lecker sein können. Und dass Rune ein echter Spezialist ist, hätte ich auch nicht unbedingt erwartet.«

Frida nickte.

»Klar, wenn du seit zwanzig Jahren hier draußen arbeitest, musst du dich wirklich mit Eisbären auskennen, sonst bist du verloren. Rune macht im Sommer oft größere Ausflüge in dieser Gegend. Er hat ein Boot und fährt die Küste Svalbards ab bis hoch nach Ny Ålesund und weiter. Dort macht er seine Aufnahmen. Fotografieren ist sein Hobby, hat er mir mal erzählt, und heute haben wir davon profitiert.«

Sie lächelte und schob ihren leeren Teller ein Stück von sich weg.

Zufrieden führte Trond den letzten Löffel zum Mund. Er schluckte.

»Weshalb hast du so lange gezögert, das Notsignal abzusetzen? Wegen der Spitznase?«

Frida warf ihm einen kurzen Blick zu. Sie spielte mit ihrer Serviette.

»Klar, ich wollte nicht, dass er erfährt, dass wir immer noch zusammen auf der Pirsch sind, was ihn sicher verärgern würde.«

Trond verzog spöttisch den Mund.

»Aber das PLB ist doch auf dich registriert? Du warst nicht mehr vor Ort, als sie alle bei Runes Hütte ankamen. Fanden sie das nicht merkwürdig?«

»Stimmt, aber das Rettungsteam kennt mich ja, und die fanden es normal, dass ich dringend mit den Hunden zurückmusste und dass Rune allein auf sie warten würde. Komm, wir räumen mal ab, dann können wir uns Runes Bilder angucken.«

Trond trug die beiden Teller zur Spüle.

Der Meteorologe hatte, wie versprochen, Fotos mitgebracht, die er aufgenommen hatte. Er hatte sie Trond zugesteckt, kurz bevor der Rettungshubschrauber eingetroffen war.

Jetzt zog der Kommissar diese Bilder aus seiner Ledertasche und breitete sie auf dem Tisch aus. Es waren vier Fotos.

Frida brachte Trond eine Tasse Kaffee und kurz darauf standen beide über den Tisch gebeugt.

Trond zeigte mit dem linken Zeigefinger auf das erste Foto.

»Wo ist das? Bei Svea Nord?«

»Ja, das erkennt man an dem Postgebäude rechts auf dem Bild. Dahinter sind die Unterkünfte und links ist das kleine Verwaltungszentrum.«

»Und sonst?«

»Nichts.«

Frida räusperte sich.

»Das heißt, da steht noch der Weihnachtsbaum mit dem Stern. Den haben sie jedes Jahr«, ergänzte die Musherin.

»Ach, das soll ein Weihnachtsbaum sein?«

Trond deutete auf eine Konstruktion aus Draht neben dem Postgebäude, auf deren Spitze ein goldener Stern prangte. Dann fragte er: »Und was ist das für ein komisches blaues Licht? Sieht ja toll aus, gespenstisch und irgendwie überirdisch.«

Frida lächelte nun stolz, als spräche sie von einer eigenen Erfindung.

»Das kommt von den sogenannten blauen Wochen. Die setzen Mitte Februar ein, wenn die Kernpolarnacht zu Ende geht, und dauern bis in den März. Das ist die schönste Zeit hier auf Svalbard. Das Licht ist unbeschreiblich. Da kommen die Fotografen immer in Scharen.«

»Hmm, und warum wollte Rune uns das zeigen? Da ist doch kein Mensch drauf zu sehen. Nur dieser kuriose Weihnachtsbaum aus Draht.«

Er schaute sich das Foto noch einmal ganz genau an und blickte dann etwas ratlos auf.

Frida zuckte die Schultern. »Das muss letztes Jahr gewesen sein, denn die blauen Wochen haben dieses Jahr noch gar nicht angefangen. Bis dahin dauert es sicher noch vier Wochen oder so. Das ist wirklich seltsam.«

Sie nahm einen großen Schluck aus ihrem Kaffeebecher.

Auf dem zweiten Foto war dasselbe Motiv zu sehen, diesmal aus einem anderen Winkel aufgenommen. Man konnte das Verwaltungsgebäude besser erkennen, und der Drahttannenbaum und die Post waren in den rechten Hintergrund gerückt.

»Hast du eine Lupe, Frida?«

Sie überlegte und kratzte sich an der Wange.

»Nee, ich glaube nicht.«

Trond schob das Foto unter das Licht der Zimmerlampe und Frida lachte.

»Oh, hier ist jemand drauf!«

Sie klang begeistert, aber als sie genauer hinschaute, verschwand das Lächeln auf ihrem Gesicht.

»Das sind doch Jon und …« Hier brach sie ab und starrte Trond verblüfft an.

»Das kann doch nicht …«

Der Kommissar nahm das Bild und hielt es näher ans Licht.

»Ich weiß nicht, warum du überrascht bist, Frida. Das ist doch nichts Neues. Schließlich wissen wir, dass Myklebust und Jon sich kennen.«

Er beobachtete sie.

Frida schluckte.

»Logisch, Jon hat mir ja den Umschlag für Myklebust gegeben. Oh Mann!«

Frida schlug sich mit der Hand auf die Stirn, sodass Trond sie verwundert ansah. »Was zum Teufel ist denn jetzt los?«

Die Niederländerin biss sich auf die Lippen. »In dem ganzen Schlamassel mit der Leiche und dem gestohlenen Umschlag habe ich total vergessen, dass ich ja noch einen zweiten Umschlag dabeihatte, den ich beim UNIS abgeben sollte. Das habe ich völlig verschwitzt. Ich muss nachher unbedingt noch mal dort hingehen und denen Bescheid geben. Das war sicher nicht so wichtig, sonst hätten sie sich längst gemeldet.«

Trond schaute sie skeptisch an, aber Frida nahm rasch den Faden wieder auf und deutete auf Runes Foto.

»Klar, dass sie sich kennen müssen, auch wenn Jon das geleugnet hat«, sagte sie. »Er hat behauptet, es sei nur eine Kneipenbekanntschaft.«

»Aber wir wissen, dass dein netter Architekturstudent nicht ganz mit offenen Karten spielt, oder?«

Frida senkte den Kopf.

»Wieso *mein netter Architekturstudent*? Was willst du damit sagen?«

Trond grinste breit. »Er gefällt dir, das habe ich gesehen. Ist doch nicht schlimm.«

Frida beugte sich über das dritte Foto.

»Schau mal, das hier ist tatsächlich überraschend, Trond. Das hätte ich nicht gedacht.«

Tronds Augenbrauen schnellten nach oben und er nahm vorsichtshalber noch einen Schluck Kaffee.

»Verstehe ich nicht«, brummte er. »Hier hat Rune offenbar einen Schnappschuss von Jon und Myklebust gemacht, wie sie sich angeregt unterhalten. Sie stehen vor dem Eingang zur nie benutzten Grube Lunckefjell. Was soll daran so besonders sein, Frida?«

»Na, dass es im Hellen aufgenommen wurde, bei strahlender Sonne.«

Der Kommissar schaute sie mit weit aufgerissenen Augen an.

»Und? Was ist gegen einen blauen Himmel und Sonnenschein einzuwenden, selbst hier in der Arktis?«

Frida seufzte.

»Nun, die Sonne verschwindet hier jedes Jahr pünktlich am 26. August, aber Myklebust kam, soweit ich mich erinnere, erst im Oktober hierher, um völlig unerwartet den Posten bei der Zeitung zu übernehmen. Vorher war er noch nicht hier auf Svalbard. Zumindest offiziell nicht«, fügte sie leise hinzu.

Trond runzelte die Stirn. »Wie bitte?«

Frida nickte heftig.

»Und Jon sagte mir, dass sein Praktikum auch erst im Oktober angefangen hat.«

Trond schien auf einmal aufgeregt.

»Das ist sensationell. Das rückt alles sofort in ein anderes Licht – sogar im wörtlichen Sinn.«

»Klar«, sagte Frida. »Man kann hier jede Fotografie anhand der Lichtverhältnisse zeitlich ganz gut einordnen. Man weiß zumindest ungefähr, in welchem Monat sie aufgenommen wurde. Ich glaube, das funktioniert nur hier und vielleicht noch in der Antarktis.«

Wieder musterte er sie fassungslos.

»Das war mir nicht klar. Hast du heute Abend schon etwas vor?«

Frida schaute ihn fragend an.

»Wenn du ein Date mit mir haben willst, kannst du dir die Mühe sparen. Dazu bin ich heute nicht mehr in der Lage.« Sie grinste.

Trond schmunzelte.

»Pass auf, ich spendiere dir ein Abendessen in Siris Gruben-restaurant. Aber ohne mich – und du solltest um acht dort auf-tauchen.«

»Wie? Ich soll allein da essen?«, fragte Frida verwirrt.

Trond verzog seine Lippen zu einem breiten Grinsen.

»Ich denke, nicht. Um acht Uhr geht da normalerweise auch ein Architekturstudent aus Trondheim hin, und der freut sich sicher, wenn du ihm Gesellschaft leistest.«

Frida wollte protestieren, unterließ es aber.

»Ich vertraue dir einen wichtigen Teil unserer Ermittlung an«, fuhr Trond fort. »Als du mir erzählt hast, dass Jon bei Siri in der Pension wohnt, habe ich sie mal nach seinen Gewohn-heiten gefragt. Ich bin sicher, du kriegst etwas bei ihm heraus, aber sei vorsichtig.«

Nun warf er einen Blick auf das vierte Foto, das ebenfalls die zwei Männer vor der Grube Lunckefjell zeigte. Er runzelte die Stirn und nahm sich noch einmal die beiden ersten Bilder vor.

»Hast du wirklich keine Lupe?«, fragte Trond. »Ich bin mir ziemlich sicher, dass es auf diesen zwei Fotos hier etwas zu se-hen gibt, was wir bisher nur nicht bemerkt haben. Rune hätte sie sonst nicht mitgebracht. Hast du vielleicht ein Notfall-Kit, falls sich mal einer deiner Hunde unterwegs verletzt? Da ist manchmal eine Lupe drin.«

»Stimmt!«

Frida sprang auf, rannte zu ihrem Rucksack und kramte ein Plastikkästchen hervor. Wenig später reichte sie ihm das gewünschte Gerät.

»Damit habe ich vor ein paar Wochen einen Span in Rolfs Pfote entdeckt, den ich dann entfernen konnte«, erklärte sie stolz.

Doch Trond hatte sich schon wieder über das Foto gebeugt, das in ein tiefes Blau getaucht war. Er hielt erst das eine Bild und dann das zweite mit dem Weihnachtsbaum ins Licht und suchte es Millimeter für Millimeter mit der Lupe ab. Frida hielt vor Anspannung die Luft an.

»Da. Ich wusste es!«

Er legte das Foto triumphierend vor ihr auf den Tisch.

»Hier, was siehst du?«

Trond deutete auf ein Fenster im ersten Stock des Verwaltungsgebäudes. Er tippte mit dem Zeigefinger darauf und gab Frida dann die Lupe.

Es dauerte ein paar Sekunden, bis sie erkannte, was es auf dem Foto zu sehen gab: Hinter der Fensterscheibe war ein Gesicht zu erkennen. Ein Gesicht, das Frida kannte.

Langsam richtete sich die Niederländerin auf.

»Zu diesem Zeitpunkt waren die Geologen doch noch gar nicht hier. Das muss im vorigen Februar oder März aufgenommen worden sein. Die kamen erst im September.«

Trond verzog verschmitzt sein Gesicht.

»Tja, aber die Dame aus dem dänischen Jütland scheint schon vorher in Svalbard angekommen zu sein. Da sollten wir sie doch mal fragen, was sie damals im Verwaltungsgebäude der *Store Norske* in Svea Nord zu tun hatte, oder?«

22 Als Frida am Abend kurz vor acht Uhr das Gruben-restaurant betrat, fiel sie fast über Siris kleine Tochter Camilla, die im Foyer auf dem Boden hockte und mit Terje Johansen, dem Eisbärexperten, Memory spielte. Er hatte sich neben ihr auf den Dielen niedergelassen.

»*Hei,* Frida!«, rief Camilla quer durch den großen Raum.

Mit ihren zahllosen sich rankenden grünen Zimmerpflanzen ähnelten das Restaurant und die Bar dem Treibhaus eines botanischen Gartens. Siri Hummel hatte Frida gegenüber einmal stolz erwähnt, dass dies wohl der grünste Platz auf ganz Svalbard sein müsse, und wenn man die monochrome Landschaft hier oben kannte, musste man ihr eindeutig zustimmen. Spitzbergens Natur bot – wenn man sie sehen konnte – eine Symphonie in Weiß, Schwarz, Braun und Grau, doch die Farbe Grün fehlte. Über Jahre hinweg hatte Siri an dem Wintergarten in ihrem Restaurant gebastelt, Efeu und Weinpflanzen gesetzt, mit Rhododendron und Kamelien experimentiert, Lavendel, Rosen und Oleander gepflanzt und schließlich erfolgreich Wicken und Löwenmäulchen gesät.

Nur Kakteen mochte sie nicht. Aber selbst der einzige Kaktus, den man ihr einmal geschenkt hatte, wurde nicht entsorgt, sondern an prominenter Stelle auf der Theke platziert, wo ein selbstgemaltes Schild dem Besucher verkündete, dass Svalbard eine arktische Wüste sei. Da lag der Kaktus nahe.

Frida ging kurz neben Siris Tochter in die Hocke und begrüßte auch Terje.

»Ich habe von eurer Begegnung mit dem alten Mann gehört«, sagte der Veterinär. »Ihr wart ja schon über alle Berge, als wir dort ankamen.«

Terje hörte sich nicht an, als sei er darüber böse gewesen.

Für ihn galt grundsätzlich, je weniger Menschen in der Nähe eines sedierten Eisbären waren, desto einfacher gestaltete sich seine Arbeit.

Frida nickte und schenkte ihm ein Lächeln.

»Wir waren mit den Hunden unterwegs und mit Rune an seiner Messstation verabredet. Aber ich merkte sofort, dass dort etwas nicht stimmte. Die Hunde drehten völlig durch.«

»Warum?«, fragte die kleine Camilla.

Frida wandte sich dem Mädchen mit dem dunklen Haar-schopf zu.

»Sie hatten Angst, Camilla. Der Eisbär ist für Menschen und Tiere sehr gefährlich.«

»Müssen wir ihn dann töten?«

Jetzt griff Terje Johansen ein.

»Nein, Camilla. Wenn er zu nahe kommt, schützen wir uns und den Eisbären, indem wir ihn betäuben. Dann schläft er ein, und wir können ihn weit weg von den Menschen bringen und ihm wieder die Freiheit schenken. Das haben wir auch diesmal getan.«

Das Kind nickte ernst und wandte sich dann an Frida.

»Trägst du deine Haare jetzt immer so? Das sieht cool aus.«

Die Fünfjährige nickte anerkennend, und Frida, die ihre Po-lizistenfrisur mit den offenen Haaren gewählt hatte, musste grinsen.

Terje schaute die Musherin an.

»Das war übrigens nicht derselbe Bär, den wir vor ein paar Tagen hier im Dorf hatten«, sagte er. »Diese Entwicklung ge-fällt mir gar nicht. Dass sie immer näher kommen und dass es nicht mehr nur einer ist, der sich verlaufen hat.«

Er strich sich gedankenverloren über das glatte Kinn.

»Trond Lie zieht sie offenbar an«, murmelte er und grinste über seinen Witz. »Aber verrate ihm das nicht, er könnte sich etwas darauf einbilden.«

Terje zwinkerte der Niederländerin zu und drehte sich dann wieder zu dem Kind.

»Camilla und ich müssen noch unsere Partie beenden. Sie gewinnt gerade.«

»Ich gewinne fast immer.«

Das Mädchen strahlte und deckte die nächste Karte auf.

»Eine Sonne, Terje.«

Camillas Blick wanderte suchend über die verdeckten Karten.

Frida rappelte sich auf. Sie hatte ganz vergessen, dass auch Terje bei Siri eines der festen Zimmer gemietet hatte. Sie hatten sich kennengelernt, als sie selbst noch hier wohnte. Frida mochte den Tierarzt, aber sie hatte immer das Gefühl gehabt, dass er irgendetwas zurückhielt. Dass er etwas verheimlichte und nicht immer mit offenen Karten spielte.

Damals hatte sie keinen weiteren Gedanken darauf verschwendet, aber heute?

Heute war alles anders in Longyearbyen. Seit dem Mord an dem Schweizer Geologen schien hier nichts mehr wie zuvor. Der harmlose Ort mit seinen leicht exzentrischen Bewohnern hatte über Nacht, über die Polarnacht, seine Rate an Kapitalverbrechen um eiskalte hundert Prozent gesteigert.

Plötzlich tippte ihr jemand von hinten auf die Schulter. Wie ertappt zuckte sie zusammen und wirbelte herum. Sie starrte in das lachende Gesicht von Jon.

»Was machst du denn hier?«, fragte er und schien sich ehrlich zu freuen, sie zu sehen.

Frida war aus dem Konzept gebracht. Dabei hatte sie sich ganz genau überlegt, wie sie sich bei ihrem Treffen heute Abend verhalten würde, und das auch mit Trond Lie gut abgesprochen. Sie würde weiter die Polizistin aus Tromsø spielen und über ihre Existenz als Musherin schweigen.

Allerdings merkte sie, dass die kurze Begegnung mit Camilla und dem Veterinär, die sie beide gut kannten, sie verunsichert hatte. Hatte Jon sie schon länger beobachtet? Dann musste er ihre Vertrautheit mit den beiden bemerkt haben. Wie sollte sie ihm als angebliche Nachwuchspolizistin aus dem tausend Kilometer entfernten Tromsø die Bekanntschaft mit Camilla und Terje erklären? Sie beschloss, sich abwartend zu verhalten.

»Wenn du auch allein bist, könnten wir doch zusammen zu Abend essen«, schlug der junge Mann vor und zeigte auf einen der Tische im Schatten der Bar. »Ich bin hier in Halbpension. Dahinten ist immer für mich gedeckt, wenn ich es nicht vorher absage, weil ich auf Svea bleiben muss. Hast du Lust? Das wäre super.«

Er grinste einladend und sie nickte. Im Grunde war das ja genau, was sie geplant hatten.

Frida beschloss, auf Zeit zu spielen, um herauszufinden, was er wusste und was nicht. Nun gefiel ihr ihre Rolle auf einmal wieder und sie folgte ihm in den hinteren Teil der Gartenlaube.

»Was ist mit deiner Brille passiert?«

Jon klang nicht misstrauisch, als sie merkte, dass sie die Brille ganz vergessen hatte.

»Wenn ich abends weggehe, trage ich sie selten«, wich sie aus. Das hörte sich absolut glaubwürdig an.

Georgina aus Glasgow trat mit der Speisekarte an ihren Tisch, und da Frida sie eingeweiht hatte, dass sie nicht als Musherin, sondern als Gast aus Tromsø hier sei, tat sie so, als würde sie Frida kaum kennen.

Die Niederländerin bestellte den »Eisfjord Kabeljau« und überlegte krampfhaft, wie sie das Gespräch beginnen sollte. Polizistin zu sein, war nicht so einfach, wie sie es sich vorgestellt hatte. Jon, den sie von Svea her durchaus als gesprächig in Erinnerung hatte, hüllte sich ebenfalls in Schweigen.

»Erzähl mir von deinem Studium, Jon«, begann sie schließlich. »Wie heißt du eigentlich mit Nachnamen?«

Nachnamen waren zwar in Norwegen nicht so wichtig wie in den Niederlanden, aber Männer nannten hier, wenn sie von einem anderen Mann sprachen, meist nur seinen Nachnamen, das war ihr aufgefallen.

»Hansen. Habe ich das nicht erwähnt?«

Frida schüttelte den Kopf.

»Und dein Studium? Müsst ihr alle hier oben ein solches Praktikum absolvieren?«

Jon lachte und spielte mit der Scheibe Brot in seiner Hand.

»Nein, nur die, die sich auf Industrierückbau spezialisieren wollen. Das sind aber nicht viele, weil die meisten Architekten lieber was Neues entwerfen und nie Dagewesenes bauen wollen. Hässliche Industriebrachen abzureißen, gehört nicht zu den Sahnestücken der Branche.«

Das leuchtete Frida sofort ein. »Wann bist du eigentlich genau hier hochgekommen?«

Jon schaute sie einen Moment lang beinahe prüfend an, bevor er antwortete.

»Anfang Oktober. Das Praktikum begann im Oktober. Ich besuche zusätzlich ein paar Seminare im UNIS, und dann muss man natürlich auch mal für ein paar Tage ins berühmte Pyramiden. Das ist das Highlight und steht mir noch bevor, wenn es wieder hell wird. Vorher wäre das Unsinn. Und du?«

Der Kabeljau wurde serviert und Frida nutzte die Pause, um nachzudenken.

Sie schnitt sich ein Stück des weißen Fleisches ab.

»Oh, sehr lecker.«

Die Musherin schob sich den Bissen in den Mund und kaute genießerisch. Dann knabberte sie an der krossen Haut mit dem scharf gebratenen Speck obendrauf. Währenddessen überlegte sie fieberhaft, was sie antworten könnte.

»Ich? Wir ermitteln, aber jetzt bin ich nicht im Dienst, wenn du das meinst.«

»Verstehe.«

Er lächelte sie an.

»Warst du vorher schon mal hier oben? Ich meine, vor deinem Praktikum?«

Wieder schwieg Jon ein paar Sekunden lang, bevor er sprach – als müsste er seine Antwort ebenfalls abwägen.

»Nein. Es ist mein erstes Mal und ich habe gleich das Svalbard-Virus erwischt, genau wie du. Man kann es dir ansehen.«

»Wo bist du eigentlich her? In Norwegen, meine ich«, wich sie ihm aus.

Er griff nach einer weiteren Scheibe Brot und brach ein Stück ab. Dabei ließ er Frida nicht aus den Augen.

»Aus einem Kaff in der Nähe von Oslo. Kennst du nicht.«

Ihre Augen tasteten sich wie zwei Leoparden ab, die sich respektvoll gegenseitig belauerten und nicht sicher waren, wer von ihnen das Revier hier beherrschte.

Dann lehnte sich Jon mit verschränkten Armen zurück.

»Und du bist also aus Tromsø. Wie geht's denn dem Eisbären?«

Fridas Augenbrauen schossen in die Höhe.

»Von welchem sprichst du jetzt? Hier gab es in letzter Zeit mehrmals Alarm, habe ich gehört.«

Er schwenkte seinen Suppenlöffel durch die Luft.

»Ich spreche von dem berühmten Eisbären in Tromsø, wo du herkommst.«

Frida spürte im selben Augenblick, dass er sie ausmanövriert hatte. Dass er sie durchschaut hatte und genau wusste, dass sie nicht die war, die sie vorgab zu sein.

Wie konnte sie sich aus dieser Schlinge ziehen? Was zum Teufel war dieser berühmte Eisbär von Tromsø?

»Wie soll es ihm schon gehen? So wie immer vermutlich.«

Es gab keine Eisbären auf dem norwegischen Festland. Das wusste sie.

Hatte Tromsø vielleicht einen Zoo? Und wenn ja, gab es darin einen Eisbären?

Die Gedanken rasten durch ihren Kopf, und der Kabeljau vor ihr auf dem Teller wurde allmählich kalt.

Es war das Ende ihrer armseligen Scharade. Sie war verblüfft, wie Jon das angestellt hatte. So verhielt sich kein Architekturstudent, fand sie.

Jon bröselte Brot in den Suppenteller, nahm einen Löffel voll und lachte sie fröhlich an.

»Ich habe irgendwann mal gelesen, dass sie ihn wegen der chinesischen Touristen jetzt angekettet haben. Nach über sechzig Jahren vor dem Laden mit den Rentiersouvenirs, wo er brav seinen Dienst als ausgestopftes Polarmaskottchen versehen durfte, hat man ihn jetzt in einen durchsichtigen Käfig gesteckt, damit er nicht geklaut wird. Das sind vielleicht Zeiten!«

Sie lachten beide lange.

Der Fisch war nun tatsächlich kalt geworden. Frida schob den Teller ein Stück weit weg und nahm einen Schluck Bier. Sie atmete durch und startete einen neuen Anlauf.

»Mein Kollege hat auch mit Myklebust geredet. Was hältst du von ihm?«

Jons Augen verengten sich für einen kurzen Moment. Er warf ihr einen leicht distanzierten Blick zu, obwohl sie eben noch herzlich zusammen gelacht hatten.

»Ich kenne ihn kaum. Er hat anscheinend was drauf, in seinem Beruf als Journalist, meine ich. War eine ganz wichtige Nummer beim NRK. Warum fragst du?«

Frida hob vage die Schultern. In dem Moment kam Georgina vorbei und fragte, ob alles in Ordnung sei. Die Niederländerin nickte, ließ sie aber den Teller abräumen.

Jon warf ihr einen kurzen Blick zu und grinste.

»Gut, dass du ihn erwähnst. Das hatte ich ganz vergessen. Ich habe ihm vor ein paar Tagen über einen Kurierdienst ein paar Daten über die Grube geschickt, die er haben wollte, und ich weiß noch gar nicht, ob das geklappt hat. Ich muss ihn morgen unbedingt mal anrufen.«

Er strahlte sie an.

Frida erwiderte sein Strahlen. Das musste sie so schnell wie möglich Trond erzählen. Nun hörte es sich an, als hätte Jon sie doch nicht angelogen. Sonst hätte er doch nicht von sich aus den ominösen Umschlag erwähnt.

»Sollen wir uns noch einen Nachtisch gönnen? Sie machen hier eine unglaubliche Moltebeer-Creme.«

Jon hatte die Lippen gespitzt und schaute sie auffordernd an. Frida nickte begeistert. Sie kannte Siris Nachtisch.

In dem Moment hörten sie Kindertrippeln und kurz darauf bog Camilla um die Ecke. Sie stürzte auf die Niederländerin zu.

»Ich habe gewonnen, Frida! Wie immer! Ich wollte dir nur noch Gute Nacht sagen.«

Das Kind umarmte sie und Frida fühlte sich mit einem Mal erleichtert. Sobald Camilla wieder verschwunden war, beugte sich Frida vor und flüsterte Jon zu: »Dann kann ich dir ja jetzt verraten, dass ich diejenige war, der du damals den Umschlag mit den Daten gegeben hast. Ich bin in Wirklichkeit gar keine Polizistin, helfe aber Trond Lie ein bisschen bei seinen Ermittlungen. Nur ist der Umschlag leider geklaut worden.«

Jon starrte sie an. Nach ein paar Sekunden sagte er: »Das ist zwar ärgerlich, aber halb so schlimm. Komisch, dass Myklebust sich noch nicht bei mir gemeldet hat. Und komisch, dass hier was geklaut wird. Trotzdem – *skål*, Frida!«

Sie prosteten sich zu und Frida nahm noch einen Schluck Bier. Wie gut, dass sie jetzt nicht weiter über den Umschlag nachdenken musste.

23 »Magst du einen Kaffee, Papa?«, rief Ingvild aus der Küche, und Trond wollte gerade einwilligen, als er auf seine Armbanduhr schaute und innehielt.

»Nein, danke!«

Es war kurz vor zehn Uhr abends und er war sich plötzlich nicht mehr sicher, ob eine Tasse Kaffee um diese Zeit bei seinen Schlafproblemen wirklich vorteilhaft wäre. Nachdem er sowieso schon so viele Tassen dieses starken schwarzen Gebräus im Laufe eines genauso schwarzen Tages in sich hineingekippt hatte. Die Nacht musste ihm endlich wieder ausreichend Schlaf bescheren, den sein Körper, wie er auch an diesem Tag wieder intensiv gespürt hatte, so dringend brauchte wie die Luft zum Atmen.

»Lieber eine heiße Schokolade?«

»Gerne!«

Trond beugte sich über seine Notizen und ging sie systematisch durch, um sie auf den neuesten Stand zu bringen. Dafür hatte er sich Zettel in verschiedenen Farben zurechtgelegt, auf die er in großen Buchstaben Namen geschrieben hatte.

Diese Zettel hatte er in verschiedenen Gruppen angeordnet.

Die erste Gruppe war unter dem Oberbegriff »Geologen« sortiert. Hier lag für jedes Mitglied der Gruppe eine Karte in Gelb: Pearse, Silvi, Sascha, Stina. Auch Urs Pflügi hatte eine Karte bekommen.

Unter jedem Namen hatte er in Stichworten Beobachtungen und Einschätzungen notiert. So stand unter dem Namen des Russen: »Eigentlich Archäologe. Streut Informationen über *Utmål*. Ablenkung?«

Und bei Stina: »Pflügis Nachbarin am Arbeitsplatz. Glaubt,

dass er etwas entdeckt hat. Sie ist daher verdächtiger als andere aus der Gruppe. Möglicherweise auch gefährdet.«

Nun fügte er noch hinzu: »War früher schon einmal in Svea, ohne dass wir das wussten. Verdächtig?«

Nach einer Minute des Nachdenkens setzte er noch »dänische Schachmeisterin« hinzu. Und bei Urs: »Spielt Darts oder fechtet. Mit Fragezeichen.«

Daneben lag die Reihe unter dem Oberbegriff »Svea«.

Dazu gehörten die drei Ingenieure und als Vierter Jon der Praktikant. Ihre Karten waren hellgrün und darauf stand überall dasselbe: »Sie lügen und wissen mehr. Verdächtig?«

Bei Jon hatte er zusätzlich notiert: »Kennt Myklebust besser, als er zugibt. Ominöser Umschlag.« Er fügte außerdem hinzu: »War mit Myklebust zusammen auf Svalbard vor der Zeit, die beide angeben. Verdächtig!«

Die dritte Reihe trug den Titel »verschiedene Verdächtige«. Ihre Karten waren hellblau. Es gab nur zwei: eine für Myklebust und eine für Fang Li.

Die letzte Reihe umfasste die Gruppe der »diversen Helfer«. Es waren rosa Karten mit den Namen von Rune Berg, Oleg Kalinin, Terje Johansen, Siri Hummel und Mette Møller.

»Bekomme ich keine Karte?«

Trond hatte Ingvild gar nicht bemerkt, die hinter ihm ins Wohnzimmer geschlüpft war und nun über seine Schulter auf den Tisch spähte.

»Oleg hat auch eine bekommen.«

Sie reichte ihm einen Becher mit heißer Schokolade, den er dankbar annahm.

»Oleg hat ja auch schon etwas beigetragen.«

Trond klang gut gelaunt und Ingvild legte den Arm um ihren Vater. Sie waren fast gleich groß.

»Oder hat er wegen der Eisbär-Rettungsaktion jetzt bei dir

bis in alle Ewigkeit einen Stein im Brett? Könnte ich gut verstehen.«

Trond trank die warme Schokolade.

»Klar, was glaubst du denn? Aber ich will ihn noch zu dieser Dame befragen.« Er legte den Finger auf die hellblaue Karte von Fang Li. »Für die übernimmt er doch manchmal Touren, oder?«

Ingvild nickte.

»Du kannst mich auch mal befragen«, sagte sie. »Befragen finde ich viel interessanter als einfach nur fragen. Heute zum Beispiel, Papa, da bin ich für Tilde in der Taxizentrale eingesprungen. Ihr Kind hatte in der Schule einen kleinen Sportunfall, und da habe ich einen Mann zum Plateauberg gefahren, der ein Taxi gebucht hatte. Der war neu hier, hab ich nie vorher gesehen, und er hat sich mit unserem Wettermann Rune Berg dort getroffen. Fand ich interessant.«

Trond streckte sich, trat einen Schritt zurück und schaute seine Tochter aufmerksam an.

»Was ist denn auf dem Plateauberg?«, fragte er.

Ingvild lachte auf.

»Frag lieber, was *im* Plateauberg ist. Auf Svalbard ist selten etwas auf den Bergen oben. Hier ist alles immer unter der Erde: Kohle, Gold, Silber, wertvolle Steine und Erden. Im Plateauberg lagern alle Samen dieser Welt. Da liegt der globale Saatgut-Tresor.«

»Ach, der!«

Trond hatte schon davon gehört. Dieser Saatgutspeicher zum Erhalt und Schutz der Artenvielfalt war unter großer medialer Aufmerksamkeit vor einigen Jahren auf Spitzbergen gebaut worden und enthielt über vier Millionen Saatproben.

»Warst du da mal drin?«, fragte Trond seine Tochter.

Die schüttelte energisch den Kopf. »Nein, da kommt man als Außenstehender nicht hinein, aber was sollte ich auch dort?

Tütchen mit Samenkörnern zählen? Die haben Milliarden davon. Reis, Mais, Weizen, Früchte, Nüsse, so was halt. Die Iren, habe ich gelesen, haben über hundert Kartoffelsorten beigesteuert. Damit sie auch danach noch Kartoffeln essen können.«

Sie grinste ihren Vater an, als hätte sie einen guten Witz gemacht.

»Danach?«

»Na, nach der Katastrophe, wenn alles kaputt ist«, erklärte sie.

»Will man dann noch Kartoffeln essen?«, überlegte er. Und kurz darauf fragte er: »Was war das für ein Mann, den du dort hingebracht hast? Du sagst, du hast ihn noch nie gesehen?«

Ingvild ließ sich auf das Sofa fallen.

»Nein, ganz bestimmt nicht. Man kennt hier ja alle, mehr oder weniger. Und Touristen gibt es im Augenblick keine. Wahrscheinlich war es einer von der Uni. Ein Wissenschaftler, der sich hierher verirrt hat. Er trug komische Klamotten und hatte einen seltsamen Gang.«

Ingvild hatte sich ein Glas Weißwein eingeschenkt und nippte daran. Sie behielt die Karten, die neben ihr auf dem Tisch lagen, fest im Blick.

An wen erinnerte ihn diese vage Beschreibung seiner Tochter?

»War es ein Norweger?«, brummte Trond, der sich nun ebenfalls wieder den bunten Karten zugewandt hatte. Bei dem Völkergemisch hier oben war diese Frage durchaus angebracht.

»Hmm. Seinem Dialekt nach würde ich auf Finnmark tippen.«

Trond drehte sich nun zu Ingvild herum.

»Wie alt?«

»Mittel.«

»Gut aussehend?«

»Nein.«

»Sympathisch?«

»Nein.«

Trond war schon immer der Meinung gewesen, dass auch seine Tochter eine brauchbare Ermittlerin abgegeben hätte. Sie besaß ein Gespür für das Wesentliche, ein Auge für Details und kam schnell auf den Punkt. Aber ihr künstlerisches Talent hatte bei ihrer Berufswahl den Ausschlag gegeben. Trond mochte ihren Schmuck. Ihr Können stand nicht zur Debatte. Das hatte sie von Hilde, Ingvilds Mutter, die Kunstlehrerin gewesen war und gern Designerin geworden wäre.

»Sonst noch etwas?«

Ingvild legte ihre Stirn in Falten.

»Ich glaube nicht, dass die beiden damit gerechnet hatten, dass ich sie zusammen sehen würde. Der Typ fragte mich nach der Pförtnerloge, in der sich die Überwachungszentrale befindet. Die ist von da, wo ich ihn absetzen musste, nicht zu sehen. Er kannte sich also nicht aus. Was er außerdem nicht wusste, war, dass ich zum Wenden hinter dem Eingangstunnel herumfahren musste und dann noch mal an der Überwachungsloge vorbei, um auf den einzigen Weg zurück ins Städtchen zu kommen.«

»Ja und?«

»Als ich wenig später am Eingang vorbeifuhr, war Rune herausgetreten, um den Mann zu begrüßen, und beide schauten mir irritiert hinterher, wie ich im Rückspiegel erkennen konnte.«

Trond schmunzelte.

»Das ist, glaube ich, tatsächlich eine eigene rosa Karte wert.«

Ingvild nickte und nahm noch einen Schluck Wein. Ihre Augen blitzten.

»Und es deutet noch auf ein paar andere Sachen hin. Du hast gut aufgepasst, Ingvild.«

Sie sah ihn fragend an.

»Was meinst du damit? Auf welche?«

Trond nahm den letzten Rest Schokolade und musste grinsen. Er wischte sich mit dem Handrücken über den Mund.

»Na erstens, dass er wichtig genug ist, um davon ausgehen zu können, dass man ihn in der Eingangsloge mit all ihren Sicherheitsbeschränkungen nicht sofort wieder abwimmeln wird. Sonst hätte er dich gebeten, auf ihn zu warten.«

Ingvild nickte nachdenklich.

»Zweitens war er offenbar mit unserem Meteorologen Rune verabredet. Der wartete auf ihn. Aber warum ausgerechnet dort? Rune arbeitet doch nicht für den Saatgut-Tresor, oder?«

»Nicht, dass ich wüsste. Aber möglicherweise haben die dort auch eine von seinen Messstationen.«

Ingvild sprach mehr zu sich als zu ihrem Vater.

»Was hast du gesagt?«

Plötzlich war ihm aus heiterem Himmel ein Gedanke gekommen. Er ging einen Schritt auf das Sofa zu, auf dem sich seine Tochter mittlerweile lang ausgestreckt hatte, und beugte sich zu ihr hinab.

»Sag mal, Ingvild, wie würdest du die Nase von diesem Mann beschreiben, den du auf den Plateauberg gefahren hast?«

»Die Nase?«

Trond nickte und hielt die Luft an.

»Komisch, dass du das fragst. Ich dachte noch, der erinnert mich irgendwie an eins meiner Lieblingsbücher als Kind. Aus dem du mir so oft vorgelesen hast. Seine Nase war ziemlich spitz, genau wie bei Pinocchio. Aber Pinocchio schaute viel freundlicher drein als dieser Typ.«

Tatsächlich sah auch Trond sofort wieder den munteren italienischen Kinderbuchliebling vor sich, mit seinen kreisrunden Augen und der unverkennbar spitzen Nase, die sofort um einiges länger wurde, wenn der kleine Kerl log. Ob Kristoffersens Nase wohl auch an Länge gewann, wenn er es mit der Wahrheit nicht so genau nahm?

Trond ertappte sich bei diesem absurden Gedankenspiel und musste lächeln.

Vielleicht sollte er es trotz allem noch einmal auf eine Begegnung ankommen lassen und ihn auf die Probe stellen. Aber wie?

Sein Handy meldete sich.

Ingvild warf ihm vom Sofa aus einen überraschten Blick zu, vermutlich weil es schon spät war.

Trond nahm das Gespräch an. Es dauerte eine Weile, bis er verstand, was ihm die Anruferin mitteilen wollte. Sie war völlig außer sich. Sie weinte zwar nicht, doch ihre Stimme brach immer wieder. Sie klang eindeutig nicht norwegisch, und auch deshalb konnte er sie nur schlecht verstehen. Es war eine französische Stimme, und die einzige französische Stimme, die Trond Lie hier kannte, war die der kanadischen Geologin Silvi de Moulin.

Da musste er ansetzen, um das Wirrwarr, das über das Handy auf ihn einprasselte, zu entzerren und einen Sinn herauszuziehen.

»Madame de Moulin, Sie sprechen mit Trond Lie, dem Kommissar. Bitte beruhigen Sie sich. Was sagen Sie, ist passiert? Bitte sprechen Sie langsam! *Ne pas vite!*«, fiel ihm noch aus Schulzeiten ein.

Ingvild war aufgestanden und hatte sich neben ihren Vater gestellt. Sie sah besorgt aus.

»Sie haben eine Leiche gefunden?«, sagte er.

Nur wer Trond Lie ganz genau kannte, merkte, wie aufgeregt er war. Seine Tochter registrierte es sofort. Mit der freien Hand strich er sich über die graue Haarbürste und legte dann die Spitze des linken Zeigefingers auf die Oberlippe.

»Gut. Bitte bleiben Sie genau dort, wo Sie jetzt sind. Ich bin in zehn Minuten bei Ihnen. Und fassen Sie nichts an.«

Ingvild war kurz in Bjarnes Zimmer verschwunden und zog sich die Stiefel an. Sie schaute zu ihrem Vater auf, während sie die Klettverschlüsse festzog.

»Er schläft. Ich fahre dich, das ist einfacher. Wohin musst du?«

Trond griff nach seiner Daunenjacke.

»Zum Seitengebäude des UNIS. Dort, wo die Gastwissenschaftler untergebracht sind. Ich danke dir. Du kannst dann auch gleich zurückfahren.«

Ingvild ging zwei Schritte auf ihn zu und blickte ihm ins Gesicht. Die matte Beleuchtung des Korridors tauchte beide in ein sanft gelbes Licht.

»Darfst du mir sagen, wer es ist?« Sie flüsterte es.

Trond seufzte und griff nach seiner Polarkappe. Er klang deprimiert.

»Es ist der zweite Turm. Die Schachspielerin. Ich hätte es wissen müssen. Sie selbst sagte, es sei wie ein doppeltes Turmopfer.«

24 Stina Jensen war in dem winzigen Badezimmer vor der Dusche zusammengebrochen und lag leblos auf dem Boden aus Korkfliesen.

Silvi de Moulin wartete im Flur vor dem Gästeappartement auf ihn. Zusammengekauert hockte sie neben der offenen Tür und starrte an die Decke.

Sie sei nur zwei Zimmer weiter untergebracht, erzählte sie Trond etwas nervös, in einem der zwölf Appartements, die das UNIS für die Gastwissenschaftler hier reserviert hatte.

Sascha wohne direkt daneben, zwischen Stina und ihr. Den habe sie aber seit dem Nachmittag nicht mehr gesehen. Der sei sowieso immer unterwegs, was sie überhaupt nicht verstehen könne. Wo sollte man hier groß hin? Hier gab es doch nichts.

Pearses Appartement sei das letzte Zimmer auf dem Korridor, aber er sei genau wie der Russe gerade nicht da. Zumindest habe er nicht auf ihr Klopfen reagiert. Nur der Schweizer habe es vorgezogen, in der Pension und nicht in den Gästeappartements der Universität zu wohnen.

»War die Tür offen oder wie sind Sie in Stinas Wohnung gekommen?«

Durch die halb geöffnete Tür waren eine Küchenzeile und ein winziges Bad zu sehen.

Die Geologin nickte eifrig. »Hier schließt niemand ab. Ich habe gegen zehn bei ihr geklopft, und als keine Antwort kam, bin ich reingegangen.«

Trond schaute sie aufmerksam an.

»Ach? Und warum?«

Silvi de Moulin schien die Frage nicht zu verstehen.

»Warum was, Monsieur?«

Einen Moment lang wirkte sie irritiert.

Trond erwiderte nichts und wartete.

»Weil ich sie nicht weggehen hörte«, sagte die Kanadierin schließlich. »Ich wusste, dass sie da sein musste, und wollte sie etwas fragen. Ich habe noch ein zweites Mal laut geklopft und bin dann zu ihr rein. Da habe ich sie liegen sehen und Sie auf der Stelle informiert. Und den Sysselmann.«

Silvi de Moulin klang nun eher beleidigt, als würde Trond ihr beherztes Eingreifen und Erfassen der Situation nicht genügend würdigen.

Nachdem Trond die Kanadierin gebeten hatte, in ihrem Zimmer auf ihn zu warten, betrat er Stinas kleine Wohnung, die einer beliebigen Business-Hotelsuite glich. Ein geräumiges, unberührtes Einzelbett stand in der einen Ecke, daneben ein Schreibtisch mit einem Tablet-Computer. Aus einem Impuls heraus griff Trond danach und steckte ihn in seinen Rucksack. Ein kleiner Stapel Bücher lag auf dem Tisch und ein bequem aussehender Sessel lud zum Entspannen ein.

Der Kommissar wandte sich zur gegenüberliegenden Wand, an der ein Regal stand. Ein paar Zeitschriften waren pittoresk neben ein paar Flaschen mit alkoholischen Getränken arrangiert – Wodka, irischer Whiskey und der berühmte Svalbard Cognac, den man nur hier kaufen konnte.

Tronds Blick glitt im Regal weiter nach oben. Ganz rechts hinten stand ein rechteckiges helles Holzkästchen. Er vermutete, dass darin Schachfiguren aufbewahrt waren. Eine dänische Schachmeisterin würde sicher nicht ohne ihre eigenen Figuren hierher reisen.

In der anderen Ecke des Zimmers war ein kleiner Esstisch aufgebaut. Darauf stand eine Plastikdose mit pinkfarbenem Inhalt, ein Teller mit Besteck, der verschmiert und leergegessen war, sowie ein halbvolles Glas Rotwein. Dazu ein Kerzenständer mit drei Kerzen, von denen eine immer noch brannte. Trond blies sie aus.

Er ging ins Badezimmer, um Stinas Leiche zu untersuchen. Er kniete sich neben die tote junge Frau, ohne etwas an ihrer Haltung zu verändern. Ihm war klar, dass er den Kommissar aus Tromsø weder ausbremsen noch übergehen konnte. Schließlich war das nun Kristoffersens Fall und Trond hatte keine Fälle mehr zu lösen. Nie mehr.

Wenn er nicht aufpasste, konnte er sich eine Menge Ärger einhandeln, und das wollte er vermeiden. Doch irgendetwas trieb ihn an, sich in die Ermittlungen festzubeißen wie ein Hund auf der Jagd, und Trond wusste nicht, was genau es war. Es konnte seine Neugier sein, eine Eigenschaft, die jeden guten Ermittler anfeuerte. Doch wenn er ganz ehrlich war, spielte die Neugier hier nur eine untergeordnete Rolle. Langeweile war es auch nicht, darüber hatte er schon nachgedacht, diesen Beweggrund aber in aller Aufrichtigkeit verworfen. Dafür genoss er die Zeit mit Bjarne viel zu sehr.

Trond stand auf. Stinas Leiche schien äußerlich unversehrt. Sein Blick schweifte noch einmal durch das kleine Appartement. Von draußen auf dem Korridor hörte er plötzlich rasche Schritte, die sich näherten.

Da begriff er auf einmal, was sein wahrer Antrieb war. Es war ein tiefes Unbehagen, das ihn innerlich jagte. Ein Unbehagen, das durch die vage Vermutung ausgelöst worden war, dass hier etwas wirklich nicht stimmte.

Genau wie an dem ganzen Geologenprojekt etwas nicht stimmte, was fast alle Mitglieder der Truppe unabhängig voneinander schon wahrgenommen und geäußert hatten.

Die Schritte hatten das Appartement inzwischen fast erreicht und Trond hörte die Stimme der Kanadierin, die sich der Person auf dem Flur offenbar in den Weg gestellt hatte. Gut, das schenkte ihm ein paar weitere Sekunden.

Tronds Blick fiel wieder auf das kleine Holzkästchen auf dem Regal. Die Dänin hatte etwas entdeckt, hatte sie ihm bei ihrem Treffen angedeutet. Wo würde sie etwas verstecken, das brisant war?

Blitzschnell griff er nach dem Holzkasten und schob auch diesen in seinen Rucksack.

Die Tür, die nicht ganz geschlossen war, wurde aufgerissen und Arvid Kristoffersen stand im Eingang. Er sah schon wütend aus, bevor er überhaupt zu sprechen begann. Seine Gesichtsfarbe lag zwischen Weiß und Purpur.

»Ach, und wen haben wir denn da?«

Kristoffersen hatte einen Ton angeschlagen, als ob er ein dummes Kind zurechtweisen wollte.

Trond unterdrückte ein Gähnen.

»Was haben Sie hier zu suchen, Lie?«, bellte der Polizist.

Trond musterte ihn kühl.

»Das Gleiche wie Sie, würde ich mal vermuten. Man hat mich angerufen und über den Fund einer Leiche informiert. Da musste ich selbstverständlich hierherkommen und mich darum kümmern. Allerdings hatte ich erwartet, Sie hier bereits vorzufinden. Das scheint mir ein bisschen nachlässig, wenn Sie mich fragen. Hat man Sie nicht benachrichtigt?«

Kristoffersen überging die Frage hochmütig. Er warf einen unsicheren Blick auf den Rucksack seines Rivalen, den Trond sich schwungvoll auf den Rücken warf, und hob an, etwas zu sagen.

Doch Trond kam ihm zuvor. Er trat rasch einen Schritt zur Seite und machte dem Kommissar Platz.

»Ich überlasse Ihnen gern das Feld. Ich bin ja nur eingesprungen, um für Sie Wache zu halten. Keine Ursache, das mache ich doch gern für einen Kollegen. Einen erfolgreichen Abend noch.«

Trond nickte de Moulin zu, die in ihrer Zimmertür stand. Dann drehte er sich noch einmal zu Kristoffersen um.

»Kleiner Tipp. Schuhe gehen gar nicht. Die Polizei kommt hier auf leisen Socken. Auch bei einem Mord.«

Trond zeigte auf seine eigenen Füße, die in Socken steckten. Der Polizist hatte seine schweren Schneeschuhe anbehalten, deshalb hatte man seine Schritte hören können.

Kristoffersen schaute verblüfft an sich herunter.

»Sie haben doch sicher den Sysselmann informiert?«, fragte Trond.

Der Mann mit der spitzen Nase blieb sprachlos, während der Kommissar im Ruhestand leise auf dem Parkett in Richtung Ausgang rutschte. Trond grinste. Doch als er sich im Foyer die Stiefel anzog, hielt er plötzlich inne.

Jetzt wusste er es!

Arvid Kristoffersen war derjenige, der sein Unbehagen bei diesem Fall verstärkt hatte. Oder hatte er es erst erzeugt?

Aber woran lag das? An seiner Nase bestimmt nicht. War es seine Schroffheit, seine Arroganz, seine Kälte?

An der Eingangstür des Hotels stieß Trond mit Mette Møller zusammen. Er berichtete ihr kurz von den schrecklichen Ereignissen und sie verabredeten sich für den nächsten Morgen zu einem Gespräch unter vier Augen. Mette sah besorgt und ziemlich mitgenommen aus. Trond nahm sich ein Herz. Zu sehr hatte sich das Verhalten der Gouverneurin Svalbards seit der Ankunft Kristoffersens verändert.

»Verheimlichen Sie mir etwas, Sysselmann?«

Sie starrte ihn an und schüttelte kaum merklich den Kopf.

»Dann bis morgen.«

Er glaubte ihr nicht.

Der Kommissar trat nach draußen und legte den Kopf in den Nacken. Der Nachthimmel war sternenübersät. Trond sog die kalte Luft ein, bevor er Mund und Nase mit seinem Gesichtsschutz bedeckte. Es waren keine Nordlichter zu sehen, nur die unzähligen funkelnden Sterne am schwarzen Himmel,

25 Trond hatte bereits seine Stiefel ausgezogen und sie auf dem Regal am Eingang neben den Gästepantoffeln deponiert. Dass keine anderen Schuhe dort standen, signalisierte ihm, dass niemand mehr da war, und nun zögerte er, ob er wieder kehrtmachen und doch nach Hause zurückkehren sollte.

»Trond? Das ist ja eine Überraschung!«

Scheinbar aus dem Nichts war Siri Hummel aufgetaucht. Sie hielt ein paar leere Glasschalen in den Händen, die normalerweise mit Nüssen gefüllt auf den Tischen vor der Bar standen. Offenbar räumte sie gerade auf, um den Laden für heute zu schließen.

»Ich wollte nur … Ach, das ist nicht so wichtig, ich komme morgen wieder.«

Trond hatte die Hand zum Gruß erhoben und wandte sich unschlüssig in Richtung Garderobe.

»Kommt nicht infrage!«

Mit ein paar raschen Schritten stand sie neben ihm.

»Du kommst jetzt mit an die Bar und ich lade dich zu einem Absacker ein. Keine Widerrede!«

Lachend zog sie ihn mit sich und er wehrte sich nicht. Siri goss ihnen zwei Gläser Weißwein ein, und sie setzten sich auf das gemütliche violette Sofa, das in der Ecke neben der Palme stand.

»Schön hast du es hier«, stellte Trond fest und hob sein Glas, »fast wie in der Südsee. *Skål!*«

»Wennschon Süden, dann aber die Antarktis«, erwiderte Siri schmunzelnd und nahm einen Schluck. »Wie kommt es, dass du so spät noch unterwegs bist? Suchst du jemanden? Hoffentlich keinen Eisbären. Wie man hört, hast du die ihm freundlich zuzuzwinkern schienen. Oder machten sie sich über ihn lustig?

Trond schaute auf die Uhr. Es war kurz nach elf Uhr abends. Er hätte Lust gehabt, noch in der Gruben-Bar vorbeizuschauen und bei einem Bier mit Siri Hummel über das letzte Gespräch mit Urs Pflügi zu reden. Aber vielleicht war sie ja schon im Bett.

Da fiel ihm das Tablet von Stina ein. Er war kein Computer-Experte, doch immerhin hatte er in den letzten Dienstjahren den einen oder anderen Trick aufgeschnappt, wie man an etwas herankommen konnte, das einen interessierte.

Als er an die Kreuzung kam, wo er nach Haugen abbiegen musste, entschied er sich, den Computer später zu untersuchen, und steuerte stattdessen auf die schummrig erleuchtete Bar zu, die in Siris kleinem Dschungel lag.

ein Näschen für den alten Mann. Oder ist es anders herum?«

Trond lächelte. Doch dann wurde er ernst und berichtete ihr von dem Mord an Stina.

Siri, die eben noch fröhlich und entspannt gewirkt hatte, erstarrte. Sie fuhr sich mit dem Ärmel ihres Pullovers über das Gesicht und schluckte.

»Das ist auch ein Grund, weshalb ich mit dir reden wollte«, fuhr Trond fort. »Stina erzählte mir vor ihrem Tod, dass du vor ein paar Tagen hier in der Bar mit Urs Pflügi gesprochen hast. Was genau hat er da gesagt?«

Siri überlegte. Es dauerte eine Weile, bis sie antwortete.

»Nun, der Eisbär, wie wir Urs alle nannten, war nicht besonders gesprächig. Er war ein sympathischer Mann, der sich eher im Hintergrund hielt, aber nie viel redete und im Gegensatz zu vielen anderen Gästen, die den Weg zu uns in die Arktis finden, auch nicht am Feiern und Trinken interessiert war. Keine Bar auf Spitzbergen könnte mit Kunden wie ihm überleben.«

Ein flüchtiges Lächeln erschien auf ihrem Gesicht und ließ sie einen Moment lang sehr jung erscheinen.

Trond beugte sich leicht vor. »Hat er nicht angedeutet, dass er Angst hat, in etwas hineingezogen zu werden?«

Siri sah ihn aufmerksam an. Dann nickte sie.

»Das stimmt. Das war hier in der Bar. Auf diesem Sofa, auf dem wir jetzt sitzen. Er hatte schon zwei Cognacs getrunken und dann noch einen Wodka. Ganz untypisch für ihn, und ich hab mich gewundert. Es war tatsächlich das letzte Mal, dass ich mit ihm gesprochen habe.«

Trond stellte sein Glas auf den Tisch.

»Was hat er gesagt, Siri? Es ist wichtig und Stina kann nichts mehr erzählen. Du musst dich genau erinnern.«

Die Grubenwirtin legte die Fingerspitzen ihrer beiden Hände

aneinander und konzentrierte sich, als wollte sie sichergehen, dass auch alles stimmte und sie nichts vergaß.

»Also, ich fragte ihn, wie seine Weihnachtstage in der Schweiz waren, und er sagte, wunderbar. Wie schön es gewesen sei, mit der Familie zusammen zu sein, und wie sehr er sie vermisse. Dann fügte er noch hinzu, dass wenigstens dort alles in Ordnung sei. Das fand ich etwas seltsam, aber ich habe nicht nachgehakt. Dann fragte ich, wie lange er denn noch hierbleiben werde. Darauf reagierte er ausweichend und meinte, eigentlich bis Ende März, aber vielleicht würde er auch schon früher abhauen.«

In dem Moment hörten sie ein Geräusch aus dem Eingangsbereich, den sie vom Sofa aus nicht einsehen konnten. Die Tür war anscheinend geöffnet worden.

Siri hob den Kopf und rief: »Wir haben geschlossen!«

Als sie keine Antwort bekam, nahm sie, ohne zu zögern, den Faden wieder auf.

Trond hatte das Geräusch der Tür aber nervös gemacht und er drehte immer wieder den Kopf in die Richtung des Eingangs, auch wenn er nicht um die Ecke sehen konnte. Doch niemand erschien.

»Ich fragte Urs, warum er vielleicht schon vor dem Abschluss des Forschungsprojekts gehen wolle. Ob es die Sehnsucht nach seiner Familie sei.«

Trond hatte nun eindeutig das Gefühl, dass sie beobachtet wurden, und rutschte unruhig auf dem Sofa hin und her. Am liebsten wäre er aufgestanden und zur Garderobe gelaufen. Doch er wollte Siri nicht unterbrechen.

Außerdem wollte er diesem Kontrollzwang nicht nachgeben, den er seit ein, zwei Tagen seltsamerweise immer stärker in sich verspürte. Hatte er sich nicht auch im Museum während des Gesprächs mit Silvi de Moulin eingebildet, dass jemand mithörte?

Dort war nachweislich niemand in der Nähe gewesen. Was für ein Gefühl hatte sich da in ihm breitgemacht? Das kannte er nicht von früher. Litt er etwa aufgrund des extremen Schlafmangels unter einer Form von Verfolgungswahn? War das ein unguter Nebeneffekt?

Siri musterte ihn von der Seite.

»Alles in Ordnung, Trond?«

Er nickte und konzentrierte sich nun wieder ganz auf das, was sie erzählte.

»Sicher, die Familie spiele auch eine Rolle, aber das war es nicht, sagte er, nachdem er sich einen weiteren Wodka bestellt hatte. Den kippte er hinunter und fuhr dann fort, dass er nicht in etwas hineingezogen werden wollte. Ich fragte ihn, in was.«

»Lasst euch nicht stören!«, war da plötzlich eine Stimme zu hören. »Ich dachte, die Bar sei schon zu!«

Trond und Siri drehten gleichzeitig die Köpfe. Am Eingang zur Bar stand, mit verschränkten Armen und an den Türpfosten gelehnt, Terje Johansen und grinste breit.

»Ach, du!« Siri lachte erleichtert und winkte ihm, näher zu kommen.

Terje folgte ihrer Aufforderung, ging jedoch zunächst hinter den Tresen, um sich ein Bier zu holen.

Trond registrierte, wie selbstverständlich sich der Veterinär bewegte, als wäre er hier zu Hause. Und natürlich war er das auch, in gewisser Weise. Hatte er ihm nicht erzählt, er würde einen großen Teil des Jahres in Longyearbyen verbringen? Möglicherweise hatte er eins der zehn Zimmer für Dauergäste gemietet.

Terje kam mit der Bierflasche in der Hand zu ihnen. Er zog sich einen der Sessel heran und Siri informierte ihn über den Mord an der dänischen Geologin, nachdem sie Trond mit einem fragenden Blick gestreift hatte.

»Das ist furchtbar«, sagte der Veterinär. Als die beiden anderen schwiegen, wurde er etwas unsicher. Erst schaute er Siri an, dann warf er Trond einen Blick zu.

»Störe ich?«

In dem Moment fiel es dem Kommissar auf. Natürlich! Wieso hatte er das noch nicht vorher bemerkt? Die Ähnlichkeit war verblüffend, allerdings erst auf den zweiten Blick, wenn man genauer hinschaute und die Parallelen bemerkte, die zwischen dem kahlköpfigen Hünen und der zarten Fünfjährigen existierten. Die kleine Camilla, die Trond in Bjarnes Kindergarten kennengelernt hatte, war Siris und Terjes gemeinsame Tochter! Da war er sich fast sicher.

Also war die Grubenpension tatsächlich Terje Johansens arktisches Heim, nur etwas anders als gedacht. Aber wenn sie dieses Geheimnis für sich behalten wollten – bitte, das war ihre Entscheidung.

Trond riss sich zusammen und konzentrierte sich wieder auf das, was Siri zu sagen hatte.

»Nein, Terje, Sie stören nicht«, sagte er. »Siri wollte mir gerade erzählen, was Pflügi ihr kurz vor seinem Tod anvertraut hat.«

Die Pensionswirtin nippte an ihrem Wein, strich sich eine Strähne ihres langen Haars aus der Stirn und fuhr fort.

»Er erwähnte einen Vertrag und dass jemand aus dem Geologen-Team ihn zu seinen Gunsten auslegen oder nutzen wolle. Dass das in seinen Augen nicht rechtens sei und dass er das nicht mitmachen wolle, so in der Art.«

Sie brach ab und schaute Trond unsicher an.

»Und damit meinte er den Forschungsvertrag der Geologen, den Mackenzie vereinbart und unterschrieben hatte?«, fragte Trond.

Siri zuckte mit den Schultern.

»Welchen sonst?«

Der Kommissar räusperte sich.

»Es gibt ja noch den Spitzbergenvertrag, von dem hier so oft die Rede ist. Bevor ich hierherkam, hatte ich nur wenig darüber gehört. Und ich weiß bis heute nicht genau, was er bedeutet, wie wichtig er ist und wer davon profitiert.«

Terje musste lachen und strich sich über seine spiegelglatte Glatze.

»Der Svalbard- oder Spitzbergenvertrag ist große Politik, Trond«, sagte er, »und zwar ganz große. So etwas treibt keine Gruppe von kleinen Geologen um, für die das Aufregendste in ihrem Leben eine neue Zusammensetzung arktischer Minerale ist. Mit dem Russen Sascha habe ich öfters mal im *Kroa* zusammengesessen und bis spät in die Nacht gequatscht. Der denkt den ganzen Tag nur an alte Gräber und was er darin finden könnte. Solche Leute muss es geben, aber für Politik interessieren die sich nicht.«

»Hm.« Trond dachte nach. Dann wandte er sich wieder an die Pensionswirtin. »Hat Pflügi angedeutet, wer diesen Vertragsmissbrauch begangen haben soll? Wer von den anderen vieren benutzte seiner Meinung nach den Vertrag für seine eigenen Zwecke?«

Siri verzog kurz das Gesicht, als wollte sie noch schärfer nachdenken. Schließlich schüttelte sie den Kopf.

»Nein, er hat keinen ausdrücklich genannt. Man hätte sogar meinen können …« Hier brach sie ab und schaute zwischen den beiden Männern hin und her.

»Ja?«

Siri schüttelte nochmals den Kopf, sodass ihre langen grauen Haare flogen.

»Ich dachte fast, dass er die ganze Geologengruppe gemeint haben könnte, außer sich selbst natürlich. Ja, das hätte man wirklich annehmen können, so seltsam es sich auch anhört.«

Trond verschlug es einen Moment lang die Sprache. Dann fasste er sich wieder.

»Wie meinst du das? Alle zusammen?«

Terje hatte die Augen aufgerissen. Er stellte die Bierflasche neben sich auf den Boden.

»Aber ... das ergibt doch wenig Sinn, Siri.«

Da mischte sich Trond wieder ein, der Siris Worte noch einmal genau im Kopf durchgegangen war. Er nahm einen Schluck Wein und drehte sich dann zu dem Eisbärexperten.

»Da stimme ich Ihnen nicht ganz zu, Terje. Das könnte sehr wohl einen Sinn ergeben, und zwar unter einer Voraussetzung ...«

Terje und auch Siri hatten sich weit zu dem pensionierten Polizisten aus Bergen hinübergebeugt, um nur ja kein Wort zu verpassen.

»Es könnte einen Sinn ergeben«, erklärte Trond, »wenn das Forschungsprojekt der Geologen von vornherein als Finte geplant war, als Vorwand, um sich hier vor Ort aufzuhalten. Als Undercover-Wissenschaftler sozusagen. Wenn es dabei überhaupt nicht um geologische Funde und Auswertungen geht, sondern um etwas ganz anderes. Und das hat Urs Pflügi möglicherweise herausgefunden. Oder er war dem sehr nahegekommen. Stina hat sich und Pflügi mir gegenüber einmal als Türme bezeichnet, wie bei einem Schachspiel. Vielleicht weil es ihre Funktion war, das ganze Projekt nach außen zu schützen. Ohne dass sie das wussten. Vermutlich ahnten die beiden lange nicht, dass sie diese Rolle innehatten. Die Türme sitzen auch beim Schach ganz außen und halten Wacht.«

Siri und Terje hielten einen Moment lang die Luft an.

»Und warum wurde die Dänin dann ermordet?«

Trond strich sich über die Haarbürste und stand auf. Er schaute von oben auf die beiden hinunter.

»Sie war der zweite Turm und hatte möglicherweise genau wie Pflügi etwas herausgefunden. Das war für beide das Todesurteil.«

26 Mette Møller hatte die Verabredung mit Trond auf den Mittag verschieben müssen, und nun wartete er erschöpft auf Frida, die er gebeten hatte, bei ihm zu Hause vorbeizuschauen, um mit ihm gemeinsam Stinas Tablet durchzusehen. Dabei hoffte er, dass Frida in Computersachen geschickter wäre als er und mehr zurückverfolgen konnte. Die Dänin war noch eingeloggt gewesen, als sie der Tod überrascht hatte. Doch Trond war noch nicht weit gekommen.

Außerdem wollte er von Frida erfahren, was das Abendessen mit dem Architekturstudenten gebracht hatte, und selbstverständlich mussten sie über den Mord an der Geologin reden.

Seine Nacht hatte, wie erwartet, die Fortführung seiner Qual gebracht. Die Ereignisse geisterten in seinem Kopf herum und verscheuchten jede noch so geringe Chance auf Schlaf, der ihm Erleichterung verschaffen und zu neuer Energie verhelfen konnte. Er spürte, wie sich seine Batterien allmählich verbrauchten, und das bereitete ihm Sorge.

Um halb vier Uhr morgens war er erschöpft, schwitzend und völlig gerädert aus dem Bett gestiegen und hatte sich vor seinen Laptop gesetzt. Dazu hatte er sich eine Tasse Kräutertee zubereitet, den er im Küchenschrank seiner Tochter gefunden hatte. Ein starker Kaffee wäre ihm lieber gewesen, aber das wäre mehr als unvernünftig, gestand er sich ein.

Zuallererst wollte er mehr über seinen Zustand erfahren.

»Polarkoller« gab er in die Suchmaschine ein.

Hatte er nicht noch irgendwo ein Stückchen Schokolade? Er durchsuchte verschiedene Schubladen, bis er fündig wurde und sich aufrichtig darüber freute.

Aha. »Melatonin-Überproduktion«, konnte er lesen. »Sero-

tonin-Mangel, bewirkt Depression, Ungeduld, extreme Reiz-
barkeit und Erinnerungsverlust bis hin zu unvermittelten,
heftigen Gewaltausbrüchen.« Klammer auf, »auch Selbst-
mord«, Klammer zu.

Unvermittelte Gewaltausbrüche? Trond musste schlucken.

Dann schob er sich ein Stück *Freia Firklöver* mit Haselnüs-
sen, seine Lieblingsmarke, in den Mund. Er war nicht wirklich
überrascht, seine Gefühlsschwankungen und Verstimmungen
der letzten Tage auf dem Bildschirm bis ins Detail genau auf-
gelistet zu sehen.

Auch den Verfolgungswahn fand er wenig später als typi-
sches Symptom, genau wie unspezifische Halluzinationen, die
möglicherweise auftreten konnten.

Fast alle Symptome des klassischen Polarkollers konnte
Trond vorweisen, wie er sich kleinlaut eingestehen musste.

Dass diese seelische Verstimmung seit den Zwanzigerjahren des letzten Jahrhunderts manchmal auch »Dunkelklaps«
genannt wurde, brachte Trond trotz all der düsteren Progno-
sen für ein paar Sekunden zum Schmunzeln. So hatten Mediziner während einer Grönland-Expedition dieses Phänomen
beschrieben.

Nachdem er sich das letzte Stück Schokolade in den Mund
gesteckt hatte, las er, dass die Menschen im extremen Norden,
wo die Dunkelheit Monate andauerte, instinktiv nach Süßig-
keiten griffen, um die Auswirkungen des Polarkollers dadurch
unbewusst zu mildern.

Bedauerlicherweise fand Trond keine Schokolade mehr, die
für ihn ab sofort als »medizinisch erwiesen und erprobt« gelten würde. Morgen musste er im Supermarkt unbedingt für
Nachschub sorgen. Er würde seine Tochter fragen, ob sie in der
viermonatigen Polarnacht tatsächlich mehr Süßes verkauften
als während des restlichen Jahres.

Interessanterweise brachte Frida, als sie am Morgen bei ihm

erschien, zwei Tafeln bester Schweizer Schokolade mit und legte sie auf den Küchentisch.

»Für dich, Trond, Seelennahrung sagen wir auf Niederländisch.«

Der Kommissar lächelte gerührt. Sie hatte sein Leiden durchschaut und versuchte ihm zu helfen.

»Danke. Magst du einen Kaffee?«, fragte Trond. »Ich selbst bin auf Entzug und nehme einen Kakao.«

»Oh! Das ist mal eine gute Idee.«

Während der Kommissar mit heißem Wasser, warmer Milch und dem Kakaopulver hantierte, erzählte er der Musherin von dem Mord an der Dänin. Trond tippte auf Gift, das ihrem Essen beigemengt worden war.

»Oh«, rief Frida aus, »dann könnte es gut der Russe im Geologenteam gewesen sein!«

Trond merkte, wie es um ihren Mund zu zucken begann.

Er berichtete Frida von seinem nächtlichen Gespräch in der Bar mit Siri Hummel. Den Veterinär erwähnte er nicht.

»Du hast Stinas Computer mitgenommen?«, fragte die Niederländerin.

Trond zeigte auf das Tablet und nickte.

»Das wird dem üblen Pinocchio gar nicht gefallen haben.«

»Er hat es nicht mitbekommen, vermutet es aber, das habe ich an seinem Blick gesehen«, sagte Trond. »Am liebsten hätte er mir den Rucksack heruntergerissen und ihn durchsucht. Das hat er sich aber nicht getraut.«

Frida hielt ihren Kopf leicht schief und warf ihm einen Blick zu.

»Weißt du, was ich manchmal denke? Wahrscheinlich ist es völliger Quatsch, aber ich habe auch schlecht geschlafen letzte Nacht, und da sind mir alle möglichen Dinge durch den Kopf gegangen.«

»Verrat es mir, ich halte nichts für völligen Quatsch, bis ich vom Gegenteil überzeugt bin.«

Trond goss sich und der jungen Musherin heiße Schokolade ein. Sofort hüllte sie ein süßer Hauch wie eine Wolke ein.

»Wir haben bisher keine Ahnung, warum sich Kristoffersen so merkwürdig verhält«, sagte Frida. »So unkooperativ, so herablassend, so unfreundlich, so …« Sie überlegte, wie sie sein Verhalten noch besser beschreiben konnte.

»So blöd.«

»Ja, so blöd.«

Sie starrte ihn an.

»Was, wenn er tatsächlich gegen uns ist?«

Trond grinste.

»Frida – er ist definitiv gegen uns, das ist offensichtlich. Er will hier alles an sich reißen und genau so machen, wie er es gewohnt ist. Und dabei stören wir nur.«

Frida schaute von dem Tablet auf und blinzelte.

»Das meine ich nicht. Ich meine, was, wenn er gar nicht auf unserer Seite ist, weil er auf der anderen Seite steht.«

Trond starrte sie stirnrunzelnd an.

»Tut mir leid, aber ich kann dir nicht ganz folgen. Wo sollte er dann stehen? Wo wäre das deiner Meinung nach, die andere Seite? Die dunkle Seite der Macht?«

Er musste über seinen Star-Wars-Witz grinsen.

Frida seufzte, hatte sich wieder über das Gerät gebeugt und ignorierte seine letzte Frage.

»Ich habe hier etwas gefunden, was sie sich am Abend vor ihrem Tod angeschaut hat. Spielte die Dänin Darts?«

Trond griff nach seiner Kakaotasse und nahm einen großen Schluck.

»Keine Ahnung, auf jeden Fall spielte sie Schach.«

Wer hatte Darts erwähnt? Irgendjemand hatte kürzlich über diesen Sport gesprochen. Daran konnte er sich vage erinnern.

»Wieso fragst du?«

Frida schaute auf.

»Na, sie hat sich die Ergebnisse eines internationalen Wettkampfs in Sotschi angesehen. So etwas macht man nur, wenn man selbst spielt, denke ich. Eiskunstlauf oder Eisschnelllauf interessiert ja viele – aber Darts?«

Trond nickte gedankenverloren. Er überlegte immer noch, wer über Darts geredet hatte. War das Siri Hummel gewesen oder Stina Jensen? Oder keine von beiden?

Da meldete sich sein Handy. Er starrte auf das Display und zuckte die Schultern, während er den Anruf annahm.

»Trygve? Danke, dass du dich so schnell meldest.«

Trond verließ den Raum, um Frida nicht zu stören. Er hatte seinem Freund Trygve vor einer knappen Stunde eine Nachricht hinterlassen und um Rückruf gebeten.

Trond fragte den pensionierten Architekturprofessor nach seinem Kurs über Industrierückbau, den Trygve als Gastdozent an der Uni Trondheim leitete. Dann unterhielten sich die beiden Schulfreunde ausführlich.

Nach zehn Minuten kehrte der Kommissar ins Wohnzimmer zurück und setzte sich Frida gegenüber. Was er gerade erfahren hatte, hatte ihn ziemlich aus dem Konzept gebracht. Was bedeutete das nun wieder?

Trond nahm seine Brille ab und fuhr sich müde über das Gesicht.

»Irgendetwas Neues im Computer, was wir noch nicht wussten?«, fragte er.

Frida hob den Kopf. »Stina hat sich mit Pearse Mackenzie beschäftigt, aber auch mit de Moulin, dem Russen und dem toten Schweizer. Sie hat ihre ganze Geologentruppe durch alle möglichen Suchmaschinen gejagt. Ist doch seltsam, oder?«

Trond war immer noch in Gedanken bei dem, was Trygve ihm gerade erzählt hatte.

»Und?«

Frida verzog das Gesicht. »Sie hat herausgefunden, dass in Mackenzies Lebenslauf zwei Jahre fehlen. Zwischen seiner Promotion in arktischer Geologie und seinem Lehrauftrag der Universität Südost-Alaska gibt es eine Lücke. Und zwar vor vier Jahren. Du solltest ihn fragen, wo er in diesem Zeitraum war und was er da gemacht hat.«

Trond grinste über ihren kriminalistischen Eifer. »Danke, mach ich, Chef. Und die Kanadierin?«

Er überlegte, ob er seine bunten Notizzettel auf den neuesten Stand bringen sollte, die immer noch auf dem Tisch lagen.

»Das ist auch kurios«, erwiderte Frida. »Die gibt anscheinend mit einer Familie an, die sie gar nicht hat.«

Tronds Augenbrauen schnellten nach oben.

»Wie soll ich das verstehen?«

»Na, sie hat wohl vor den Weihnachtsferien überall herumerzählt, sie würde nach Hause zu ihrem Mann und den zwei Kindern fliegen. Aber in ihrem Lebenslauf, den man im Netz abrufen kann, steht nichts davon. Keine Ehe, keine Kinder. Sie ist angeblich ledig. Das ist doch seltsam, oder?«

»Hmm.«

Die Merkwürdigkeiten häuften sich an diesem Morgen in rascher Folge.

»Und der Russe? Der deiner Meinung nach einen Hang zum Gift hat?«

Frida lächelte zufrieden.

»Alexander Iwanow. Sascha ist ja die russische Kurzform für Alexander. Als ich das endlich kapiert hatte, war es sofort klar. Alexander Iwanow nahm als russischer Bezirksmeister von Sankt Petersburg am internationalen Darts-Turnier in Sotschi teil. Das war im März letzten Jahres. Er wurde Dritter.«

»Ach? Das hätte ich ihm gar nicht zugetraut«, erwiderte Trond. »Passt aber irgendwie zu ihm.«

Hatte nicht irgendjemand im Zusammenhang mit dem ermordeten Schweizer Darts erwähnt? Spielten die nun beide Darts und kannten sich deshalb schon von früher? Waren sie möglicherweise in Sotschi gegeneinander angetreten? Wenn ja, welche Schlüsse konnte man daraus ziehen?

Trond zermarterte sich den Kopf, um sich an Verbindungen zu erinnern, Verknüpfungen herzustellen und die neuen Informationen einzuordnen. Weshalb hatte die Dänin das alles recherchiert?

War etwas davon vielleicht für einen ihrer Kollegen gefährlich?

War sie deshalb ermordet worden?

Trond musste mit allen drei Geologen reden, das war ihm jetzt klar. Nur, wie sollte er das anstellen, ohne dass Arvid Kristoffersen davon erfuhr? Der würde darauf bestehen, dass nur er solche Gespräche führte und nicht Trond Lie.

Trond musste auch dringend mit Sysselmann Mette Møller reden. Sie stand auf seiner Seite. Aber zuerst musste er versuchen zu klären, was es mit diesem jungen Mann auf sich hatte, den Frida getroffen hatte.

»Erzähl mir bitte von deinem Abendessen mit Jon.«

Die Niederländerin schob das Tablet beiseite und begann zu berichten. Dass sie am Anfang noch unsicher gewesen sei, ob er sie angelogen hatte, dass Jon dann von selbst den Umschlag und Myklebust ins Gespräch gebracht habe, weshalb für sie klar geworden sei, dass es da nichts zu verheimlichen gab und dass ihrer beider Zweifel, was die Ehrlichkeit des Praktikanten betraf, unberechtigt waren. Er habe offenbar doch nicht gelogen. Sie sei erleichtert darüber gewesen und habe ihm schließlich gebeichtet, dass sie selbst den Umschlag vor ein paar Tagen abgeliefert habe und gar keine richtige Polizistin sei.

»Und wie hat er darauf reagiert?«

Frida hob die Schultern. »Er schien gar nicht überrascht.

Davor hatte er mich auf den Eisbären in Tromsø angesprochen. Warum er den ins Gespräch brachte, habe ich nicht ganz verstanden. Wollte er mich am Ende damit in eine Falle locken, um mich zu überführen, dass ich keine Polizistin aus Tromsø bin?«

Trond hatte sich wieder seine Brille aufgesetzt und starrte sie verwundert an.

»Auf den Eisbären in Tromsø? Du meinst den großen ausgestopften vor dem Souvenirladen an der Hauptstraße? Jeder Norweger hat schon mal von dem gehört. Der ist Tromsøs inoffizielles Wahrzeichen, gleich nach der Eismeerkathedrale. Die ist das offizielle.«

Frida nickte heftig. »Den kannte ich natürlich nicht. Ich war ja nur einmal in meinem Leben in Tromsø. Aber ich glaub, er hat's nicht gemerkt.«

Trond gefiel ganz und gar nicht, was Frida ihm gerade erzählt hatte.

»Warum machst du so ein komisches Gesicht?«, fragte sie.

Der Kommissar richtete sich auf und versuchte wieder freundlich zu gucken. Da musste Frida lachen und er fiel mit ein.

»Ich denke, er wollte dich auf die Probe stellen, weil er dir nicht traute.«

Frida schaute verblüfft. » Das habe ich mir auch schon gedacht. Aber warum denn?«

Der Kommissar im Ruhestand räusperte sich. »Weil er etwas zu verbergen hat – aber ich weiß noch nicht, was.«

Frida schüttelte den Kopf. Sie konnte es offenbar nicht fassen.

»Jon? Ein ganz normaler Architekturstudent aus Trondheim?«

»Schau, Frida, ich habe eben mit einem alten Freund telefoniert und bin tatsächlich etwas ratlos. Trygve ist der Dozent von Jons Architekturkurs in Trondheim. Er ist eine Koryphäe, was den industriellen Rückbau betrifft. Als ich Jon Hansen erwähnte, eigentlich nur, um zu erfahren, was genau die Praktikanten auf Svea machen, erwiderte er prompt, dass er überhaupt keinen Studenten mit diesem Namen in seinem Kurs hat. Er hat überhaupt keine Studenten aus diesem Kurs hier oben. Keinen einzigen.«

Trond merkte, wie Fridas Augen immer größer wurden. Sie wirkte verunsichert und verwundert. Der Kommissar fuhr fort.

»Jon Hansen ist ein häufiger Name in Norwegen. Den kann sich jeder ausborgen, der ihn braucht. Vielleicht heißt er ja wirklich so – den Architekturkurs besucht er jedenfalls nicht. Aber was hat er hier auf Spitzbergen zu tun? Das müssen wir unbedingt herausbekommen.«

Es zuckte um Fridas Mundwinkel. Sie hatte sich aufgerichtet und sich zu ihm gebeugt.

»Überlässt du das mir? Ich meine, darf ich es herausfinden? Natürlich immer in Rücksprache mit dir.«

Trond fand das keine gute Idee, weil er es für gefährlich hielt, wollte ihr das aber nicht direkt sagen.

»Wir arbeiten zusammen daran und du wirst dich sicher noch einmal mit ihm treffen müssen«, sagte er. »Wir werden zunächst alles, was Stina herausgefunden hat, ganz genau untersuchen. Und dafür müssen wir uns mit Mette Møller zusammentun.«

In dem Moment klingelte wieder Tronds Handy. Als er den Anruf entgegennahm, änderte sich sein Gesichtsausdruck auf der Stelle. Seine normalerweise freundliche und entspannte Miene wirkte mit einem Mal wie versteinert.

»Ja, ich habe verstanden. Aber …«

Damit endete das Gespräch. Er warf das Gerät auf den Tisch und Frida schaute ihn verwundert an.

»Das war das Büro des Sysselmanns. Sie lassen ausrichten, dass Mette Møller heute nicht für ein Gespräch zur Verfügung steht.«

»Da steckt Pinocchio dahinter«, bemerkte Frida, ohne zu zögern.

Trond schlug mit der flachen Hand auf die Tischplatte, sodass das Handy hüpfte.

»Verdammt noch mal!«, brüllte er.

Frida riss die Schokoladenpackung auf und hielt sie ihm hin.

27 Die Leiche der Dänin war von Arvid Kristoffersen und dem Sysselmann routinemäßig untersucht worden, dann hatte man sie zum Flughafen gebracht und mit dem Mittagsflieger an die Gerichtsmedizin in Tromsø weitergeleitet.

Mette hatte am Morgen lange mit dem Chef der Polizei auf dem Festland telefoniert. Sie kannte Kjetil Hamre noch von der Polizeihochschule und die beiden schätzten sich.

Mette hielt Kristoffersen für eine katastrophale Fehlbesetzung, und das sagte sie Kjetil auch. Sie hatte Mühe, ihre Stimme ruhig zu halten. Der zweite Mord hätte vermutlich sogar vermieden werden können, wenn Trond Lie eine qualifizierte Unterstützung erhalten hätte. Jemanden, mit dem er auf Augenhöhe ermitteln konnte, dem er vertrauen konnte und der sich nicht wie Kristoffersen aufführte, der nicht die geringste Ahnung von Polizeiarbeit besaß.

Kjetil seufzte in den Hörer.

Jemand, fuhr Mette fort, der die Hilfe eines erfahrenen Ermittlers wie Trond Lie zu schätzen und zu nutzen wusste, statt ihn arrogant und besserwisserisch abzuservieren, um ihn von den Ermittlungen fernzuhalten.

Kjetil war das alles sehr unangenehm, wie er betonte, aber schließlich habe nicht er, wie sie wisse, diese Entscheidung getroffen, sondern Oslo. Genauer gesagt, das Justiz- und Polizeiministerium in Nydalen.

Jemand aus seinem eigenen Team, der zuständigen Polizei in Tromsø, stand zu keinem Zeitpunkt überhaupt zur Debatte, erklärte er ihr. Das könne sie doch sicher verstehen, oder?

Und wie sie es verstand. Gerade das machte sie so wütend.

Wie bitte sollte sie sich nun Trond Lie gegenüber verhalten?

Sollte sie ihn nicht endlich einweihen? Er unterlag auch als pensionierter Beamter der Schweigepflicht.

Das wiederum hielt Kjetil für keine gute Idee. Je weniger Leute informiert waren, desto besser. Er würde eher raten, sich bedeckt zu halten und Arvid machen lassen. Immerhin war es ein hervorragender Mann, den sie da geschickt hatten. Und er war ja schließlich nicht allein, wie sie wusste.

Mette zögerte. Aber wenn sie Trond damit ins offene Messer laufen ließ? Das könne sie nicht verantworten, genauso wenig, wie sie die junge Frau, die ihm bei den Ermittlungen zur Seite stand, in Gefahr bringen wollte. Waren zwei Tote denn nicht genug? Hier war doch offenbar einiges aus dem Ruder gelaufen!

»Du musst den Mann aus Bergen zurückpfeifen, hast du gehört? Und diese junge Frau? Wer zum Teufel ist das denn überhaupt?«, sagte Kjetil erbost.

Mette biss sich auf die Unterlippe, weil sie nun wirklich wütend wurde und das nicht zeigen wollte.

»Das ist Frida, eine holländische Musherin, die sich hier bestens auskennt und nebenbei auch noch eine exzellente Schützin ist.«

»Kannst du nicht dafür sorgen? Die beiden müssen sich komplett zurückziehen, Mette! Sonst kann ich für nichts garantieren!«

Mette überlegte. Sie war sich nicht sicher. Immerhin ging es um Mord. Um kaltblütigen, geplanten Mord – zumindest in einem der beiden Fälle. Sie hatten einen Mörder auf Spitzbergen, der frei herumlief. Vielleicht sogar zwei.

»Glaubst du denn, dass Arvids Kollege hier vor Ort«, sie hätte fast das Wort »Komplize« in den Mund genommen, korrigierte sich aber noch in letzter Sekunde, »dass der zweite Mann mit dem ersten Mord hier oben etwas zu tun hat?«

Da verstummte Kjetil für ein paar Sekunden.

»Kjetil? Bist du noch dran?«

»Das entzieht sich meiner Kenntnis, schließlich weiht mich der Inlandsnachrichtendienst nicht in seine Strategien ein. Warum sollte er?«

»Aber der untersteht doch dem Polizeiministerium«, gab Mette zu bedenken.

Kjetil hüstelte.

»Trotzdem habe ich keinerlei Möglichkeit, mich da einzuklinken. Die Ministerien arbeiten jedes auf seine Weise, und daran gibt es nichts zu rütteln, das weißt du so gut wie ich.«

Sie schwiegen beide für einen Moment.

Dann meldete sich Kjetil wieder. Seine Stimme klang nicht mehr gereizt, sondern fast sanft.

»Du erinnerst dich sicher noch daran, wie man dich gebrieft hat, bevor man dich als Sysselmann nach Svalbard geschickt hat, so lange ist das ja noch gar nicht her«, hob Kjetil an.

Natürlich erinnerte sie sich.

»Man wies dich auf die zunehmend brisante politische Situation der Arktis und damit auch Svalbards hin. Aufgrund des Klimawandels, der kaum noch aufzuhalten ist, kann man seit 2018 ein verstärktes Interesse der Anrainerstaaten an der Arktis und ihren Bodenschätzen registrieren. Norwegen darf sich wegen des Svalbardvertrags von Versailles für diesen Teil der Arktis immer noch als eine Art Hausherr fühlen. Doch diese Vormachtstellung wird nun heftig angegriffen und teilweise schon torpediert. Um es ganz klar zu formulieren: Norwegens Interessen sollen kaltgestellt werden, und zwar mit allen Mitteln. Die Nachrichtendienste mussten in ihrem neuesten Rechenschaftsbericht mit dem vielsagenden Namen ›Fokus‹, den du sicher auch vorliegen hast, diese Einschätzung sogar noch verschärfen. Hast du das gelesen, Mette?«

Der Sysselmann biss sich auf die Lippen. Ja, sie hatte es gelesen, aber sie hatte es nicht wahrhaben wollen.

Nun klang Kjetil, der freundliche, ausgeglichene Kollege, auf einmal wirklich angsteinflößend.

»Darin stand auch, dass diese Länder nicht mehr nur Rechte, Einflussnahme und Besitz hier oben einfordern, sondern dass sie bereits Spione an die Orte schicken, die relevant für sie sind. Sie wollen herausfinden, was sich wo abräumen lässt – Öl und Gas in unvorstellbaren Mengen und natürlich Bodenschätze. Wir sprechen hier nicht von Kohle, nein, sondern von Gold und seltenen Erden. Das ist interessant. Darüber hinaus geht es um Möglichkeiten, wie die Nordostpassage an der russischen Küste entlang und auch die Nordwestpassage über Grönland und Kanada von Svalbard aus logistisch unterstützt werden kann. Und wie man das geografisch begründen und festschreiben kann.«

Kjetil hielt einen Moment inne.

»Für militärische Operationen natürlich«, setzte er dann hinzu. »Aber der Hauptnutzen ist, langfristig betrachtet, logischerweise wirtschaftlicher Art. Es fallen geringere Transportkosten an zwischen Europa und Asien sowie Europa und Amerika. Die Kosten würden sich in beiden Richtungen um mehr als ein Viertel verringern. Außerdem wird der Panamakanal aufgrund des Klimawandels in wenigen Jahrzehnten keine Rolle mehr spielen. Und wer diese beiden Passagen dann kontrolliert, wird auf dem Weltmarkt das Rennen machen.«

Der Sysselmann hatte auf einmal einen Kloß im Hals und räusperte sich.

»Abgesehen davon«, sagte sie schließlich, »könnte das bisher geltende Gleichgewicht der Staaten auch durch andere Mächte ins Wanken geraten, zum Beispiel durch China, das sich 2010 in das Abkommen, was die Arktis betrifft, hineingezwängt hat. Das ist mir alles bewusst, Kjetil. Die Scharmützel während des Kalten Kriegs waren harmlos dagegen.«

»Russland übernimmt 2021 den Vorsitz im Arktischen Rat.

Da wollen sie etwas vorzuweisen haben. Und der geologische und geografische Nachweis, dass Russland unter Wasser bis nach Svalbard reicht, käme ihnen sicher sehr gelegen. Den müssen sie sich vorher noch beschaffen, koste es, was es wolle.«

Wieder entstand eine Pause zwischen ihnen. Es war Mette Møller, die wenig später das Wort ergriff. Ihre Stimme zitterte leicht.

»Mein Fehler war, nicht zu realisieren, dass wir hier auf Spitzbergen längst nicht mehr in einer geschützten kleinen Community leben, deren einziges Problem es zu sein scheint, jedes Jahr heil durch die ewige Dunkelheit zu kommen und danach die andauernde Helligkeit zu überstehen, ohne dabei durchzudrehen. Oder drei Dutzend Mal am Tag die Schuhe aus- und anziehen und im Übrigen nur aufpassen zu müssen, keinem Eisbären zu begegnen, der nicht zu Scherzen aufgelegt ist und Hunger hat.«

Sie atmete ein paarmal ein und aus, um ihre Stimme wieder unter Kontrolle zu bringen. Dann sprach sie weiter und flüsterte dabei fast.

»Ich habe offenbar nicht kapiert, dass sie alle schon hier sind!«

Wütend legte sie den Hörer auf und fegte dabei das Wasserglas, das neben ihr auf dem Schreibtisch stand, auf den Boden.

28 Mette Møller sei kurzfristig am Mittag nach Svea geflogen, erklärte ihm ein Polizist, der in ihrem Büro
mit einer Schaufel und einem Handfeger auf dem
Boden herumkroch, nachdem Trond mit mühsam unterdrück-
ter Wut angeklopft hatte. Sie werde erst im Laufe des Nachmittags zurückerwartet. Der Mann kauerte nun unter dem
Schreibtisch, wo er offenbar etwas zusammenfegte. Es waren
Glassplitter, wie Trond zu erkennen glaubte. Hatte der Sysselmann aus Unachtsamkeit ein Glas zerschmettert? Oder aus
Wut?

Der Kommissar dachte nach.

»Können Sie mir sagen, ob sie in Begleitung von Kommissar Kristoffersen gefahren ist?«, fragte er den Mann.

»Kommissar Kristoffersen?«

Der Polizist hatte nach dem Wort »Kommissar« eine vielsa-
gende Pause gemacht. Dann schaute er ihn unsicher an und
hielt den Besen still, als müsse ihm die Antwort erst einfallen.

»Nein, der war nicht dabei. Der hat wohl in Longyearbyen
zu tun.«

Der Polizist kehrte weiter die Scherben zusammen. Er hörte
sich an, als wäre von einem Nachbarn die Rede, den niemand
mochte, der aber aus unerfindlichen Gründen zu allen Feiern
unbedingt eingeladen werden musste.

Trond überlegte kurz.

Wo Kristoffersen denn bitte zu finden sei? Man habe Trond
gesagt, dass er sich bei ihm melden solle, log er.

Der Polizist sah ihn skeptisch an.

Mittlerweile war Trond fest entschlossen, mit Frida zusammen weiterzuermitteln und Pinocchio dabei zu meiden, um an
ihm vorbei bei der Aufdeckung der Verbrechen voranzukom-

men. Trond traute dem Mann vom Festland nicht, aus welchem Grund hätte er gar nicht genau sagen können. Mittlerweile bezweifelte er sogar, dass er überhaupt aus Tromsø kam.

Der Polizist stand auf, klopfte sich imaginären Staub von der Uniform und erklärte, Kristoffersen habe in der Redaktion der *Svalbard Posten* zu tun.

»Das kann wohl noch eine Weile dauern. Hilft Ihnen das weiter?«

Trond nickte und machte sich auf den Weg zur Universität, um mit dem Rest des Geologenteams zu reden. Das Thermometer zeigte minus fünfundzwanzig Grad an.

Der Kommissar im Ruhestand trat auf die Straße und stapfte in Richtung des Universitätsflachbaus. Die Dunkelheit schien ihm heute besonders schwarz, als wolle sie alles, was wenige Meter entfernt lag, gnadenlos ansaugen und verschlucken, um es nie wieder auszuspucken.

Trond zog sein Handy aus der Innentasche und rief Frida an.

Sie müsse sich heute, so erklärte sie ihm, dringend um die Hunde kümmern. Die brauchten eine größere Runde. Außerdem plane sie, Rune zu besuchen. Den habe sie mehrmals versucht anzurufen, aber noch nicht erreichen können, irgendwann würde er sich sicher melden.

»Gute Idee«, erwiderte Trond. »Dann frag ihn doch mal genauer nach den Fotos und den Umständen, unter denen sie aufgenommen wurden. Außerdem interessiert mich, was er von all dem hält, was angeblich in Svea vor sich geht. Zum Beispiel, welches Bild er sich von den Ingenieuren dort machen konnte. Runes Einschätzung ist mir wichtig«, betonte er. »Der hat ein exzellentes Auge für Details.«

»Und was machst du in der Zwischenzeit?«, fragte Frida am Telefon, sie hörte sich gut gelaunt an.

»Ich bin schon fast an der Uni und werde mir dort die verbliebenen drei Geologen vorknöpfen.«

Während er sprach, rutschte er das letzte Stück des ausgetretenen Wegs zum Haupteingang der Universität entlang.

»Das ist ja wie in diesem Kriminalroman von Agatha Christie, wo zehn Menschen nacheinander sterben«, stellte er fest. »Jetzt sind es nur noch drei. Interessanterweise stammen die drei Übriggebliebenen aus arktischen Anrainerstaaten, die hier massive eigene Interessen haben. Die ganze Geologentruppe kommt aus Ländern, die etwas mit der Arktis zu tun haben. Das kann purer Zufall sein, sieht aber nicht so aus, wenn du mich fragst.«

»Wie meinst du das?«

Trond hörte Fridas helles Lachen, als er bereits den Verschluss seiner Polarkappe löste.

»Bei Kanada, den Vereinigten Staaten und Russland ist es klar. Aber gehören der Schweiz etwa Teile der Arktis? Oder Dänemark?«, fragte sie heiter.

Trond nickte nachdenklich. »Dänemark besitzt sogar einen extrem großen Teil der Arktis: Grönland. Russland gehört fünfzig Prozent davon. Und mit Alaska erstrecken sich auch Teile des amerikanischen Staatsgebietes über die Arktis.«

Trond kratzte sich im Nacken. So hatte er die Zusammensetzung des Geologenteams bisher noch gar nicht betrachtet. Dabei war es ziemlich spannend, aus welchen Ländern sie stammten und welche regionalpolitischen Interessen damit verbunden waren.

»Ja, klar. Ich hatte überhaupt nicht mehr daran gedacht, dass Grönland zu Dänemark gehört.« Frida klang jetzt aufgeregt. »Aber dann ist diese Gruppe ja zusammengestellt wie ...«

»Die Arktischen Fünf!«, rief Trond in die eisige Dunkelheit.

Mehrere aus der Truppe hatten ihm gegenüber geäußert, dass etwas an dem Projekt ungewöhnlich sei. Siri war sogar der Ansicht gewesen, dass mit der ganzen Gruppe etwas nicht stimme. Das genau war es!

»Was sind denn die Arktischen Fünf, Trond?«, fragte Frida.

»Das ist ein festes Gremium, das in der Arktis politischen Einfluss nimmt und versucht gemeinsame Beschlüsse durchzusetzen. Dieses Gremium, das sich selbst die Arktischen Fünf nennt, besteht aus Vertretern der fünf Anrainerstaaten der Arktis: den USA, Kanada, Russland, Dänemark und Norwegen.«

Könnte es sein, dass Urs Pflügi herausgefunden hatte, dass er nicht dazugehörte, und dass er deshalb ausgeschaltet wurde? Tronds Gedanken rasten.

Laut Stina hatte sich der Schweizer nach seiner Rückkehr aus dem Weihnachtsurlaub stärker von den Kollegen zurückgezogen, und er hatte Siri gegenüber angedeutet, dass er möglicherweise früher aus dem Projekt aussteigen würde, um nicht in etwas hineingezogen zu werden.

»Trond?«, erklang Fridas Stimme ungeduldig aus dem Handy.

Wohinein wollte er nicht verwickelt werden? Und weshalb war dann auch Stina ermordet worden?

Trond hatte einen Moment lang das untrügliche Gefühl, einem unheimlichen Komplott auf der Spur zu sein.

»Da kommt ein Anruf rein«, unterbrach Frida seine Gedanken. »Das könnte Rune sein. Ich muss auflegen.«

»Ruf mich an, wenn du nachher bei ihm in der Hütte bist, ja? Ich mache inzwischen hier weiter.«

Trond steckte das Handy ein, klopfte seine Stiefel ab und betrat durch die massiven Holztüren das Foyer des UNIS. Er suchte den Weg zur Garderobe, wo er sich wieder aus allen Schutzlagen schälte und seine Stiefel auf dem Schuhregal abstellte.

Ihm rauchte der Kopf. Die Arktischen Fünf waren Gegenspieler des Arktischen Rats, der 1996 gegründet worden war, um Entwicklungsvorhaben und Projekte in der Arktis durchzuführen – wofür die Arktischen Fünf keine Befugnis hatten.

Dass er darauf nicht schon früher gekommen war!

Wenn die Truppe tatsächlich nicht zufällig aus Mitgliedern der verschiedenen Staaten zusammengewürfelt wurde, sondern das ganz bewusst so entschieden worden war, was hätte das für Konsequenzen für die Täterschaft bei den beiden Morden? Und wer hätte an dieser nicht zufälligen Zusammensetzung gedreht? Trond merkte, wie ganz viele Überlegungen auf ihn einstürmten, denen er unbedingt in Ruhe und nicht beim Stiefelausziehen nachgehen musste. Warum wäre es wichtig und wer würde davon profitieren, wenn die Mitglieder der Forschungsgruppe alle aus den fünf Anrainerstaaten kamen?

Aber genau genommen waren es ja nur vier, der Schweizer gehörte nicht dazu – dafür fehlte ein Norweger. Da die Gruppe sich jedoch in Norwegen aufhielt, waren sowieso zahlreiche Norweger vorhanden, es musste also keiner von ihnen ein ausgewiesenes Mitglied des Geologenteams sein.

»Hallo, kann ich Sie mal einen Moment sprechen?«

Trond schaute überrascht auf und blickte in das Gesicht eines ihm unbekannten großen Mannes mittleren Alters und dunkler Hautfarbe, der ihn freundlich anlächelte. Er stellte sich als Hiram Banville vor. Er arbeite hier seit fast zwei Jahren in der Forschung an der medizinischen Fakultät, Abteilung Neurologie.

Trond fragte, um was es gehe. Eigentlich wollte er jetzt so schnell wie möglich zu den Geologen.

Der baumlange Mediziner lächelte und warf einen Blick zurück ins Foyer.

»Können wir in mein Büro gehen? Hier ist es so unruhig.«

Die Stimme des Mannes klang sonor und vor allem entspannt.

Trond schüttelte den Kopf.

»Ich bin leider etwas in Eile.«

Der Mann schaute sich wieder um. Diesmal erschien es Trond, als überprüfe er blitzschnell, wer sich sonst noch im Foyer aufhielt, er kommentierte es aber nicht.

»Gestern Mittag gab es hier eine kleine spontane Party, zu der ich eingeladen worden war. Die kanadische Geologin, die mit Mackenzie arbeitet, hatte etwas zu feiern. So etwas passiert hier häufig. Spontane Partys, meine ich. Hier haben alle Langeweile und leiden unter dem Svalbard-Blues. Im Januar ist immer der Tiefpunkt.«

Der Mann grinste vielsagend und beugte sich zu Trond hinunter, der einen Kopf kleiner war und dessen Aufmerksamkeit nun geweckt war.

»Sie sind doch bei der Polizei, oder?«

Trond nickte unsicher. Woher wusste das der Neurologe? Er war diesem Mann noch nie begegnet, geschweige denn ihm vorgestellt worden.

»Ich bin ein Bekannter von Frida.«

Der Neurologe schien Gedanken lesen zu können.

»Und sie hat Sie mir beschrieben.«

Er taxierte den Kommissar mit einem langen Blick und grinste dann.

»Ziemlich gut sogar.«

Trond willigte schließlich ein und trottete neben ihm durch einige Korridore des Universitätsgebäudes.

»Und wie hat sie mich beschrieben?« Diese Frage konnte er sich nicht verkneifen.

Banville schaute ihn von der Seite her belustigt an.

»Älterer Norweger mit den drei Bs – Brille, Bürstenschnitt, Bauchansatz.«

Er lachte laut und Trond verzog leicht den Mund.

Kurz darauf öffnete der Mann die Tür zu einem Büro und bat den Kommissar einzutreten. Er deutete auf eine gemütliche Sitzecke.

»Da Sie in Eile sind, biete ich Ihnen nichts an, sondern komme gleich zur Sache. Ich habe heute Morgen gehört, dass eine der Kolleginnen aus dem Geologenteam tot aufgefunden wurde. Diese Frau aus Dänemark, ich kann mir die Namen schlecht merken.«

Trond nickte. Er wunderte sich nicht, dass der Mord so schnell die Runde machte.

»Ich habe gestern auf dieser Feier noch mit ihr geredet.«

»Ach?«

Der Mediziner klatschte begeistert in beide Hände.

»Das war es, was noch fehlte.«

Trond schaute ihn überrascht an.

»Frida beschrieb Sie als jemanden, der häufig ›ach‹ sagt.«

Der Mann legte beide Hände zusammen und schaute Trond freundlich an.

»Ich habe Ihnen nicht ganz die Wahrheit erzählt, entschuldigen Sie. Ich habe Frida eben angerufen und sie gefragt, was ich machen soll. Und sie riet mir, es Ihnen so schnell wie möglich zu erzählen und dass ich Sie im Foyer der Uni finden würde. Ich hätte Sie wohl auch ohne Beschreibung sofort erkannt, da es sonst keinen neuen Mantel in der Garderobe gab. Entschuldigen Sie bitte«, fügte er nochmals hinzu.

Trond winkte ab und musste innerlich schmunzeln.

»Also, was haben Sie mir zu erzählen? Sie haben gestern auf einer spontanen Mittagsparty mit der Geologin Stina Jensen geredet, die hinterher ermordet wurde.«

»Ja. Es ging hoch her, kurz bevor sich alles auflöste. Manche Gäste waren schon ziemlich angeheitert, wenn Sie wissen, was ich meine.«

Trond konnte es sich gut vorstellen.

»Stina – ja genau, so hieß sie –, Stina und ich hatten uns schon häufiger unterhalten. Sie wusste, dass ich als Mediziner an den Funktionsprinzipien des menschlichen Gehirns forsche. Das faszinierte sie. Auf der Weihnachtsfeier der einzelnen Projektgruppen haben wir uns einmal länger über das Thema meiner Promotion unterhalten. Und darauf kam sie gestern urplötzlich zurück.«

Trond wollte den Mann nicht drängen, spürte aber, dass er sich allmählich beeilen sollte, falls Pinocchio hier bald auftauchen würde und er den Rückzug antreten musste.

»Und? Worüber haben Sie promoviert?«

Der Kommissar versuchte sich nicht anmerken zu lassen, dass er nun tatsächlich neugierig war.

Hiram Banvilles große braune Augen ruhten abwartend auf ihm. Dann räusperte er sich.

»Mein Spezialgebiet ist die Sinistralität.«

»Ach?«

Nun mussten beide Männer lachen.

»Was genau ist das?«, fragte Trond und blinzelte.

Irgendetwas in seinem eigenen Gehirn hatte begonnen sich zu regen.

»Das müsste Ihnen bekannt vorkommen. Das ist das Fachwort für die Linkshändigkeit.«

»Ich bin selbst Linkshänder«, erwiderte der Kommissar.

Banville nickte und lächelte.

»Das habe ich bereits bemerkt.«

Trond schaute ihn verblüfft an.

»Tatsächlich? Aber ich habe doch nichts …«

»Sie meinen, geschrieben oder mit der Schere geschnitten? Das ist nicht nötig. Das sind nur die auffälligsten Handlungen, an denen man einen Linkshänder erkennen kann. Ich habe Sie beobachtet, als Sie sich vorhin in der Garderobe ausgezogen haben. Welcher Anorakärmel zuerst kam, welcher Handschuh, welcher Stiefel, wie Sie stehen und wie Sie laufen. Wer sich so eingehend mit diesem Thema beschäftigt wie ich, der erkennt natürlich sofort bekannte Muster.«

Tronds Verblüffung war fasziniertem Interesse gewichen.

»Und Stina Jensen war auch Linkshänderin?« Das war ihm gar nicht aufgefallen.

Banville schüttelte heftig den Kopf.

»Nein, keinesfalls. Sie wollte nur von mir wissen, ob man Linkshänder zu Rechtshändern machen kann. Das interessierte sie.«

Trond hatte mit einem Mal das Gefühl, als wäre ein prall gefüllter Luftballon explodiert und jäh in sich zusammengefallen. Er kratzte sich hinter dem Ohr.

»Das war alles?«

Er merkte, wie es ihm schwerfiel, dem Neurologen zu glauben. Stinas Frage war eine glatte Enttäuschung.

»Aber die Antwort darauf kennt doch jeder. Mich selbst hat man als Kind in der Schule versucht, umzudrehen, wie es damals hieß.« Ungläubig starrte er den Mann neben sich an. »Jahrhundertelang wurden kleine Kinder damit gequält, nicht die Hand zu benutzen, die ihnen als die sicherste erschien, und sie wurden unter Androhung von Strafe gezwungen, immer das ›gute Händchen‹ zu nehmen. Viele sind auf diese Weise wirklich zu Rechtshändern geworden. Ja, das klappt tatsächlich. Aber ich habe Glück gehabt und durfte Linkshänder bleiben.«

Hiram Banville erhob sich. Auf seinem Gesicht stand ein spöttisches Lächeln.

»Das ist allgemein bekannt. Aber das war auch nicht genau Stinas Frage. Sie fragte mich, ob ein Linkshänder auch im Erwachsenenalter noch zum Rechtshänder werden kann. Selbst wenn er seit Jahrzehnten als Linkshänder gelebt hat. Das wiederum ist eine höchst interessante Frage.«

29 »*Easy!*«
Tika spitzte die Ohren und reagierte sofort. Sie wechselte auf der Stelle von ihrer Spitzengeschwindigkeit, bei der die Pfoten über den schneebedeckten Boden zu fliegen schienen, in ein verhaltenes Tempo. Die *point dogs* hinter ihr spürten die jähe Veränderung und verfielen wie die *wheel dogs*, die genau vor dem Schlitten liefen, in einen gemächlicheren Trab. Sie verließen die Hauptspur und steuerten auf Runes Basislager zu, wie Frida die Wellblechhütte des Meteorologen getauft hatte.

Als die Musherin näher kam, sah sie, dass Runes rotes Schneemobil an seinem angestammten Platz geparkt war. Frida wunderte sich. Sie hatte in den letzten Stunden mehrmals versucht, ihn telefonisch zu erreichen. Sobald sie über ein Netz verfügte, hatte sie angehalten und versucht ihn anzurufen. Doch er hatte nie geantwortet und sich auch nicht zurückgemeldet. Das sah Rune gar nicht ähnlich.

»*Whoah!*«

Der Haltebefehl für die Hunde verhallte in der Dunkelheit. Heute kam Frida die Dunkelheit irgendwie schwärzer als sonst vor. Ein klebriges Schwarz, das sie nicht abschütteln konnte. Die ausgewaschene Mondscheibe verharrte hinter dicken Wolken, und kein Lichtstrahl, kein Stern und erst recht kein Nordlicht halfen, die Düsternis erträglicher zu machen.

Die Hunde waren japsend stehen geblieben und feiner Dunst stieg von ihren Leibern auf. Sie musste die Tiere abreiben.

Frida empfand eine merkwürdige Spannung, die sie zu lähmen schien. Sie hob den Kopf, als müsste sie Witterung aufnehmen, und drehte ihn in Richtung der Hütte. Durch den vorgezogenen Vorhang schimmerte ein warmes Licht. Rune musste also tatsächlich zu Hause sein.

Doch irgendetwas war nicht wie sonst. Sie hielt kurz den Atem an, dann vernahm sie gedämpfte Geräusche von drinnen. In Runes Schlafraum mit dem Arbeitstisch schien jemand herumzuwühlen.

Wer war das?

Frida nahm die Schutzbrille ab und justierte ihre Kopflampe. Während sie noch überlegte, wie sie sich verhalten sollte, wurde plötzlich die Tür aufgerissen und sie trat erschrocken einen Schritt zurück.

Mette Møller stand vor ihr auf der Schwelle, sie sah grauenhaft aus. Ihr Gesicht wirkte wie eine Maske, bleich und unbewegt, ihre Augen lagen tief in den Höhlen, und von der Lebhaftigkeit und Freundlichkeit, die sie sonst verströmte, war nichts zu spüren.

»Frida, was machen Sie hier?« Mette klang heiser.

Frida hatte gerade dieselbe Frage stellen wollen, aber der Sysselmann zog sie schon nach drinnen und schloss schwungvoll die Tür. Die Musherin ließ entsetzt ihren Blick durch Runes Wohnzimmer schweifen. Es war völlig verwüstet. Auf sie wirkte es wie eine Szene aus einem Film.

Die beiden Stühle lagen umgekippt auf dem Flickenteppich. Der Inhalt der Regale und des kleinen Küchenschranks war auf dem Holzboden verstreut, Teller waren zerbrochen, Gläser in Scherben, Vorratsdosen ausgekippt, die Stehlampe lag in der Ecke am Boden. Auf dem Schreibtisch hatte jemand alle Papiere durchwühlt. Die beiden geschnitzten Vögel, die dort gestanden hatten, waren nirgendwo zu sehen.

Beim Anblick von Runes Polarforschersessel kamen Frida die Tränen. Jemand hatte die Sitzfläche aus zerschlissenem Samt brutal aufgeschlitzt und die Füllung ans Licht gezerrt. Es sah aus, als hätte man ein hilfloses Tier ausgeweidet.

»Wo ist Rune?«, flüsterte Frida und schaute Mette Møller Hilfe suchend an.

Der Sysselmann deutete statt einer Antwort mit dem Kopf zum Nebenraum, hielt Frida jedoch am Arm zurück, als sie hineingehen wollte.

»Nicht, es ist ein Tatort und mögliche Spuren dürfen nicht zerstört werden. Die Kollegen müssten gleich hier sein. Ich habe den Heli schon gehört.«

Fridas Augen weiteten sich. Den hatte sie vor etwa einer halben Stunde ebenfalls wahrgenommen, doch sie hatte ihn für den täglichen Shuttle gehalten und keinen weiteren Gedanken daran verschwendet.

Sie schluckte und nahm ihren ganzen Mut zusammen.

»Ist Rune tot?«

Mette nickte und strich sich eine Locke aus der Stirn, die sich aus ihrer Hochsteckfrisur gelöst hatte. Sie wirkte erschöpft, aber trotz allem äußerst konzentriert.

»Jemand hat ihn erschossen. Möglicherweise hat er einen Eindringling überrascht und es gab einen Kampf. Dagegen spricht allerdings, dass er ohne Waffe war.«

»Sie meinen seine Marlin? Die hatte er doch immer dabei, wenn er draußen war.«

Mette schüttelte den Kopf. »Nein, nicht das Großkaliber, ich spreche von seiner Glock. Rune hatte ja noch die Faustfeuerwaffe für alle Fälle. Die hätte er sicher gezogen, wenn er hereingekommen wäre und hier drinnen einen Eindringling vermutet hätte.«

Frida nickte stumm. Dass Rune eine Pistole besaß, hatte er ihr nicht verraten.

»Deshalb muss es andersherum gewesen sein. Er hielt sich zu Hause auf und derjenige, der seine Hütte später offenbar auf der Suche nach irgendetwas verwüstet hat, überraschte Rune und schaltete ihn brutal aus.«

Wieder nickte Frida, als würden ihr verschiedene Lösungen eines Gedankenspiels präsentiert, wobei es ihr zufiel, sich möglichst schnell für die richtige zu entscheiden.

»Wieso sind Sie eigentlich hier?«

Sie sah den Sysselmann fragend an, und es lagen auch Zweifel und Skepsis in ihrem Blick.

Mette Møller seufzte.

»Weil Sie und Trond Lie ein exzellentes Team sind. Trond wusste, dass ich heute hier draußen in Svea zu tun hatte, und als er von Ihnen hörte, dass Sie Rune telefonisch nicht erreichen konnten, versuchte er es selbst ein paarmal. Er hat Verdacht geschöpft, dass etwas nicht in Ordnung sein könnte, und benachrichtigte mich. Deshalb war ich umgehend zur Stelle und konnte auch die Kollegen in Longyearbyen bereits informieren.«

Frida deutete ein vages Nicken an, als hätte alles seine Richtigkeit. Es schien ihr wie ein Traum, wie ein böser Traum.

Plötzlich merkte sie, wie Übelkeit in ihr aufstieg. Sie eilte zu Runes Außentoilette. Ein paar Minuten später kehrte sie zurück. Sie war bleich und hielt ihre Arme über dem Bauch verschränkt.

Mette sah sie besorgt an. »Alles in Ordnung, Frida?«

Die junge Frau nickte. »Weiß Trond schon, was mit Rune passiert ist? Haben Sie ihn angerufen und es ihm gesagt?«

Mette zuckte zusammen und schlug sich die Hand vor den Mund.

»Das habe ich in der Aufregung ganz vergessen. Ich werde es auf der Stelle tun.« Sie zog ihr Handy aus der Jackentasche.

»Warten Sie«, sagte Frida. »Ist Arvid Kristoffersen auf dem Weg hierher? Ist er auch im Heli?«

Langsam schüttelte der Sysselmann den Kopf.

»Sind Sie sicher?«

»Ja.«

Frida war perplex.

»Aber warum nicht? Er ist doch für die Ermittlungen hier verantwortlich.«

Mette Møller drehte sich schwungvoll von ihr weg, als wollte sie mit ihren Gefühlen lieber für sich bleiben.

»Ich habe es versucht. Ich habe seine Nummer mehrfach gewählt und auch bei der Zeitung angerufen, wo er heute hinwollte. Aber …«

»Aber?«

Von draußen ertönte nun ein Motorengeräusch und sofort schlugen die Hunde an, allen voran Tika mit ihrem lauten, klaren Bellen.

Mette Møller ging zur Tür. Bevor sie öffnete, sah sie noch einmal zu Frida zurück. Die Musherin erkannte unterdrückte Wut in ihrem Blick.

»Ich konnte ihn nicht erreichen. Niemand hat ihn gesehen und niemand wusste, wo er war.«

30 Sascha Iwanow war nicht im Gemeinschaftsbüro des Geologenteams, als Trond Lie dort auftauchte. Auch die Kanadierin war nicht anwesend.

Pearse Mackenzie hockte allein vor seinem Laptop und starrte völlig in Gedanken versunken auf ein Schwarzweißfoto, das ein feinkörniges graues Gebilde zeigte. Auf dem Tisch neben ihm dampfte der Inhalt einer großen Henkeltasse und verbreitete einen strengen Geruch, der an Rinderbrühe und Hefe erinnerte.

Trond räusperte sich, nachdem er geräuschvoll die Tür hinter sich zugezogen hatte und vom Chef der Geologen immer noch keine Reaktion kam.

»Mr Mackenzie?«, sagte er schließlich ungeduldig.

Pearse brummte, drehte sich aber nicht auf seinem Stuhl um.

Trond trat näher und atmete dem Mann mit dem langen Zopf nun fast in den Nacken.

»Was ist?«

Abrupt schwang Pearse herum und starrte ihn an, als wäre er gerade aus einem tiefen Traum erwacht.

»Was wollen Sie denn?«

Er klang nicht ungehalten, sondern eher verwundert.

Trond Lie lächelte ihn an.

»Ich will mit Ihnen reden, und auch mit Ihren Kollegen, wenn es geht.«

Er ließ seinen Blick durch das nicht sehr geräumige Zimmer schweifen.

»Die sind nicht da«, erwiderte Pearse und schaute auf seine große Armbanduhr. »Vermutlich sind sie beim Essen oder in ihren Appartements. Heute ist keinem von uns nach Gesellschaft. Und auch nicht nach Reden.«

Wie um das zu unterstreichen, drehte er sich zu seinem Laptop zurück und vertiefte sich wieder in die geheime Welt der Steine. Zumindest vermutete das Trond.

»Aber fragen Sie ruhig, was Sie fragen wollen, ich höre Sie.« Der Kommissar blinzelte durch seine Brille.

»Ich würde Sie gern ansehen, während ich mit Ihnen rede, Mr Mackenzie.«

»Das macht keinen Unterschied. Fragen Sie. Sich beim Reden anzusehen, halte ich für überbewertet.«

»In unserem Land sind wir so altmodisch, darauf zu bestehen«, beharrte Trond.

Mit einem ironischen Lächeln wandte sich der Amerikaner nun langsam um und legte seine Hände in den Schoß.

»Darf ich Sie darauf hinweisen, dass Sie keinerlei Befugnisse mehr haben, auf irgendetwas zu bestehen.«

Woher er das wohl wusste, schoss es Trond durch den Kopf. Wahrscheinlich von Kristoffersen selbst, das läge nahe.

»Ich ermittle weiterhin im Auftrag des Sysselmanns, falls Sie darauf anspielen. Doch zuerst möchte ich mein Bedauern zum Tod Ihrer Kollegin ausdrücken.«

Mackenzie verzog sein Gesicht zu einer halb traurigen, halb belustigten Miene.

»Tja, das war ja mal eine böse Überraschung. Obwohl sie für meine Begriffe tatsächlich etwas zu neugierig war. Aber den Tod hatte die arme Stina nun wirklich nicht verdient. Sie war eine Geologin, wie sie im Buche steht, die echt was drauf hatte.«

Trond missfiel der zynische Tonfall des Mannes.

»Was man nicht von allen hier sagen kann«, fuhr Mackenzie fort. »Da waren es nur noch drei.«

»Hat Sie Ihnen gesagt, dass sie herausgefunden hat, dass Sie eine zweijährige Lücke in Ihrem Lebenslauf haben?«

Mackenzie hob seine buschigen Augenbrauen. Er beugte sich etwas nach vorn.

»Oh, hat sie das? Tatsächlich?«

Er klang amüsiert.

»Ja, das war vor etwa vier Jahren.«

Der Geologe beobachtete Trond nun sehr genau.

»Und jetzt wollen Sie wissen, was ich in dieser Zeit gemacht habe? Das verrate ich Ihnen gern: Ich wurde zum Spion ausgebildet, jamesbondmäßig. War schon immer mein Traum. Aber behalten Sie das bitte für sich. Ich lege großen Wert darauf, dass man mich weiterhin als arktischen Geologen schätzt.«

Mackenzie schaute sich konspirativ um, als hätte er gerade ein gut gehütetes Geheimnis gelüftet. Auf seinem Gesicht erschien ein zufriedenes Grinsen.

Trond war sich nicht sicher, was er davon zu halten hatte. Wollte er sich über ihn lustig machen oder lag in dieser Aussage tatsächlich ein Funken Wahrheit, die er clever verpackt hatte?

»Ich hätte trotzdem gern eine Auskunft über Ihre Aktivitäten von vor vier Jahren. Danach übernahmen Sie einen Lehrstuhl an der Universität Südost-Alaska.«

Wieder grinste der Geologe breit.

»Das wissen Sie auch schon?«

Doch plötzlich verschwand das Grinsen aus seinem Gesicht und er schloss die Augen. Als er sie wieder öffnete, lag ein merkwürdiger Ausdruck in seinem Blick. Als wäre er auf der Hut.

»Gut, dann werden Sie das, was ich Ihnen jetzt anvertraue, sicher richtig einordnen können. Mein steinerner Traum, der Traum des kleinen amerikanischen Geologen von der Westküste, war schon immer das Pamir-Gebirge gewesen. Es liegt in Zentralasien, in der ehemaligen Sowjetunion. Dieses Hochgebirge erstreckt sich über Tadschikistan, Kirgisistan und natürlich Afghanistan. Alles mehr oder minder kleine russlandaffine Staaten. China gehört ebenfalls ein Teil vom sogenannten

Dach der Welt mit seinen gewaltigen Bergen, darunter einige Siebentausender. Das sind die Gipfel, die mich bis heute faszinieren. Und wissen Sie, wie die heißen? Pik Lenin und Pik Karl Marx. Immer noch.«

Er kicherte in sich hinein.

Mackenzie hörte sich in Tronds Ohren wie ein Märchenerzähler aus Tausendundeiner Nacht an. So hatte er den Chef der Geologentruppe noch nie erlebt. Er hatte ihn bei ihren wenigen Begegnungen als einen kühlen, berechnenden Digitaljunkie und einen wenig emotionalen Wissenschaftler wahrgenommen. Aber jetzt hörte er sich ganz anders an. Es war, als wäre der nüchterne Gesteinsexperte in eine völlig andere Welt eingetaucht, eine Zauberwelt, für die er brannte und die er liebte.

»Was glauben Sie, was misstrauische Berufungskommissionen an amerikanischen Universitäten denken, wenn sie in einem Lebenslauf lesen, dass der Bewerber längere Zeit in Zentralasien gelebt und gearbeitet hat? Dass er sich auf Gesteinsproben vom Pik Lenin oder Karl Marx gestürzt hat? Was denken Sie, was bei denen dann sofort im Kopf abläuft?«

Trond musterte ihn aufmerksam.

»Und was haben Sie denen erzählt, wo Sie gewesen sind?«

Trond war noch nicht ganz davon überzeugt, dass er wirklich die Wahrheit serviert bekam.

Mackenzie lehnte sich im Drehstuhl weit zurück.

»Ich habe behauptet, ich hätte meine kranken Eltern gepflegt. Meiner Mutter geht es Gott sei Dank gut, mein Vater ist leider vor Kurzem gestorben. Aber die beiden haben diese Version unterschrieben. Meine Eltern haben mich in allem unterstützt.«

Jetzt hörte er sich zu hundert Prozent glaubhaft an.

»Ich habe keine Familie mehr außer meiner Mutter. Und sie hat nur mich«, fuhr Mackenzie fort.

Trond überlegte.

»Im Gegensatz zu Ihrer kanadischen Kollegin, die verheiratet ist und zwei Kinder hat«, sagte er dann. »Sie hat ihre Familie angeblich an Weihnachten besucht.«

Trond fing einen prüfenden Blick des Geologen auf.

»Silvi hat weder Mann noch Kinder. Das hat unsere so plötzlich verstorbene Kollegin sicher auch herausgekriegt.«

»Sondern?« Trond blieb ruhig und abwartend.

»Silvi hat eine Lebensgefährtin indigener Herkunft. Aber das hängt sie nicht an die große Glocke.«

Trond räusperte sich und Mackenzie kippelte nun nervös auf seinem Stuhl.

»Das ist doch verständlich, Herr Kommissar. Selbst in unseren Zeiten im liberalen Norwegen.«

Er sah ihn nun eher belustigt an und Trond erwiderte sein Lächeln.

»Vielleicht sind bei uns die Eisbären ja noch nicht so weit, dass man sie damit konfrontieren möchte«, versuchte er auf die sarkastische Ebene des Geologen einzugehen.

»Dabei ist es doch ähnlich wie bei den Eisbären«, erwiderte der Geologe. »Die Eisbärin lehnt ihren Gefährten als nutzlos und potenziell gefährlich ab.«

Trond stand bedächtig auf und schaute auf Mackenzie hinab. Er wollte sich verabschieden.

»Darf ich Sie jetzt mal etwas fragen?«, sagte der Wissenschaftler.

Trond nickte.

»Was für eine Funktion hat Ihr Kollege mit der spitzen Nase? Das würde mich wirklich interessieren.«

Trond wollte nicht zugeben, dass er das auch gern wüsste. Draußen auf dem Flur waren schnelle Schritte zu hören.

»Wieso fragen Sie das?«

Mackenzie gähnte herzhaft und ausgiebig. Ein Geräusch aus

seinem Laptop zeigte an, dass eine Nachricht angekommen war.

Der Geologe drehte sich sofort zum Display und tippte etwas in die Tastatur, um sie aufzurufen.

»Sascha hat mal erwähnt, dass der wohl kein Polizist ist, sondern nur so tun würde.«

Trond biss sich auf die Unterlippe. Genau dieser Gedanke war ihm auch schon gekommen.

»Und wie kam Herr Iwanow darauf?«

»Fragen Sie ihn am besten selbst. Mir konnte er es jedenfalls nicht erklären. Es sei nur so ein vages Gefühl, hat er gesagt. Aber vielleicht sind sich die beiden auch nur ganz tief im Verborgenen irgendwo ähnlich.«

Trond kratzte sich am Kopf.

»Iwanow und Kristoffersen sind sich ähnlich?«

»Hmm. Finde ich.«

Mackenzie tippte ohne Unterbrechung.

Trond legte dem Geologen, der nun tief in seine digitale Welt zurückgekehrt war, die Hand auf die Schulter. Der Amerikaner zuckte wie ertappt zusammen und schaute fragend auf. Er blickte genau in Trond Lies helle Augen.

»Wie meinen Sie das genau? Das mit der Ähnlichkeit.«

Statt einer Antwort zog der Geologe seinen Zopf nach vorn und zwirbelte die Haarspitzen, als müsste er sich konzentrieren. Er schwieg einen Moment und Trond gab ihm die Zeit.

»Na ja, ich sagte doch schon, dass Sascha den Eindruck hatte, als sei der mit der spitzen Nase gar kein richtiger Polizist. Und manchmal glaube ich, dass Sascha auch kein richtiger Geologe ist.«

Trond war einen Moment lang verblüfft und dachte über das eben Gesagte nach.

»Ja, und das stimmt doch auch. Mir hat er gesagt, dass er eigentlich arktischer Archäologe sei und sich also mit einem Untergebiet der arktischen Geologie beschäftige.«

Mackenzie nickte.

»Das ist alles korrekt, was Sie da sagen. So hat er sich auch für dieses Projekt beworben. Aber ich habe mich manchmal wirklich gewundert, was er alles nicht wusste, und, offen gestanden, war außer Urs auch noch nie einer von uns in Pyramiden bei ihm auf der Ausgrabung. Theoretisch könnte Sascha dort auch Eis verkaufen.«

31 Nachdenklich rutschte Trond Lie auf seinen Socken zu dem Universitätstrakt, in dem die Gästeappartements lagen. Im Treppenhaus meldete sich sein Handy.

Es war Frida, die sich absolut unverständlich ausdrückte. Sie sprach abgehackt, ihr Redefluss war ständig unterbrochen. Das kannte er von der disziplinierten, wohlorganisierten Niederländerin überhaupt nicht.

»Frida? Bitte noch einmal ganz langsam. Ich verstehe dich nicht. *Was* ist mit Rune?«

Sie wiederholte es.

Trond blieb wie angewurzelt stehen. Er spürte, wie ihn ein Zittern überkam, das ihn vorübergehend orientierungslos machte und dafür sorgte, dass er unfähig wurde, vernünftig zu handeln.

»Herr Kommissar?«

Trond hatte den Kopf gesenkt und atmete schwer. In der linken Hand hielt er immer noch sein Handy.

»Ist Ihnen nicht gut?«

Zaghaft berührte ihn jemand am Schulterblatt und er drehte sich halb um. Es war der Russe. Sascha Iwanow sah ihn durch seine Brillengläser an.

»Nein, es geht schon«, erwiderte Trond. »Danke.«

Tatsächlich hatte das Zittern in dem Moment aufgehört, als er angesprochen worden war. Aber das plötzliche Auftauchen und Verschwinden dieser Orientierungslosigkeit, die in ihm eine Art Lähmung hervorzurufen schien, verunsicherte Trond zutiefst.

»Ich war gerade auf dem Weg zu Ihnen, Herr Iwanow.«

Trond hob seinen Kopf und schaute sein Gegenüber an, als wäre nichts gewesen.

Iwanow lächelte und machte mit der Hand, die eben noch auf der Schulter des Kommissars gelegen hatte, eine einladende Bewegung.

»Folgen Sie mir in mein bescheidenes Reich – das heißt, für einen Norweger mag es bescheiden sein, für einen Russen ist es völlig in Ordnung.«

Er überholte den Kommissar und ging federnden Schrittes voraus, ebenfalls auf Socken.

Trond versuchte das Gefühl, das mit dem Zittern in ihn gekrochen war, endgültig abzuschütteln. Er verstaute sein Handy wieder in der Tasche.

»Auch heute noch sind wir in unseren russischen Städten an winzige Wohnungen gewöhnt, aber in unseren Datschen breiten wir uns aus. Auf dem Land haben wir ja genug Platz.«

Der archäologische Geologe schwatzte munter drauflos, während er auf seinen dürren Streichholzbeinen wie ein übermütiger Junge die Treppe hinaufsprang, meist zwei Stufen auf einmal nehmend.

»Furchtbar, das mit Stina, nicht wahr?«

Er wechselte geschmeidig zum Mordfall.

»Wir wollten im Sommer zusammen nach Sibirien fahren. Ich habe dort Verwandte.«

Trond, der ihm auf der Treppe folgte, schickte ein überraschtes »Ach« nach oben.

»Ich wusste nicht, dass Sie sich so gut kannten.«

»Das taten wir auch nicht.«

Iwanow war stehen geblieben und drehte sich grinsend um.

»Aber wir mochten uns. Mit Stina kann man – *konnte* man gut reden und feiern.«

Er meinte »trinken«. So viel verstand Trond. Sie waren hier in der Arktis Saufkumpane gewesen und möglicherweise auch mal im Bett gelandet. Aber die beiden waren sicher kein Paar gewesen. Weder Iwanow noch die Dänin waren nach Tronds Einschätzung Typen, die zu einer festen Beziehung neigten. Eher wie der Single-Eisbär oder die Eisbärin, die herumvagabundierten und, wie in ihrem Fall, hingebungsvoll in wissenschaftlichen Unterlagen herumwühlten und -schnüffelten.

Wenig später zog Sascha einen Schlüssel aus der Hosentasche und schloss die Tür zu seinem Appartement auf.

»Keine offenen Svalbard-Türen, wie ich sehe«, bemerkte der Kommissar, während er die Wohnung betrat.

Iwanow zwinkerte. »So schnell kann man den misstrauischen Russen eben nicht abstreifen.«

Er lud Trond ein, sich zu setzen, und bot ihm einen Wodka an. Der Kommissar lehnte dankend ab und schaute sich um.

Die Gästeappartements waren, wie er schon bei Stina gesehen hatte, wie langweilige Hotelsuiten der leicht gehobenen Mittelklasse eingerichtet, aber jeder Wissenschaftler konnte ihnen seine persönliche Note verleihen. Bei Stina waren es ihre Bücher und Zeitschriften und ein Kerzenleuchter gewesen, mit dem sie ihre knapp dreißig Quadratmeter dekoriert hatte. Darüber hinaus erinnerte Trond sich an einen Fotokalender mit Landschaftsaufnahmen aus Jütland, der über ihrem Bett hing, an einige gerahmte Fotos, die sie mit Familie und Freunden zeigten, und interessanterweise hatte sie über ihrem Schreibtisch einen Druck des präraffaelitischen Malers Ford Madox Brown aufgehängt, das den vielsagenden Titel »Arbeit« trug.

In Sascha Iwanows Appartement dagegen war nichts Außergewöhnliches zu sehen. Kein Buch, nicht einmal eine Zeitung, ganz zu schweigen von Fotos oder anderen persönlichen Dingen. Oben auf einem Schrank lag ein Koffer, das war alles.

Iwanow folgte seinem Blick.

»Was kann ich für Sie tun?«

Gut, viele Männer waren so nüchtern, aber das hier war schon extrem. Trond wandte sich dem Russen zu.

»Wann haben Sie Ihre Kollegin Stina Jensen das letzte Mal gesehen?«

Der Mann schien zu überlegen. »Das muss auf Silvis Feier gewesen sein.«

»Sind Sie zusammen mit ihr ins Büro zurückgegangen?«

Iwanow schüttelte den Kopf. »Nein, ich wollte mich danach unbedingt hinlegen, hatte ein bisschen zu viel von dem Sekt und den anderen toxischen Flüssigkeiten erwischt. An Arbeit war nicht mehr zu denken. Danach habe ich sie definitiv nicht mehr gesehen oder gesprochen.«

Iwanow lehnte sich zurück und schloss halb die Augen.

»Wann war Urs Pflügi bei Ihnen in Pyramiden und warum?«

Diese Frage kam für den Russen offenbar unerwartet. Er riss sofort die Augen auf. Doch erst nach einer kleinen Ewigkeit kam eine Antwort, die er an die gegenüberliegende Wand richtete.

»Das war kurz vor Beginn der Weihnachtsferien. Er wollte wissen, was ich da draußen eigentlich so treibe, und ich hab's ihm gezeigt. Es hat mich echt gefreut, dass sich endlich mal einer aus der Truppe dafür interessierte.«

In Tronds Ohren klang das nicht unbedingt unglaubwürdig.

»Und was treiben Sie?«

Der Kommissar sah dem Russen direkt in die Augen, der seinem Blick nicht auswich. Iwanow lächelte.

»Warum kommen Sie nicht auch mal vorbei? Morgen zum Beispiel bringt mich der Helikopter aus Barentsburg um neun Uhr rüber. Ich kann Ihnen viel darüber erzählen, aber das ist letztendlich nur graue Theorie. Hier ist meine Nummer.«

Er reichte Trond seine Karte, die der einsteckte.

»Sie benutzen den russischen Heli?«

Sascha nickte und grinste fröhlich. »Das ist so abgemacht und ganz offiziell. Wenn die beiden Hubschrauber hier vor Ort ausgebucht sind, was öfter der Fall ist, helfen die gern mal aus. Vorausgesetzt, sie haben Kapazitäten. So falle ich den Leuten hier nicht zur Last. Sie können es sich ja überlegen. Ich würde mich freuen, von Ihnen zu hören.«

Trond stand auf.

»Pyramiden würde mich schon reizen«, sagte er. »Ich habe viel darüber gelesen. Der Ort hat eine interessante Geschichte, bis man ihn 1998 ganz plötzlich aufgegeben hat, fast über Nacht. Auf den Bildern sieht er so aus, wie ich mir ein russisches Industriekaff vorstelle.«

»Genau.«

Sascha lachte und erhob sich ebenfalls.

»Wie lange sind Sie jetzt schon hier?«, fragte ihn Trond.

Wieder ließ der Kommissar seinen Blick durch den Raum wandern.

»Seit Anfang Oktober.«

»Hmm, das sind bald vier Monate. Dabei sieht es hier aus, als wären Sie gar nicht hier, als gäbe es Sie gar nicht.«

Sascha wurde ein wenig rot, als hätte Trond ihn bei etwas ertappt.

»Ich bin eben sehr ordnungsliebend. Bei mir liegt nichts herum, wie bei …«, hier zögerte er, »wie bei Stina, zum Beispiel. Bei der lag immer etwas herum.«

Trond nickte.

»Aber Sie haben sicher Ihr Sportgerät mitgebracht. Stina hatte ihres natürlich dabei.«

Sascha erwiderte nichts. Nach einer Weile des Schweigens dämmerte es Trond allmählich, dass Sascha möglicherweise nicht genau wusste, worauf er anspielte.

»Ich meine, Ihr Equipment, Herr Iwanow«, präzisierte er.

Diesmal wich der Russe tatsächlich seinem Blick aus und starrte auf den Boden.

»Die Pfeile!«

Es herrschte absolute Stille im Zimmer. Dann kam ein abruptes »Ach die!«. Iwanow grinste breit. »Klar doch.«

»Ich denke, man muss doch in Übung bleiben, oder? Schließlich waren Sie ja einmal Darts-Meister in Petersburg, habe ich gehört. Und Dritter in Sotschi.«

Trond registrierte, wie sich die Augen des Russen hinter seinen Brillengläsern verengten. Sofort veränderten sich seine freundlichen, sympathischen Gesichtszüge. Etwas Lauerndes, Hinterhältiges drängte sich hinein.

Trond legte seinen Zeigefinger kurz an die Stirn.

»Ich melde mich auf jeden Fall, wegen Pyramiden, danke für die Einladung. Interessiert mich sehr.«

Er öffnete die Tür und drehte sich noch einmal um.

»Kennen Sie eigentlich einen Neurologen namens Hiram Banville? Der war gestern wohl auch auf Silvis Party.«

Iwanow gab keinen Mucks mehr von sich, er stand nur geistesabwesend da. Trond überlegte, was den gesprächigen Russen wohl so verblüffte, dass es ihm die Sprache verschlagen hatte.

»Ein Mann lang wie ein Baum und dunkel wie die Polarnacht?«

»Wieso?«, fragte Sascha, er wirkte plötzlich müde.

»Nur so. Ich melde mich bei Ihnen.«

Trond versuchte, leichtfüßig die Treppe hinunterzuhüpfen, gab es jedoch schnell wieder auf, als er sich unbeobachtet fühlte.

Unten am Eingang zum Treppenhaus hing ein großer Kasten mit Porträtfotos hinter Glas. Auf ihnen waren die temporären Bewohner der Gästeappartements abgebildet. Die Fotos waren nach den jeweiligen Forschungsgruppen angeordnet. Trond stellte sich interessiert davor, denn diesen Schaukasten hatte er noch nicht bemerkt.

Momentan waren offenbar drei wissenschaftliche Projektgruppen im UNIS zu Gast. Da war zunächst eine europäische Klimaforschungsgruppe mit zehn Mitgliedern und dann ein sechsköpfiges Team von Medizinern, die an einem Langzeitprojekt forschten, das psychische Erkrankungen unter arktischen Bedingungen untersuchte. In dieser Gruppe erkannte er Hiram Banville, der ihm vom Foto entgegenlachte. Ob er ihn wohl mal nach seinen merkwürdigen Zitterschüben und seiner Schlaflosigkeit befragen sollte? Irgendwie vertraute er dem Mediziner.

Die dritte und letzte Gruppe bestand aus den fünf Geologen, mit denen es Trond zu tun hatte. Die Arktischen Fünf, wie er sie jetzt insgeheim nannte.

Nun sah Trond auch zum ersten Mal ein Bild von Urs Pflügi, ihrem ersten Toten. Der bärtige, rundliche Schweizer lächelte fröhlich und unternehmungslustig in die Kamera. Hinter ihm sah man einen imposanten Berg, wahrscheinlich war das Bild in der Schweiz aufgenommen worden. Ein sympathischer Typ, dachte Trond.

Pearse Mackenzie dagegen schaute unbeteiligt, gelangweilt und wirkte fast ein wenig blasiert. Stina Jensens Foto zeigte die junge Frau in einer Großaufnahme in gedankenversunkener Pose neben einem Schachbrett.

Das Bild von Silvi de Moulin war offenbar als einziges von einem professionellen Fotografen gemacht worden. Während ihre Kollegen wohl eigene Schnappschüsse zur Verfügung gestellt hatten, war das Foto der kanadischen Geologin optimal ausgeleuchtet, und die perfekt geschminkte Wissenschaftlerin wirkte darauf mit ihren langen, dunklen Locken wie ein erfolgreicher Star, der es gewohnt war, im Rampenlicht zu stehen.

Dann fiel Tronds Blick auf die Stelle, die eigentlich das Bild des Russen zeigen sollte. Doch stattdessen stand unter dem Namen »Alexander Iwanow« nur der Hinweis: »Foto wird nachgereicht.«

32 Auf dem Weg nach Hause versuchte Trond sich vorzustellen, was die tote Dänin wohl noch herausgefunden hatte. Da kam ihm das Kästchen mit den Schachfiguren wieder in den Sinn, das er wegen der aktuellen dramatischen Ereignisse vollkommen vergessen hatte. Was es wohl damit auf sich hatte? Und was hatte der Mord an dem Meteorologen Rune Berg mit den anderen beiden Morden zu tun? Er war der erste Tote außerhalb der Geologentruppe.

Dreiundachtzig Jahre lang wurde auf Spitzbergen niemand umgebracht und dann waren da plötzlich drei Morde in weniger als einer Woche.

Da musste es einen Zusammenhang geben. Und es lag seiner Meinung nach auf der Hand: Der erfahrene Meteorologe Rune Berg hatte etwas mitbekommen und vielleicht sogar mit der Kamera festgehalten, was nicht für ihn bestimmt war. Auf seinen regelmäßigen Touren mit dem Schneemobil zu seinen Wetterstationen konnte ihm viel begegnet sein, auch wenn es, wie Trond bei seinen Überlegungen einräumen musste, wegen der undurchdringlichen Polarnacht im Moment nicht viel zu sehen gab.

Hatte er möglicherweise in Wetterstation vier, wo Trond und Frida dem Eisbären begegnet waren, jemanden überrascht? Der Kommissar war sich aufgrund von Spuren, die er bemerkt hatte, sicher gewesen, dass jemand vor kurzer Zeit dort übernachtet oder wenigstens ein paar Stunden verbracht hatte. Gab es da womöglich einen Zusammenhang?

Rune gehörte nicht zu den Arktischen Fünf. Oder etwa doch? War er vielleicht der fehlende Norweger, der eigentliche Kopf der Truppe?

Trond merkte, wie seine Fantasie mit ihm durchging. Er

hielt kurz vor dem Lompen-Einkaufszentrum an und schickte Frida eine Nachricht mit der Bitte, unbedingt möglichst rasch bei ihm vorbeizukommen. Er wollte alles erfahren, was sie über Runes Tod wusste.

Dann setzte er seinen Weg fort. Als er zu Hause ankam, öffnete er als Erstes das Kästchen mit Stinas Schachfiguren.

»Ach!«

Nachdem er sie auf den Tisch gekippt hatte – es waren einfache, aber hübsche Holzfiguren –, entdeckte er eine schmale Metallhülse am Boden des Kästchens. Sie war mit einem Klebefilm an der Seite befestigt, sodass sie nicht sofort ins Auge fiel. Es war ein USB-Stick.

Trond steckte ihn in seinen Computer und starrte gespannt auf das Display. Wenig später tauchte eine Liste von Dateien auf, die Informationen zu jedem einzelnen Mitglied der Geologentruppe enthielten. Neben ihren vier Kollegen hatte Stina Jensen interessanterweise auch Siri Hummel, Svein Vang Myklebust und ihn, Trond Lie, im Netz ausgekundschaftet.

Der Kommissar leckte sich über die trockenen Lippen. Das war ja seltsam.

Aber was hatte Pearse Mackenzie behauptet? Stina sei zwar kompetent, nur bedauerlicherweise sehr neugierig gewesen.

Manchmal machte einen dieser Wesenszug zu einem hervorragenden Zeugen, manchmal jedoch auch zu einem unglücklichen Opfer.

Trond fuhr zunächst mit dem Cursor auf die Datei von Urs Pflügi, dem ersten Toten, und klickte sie an.

Ein Bild tauchte auf. Wie auf dem Foto in der Universität war auch hier ein zufrieden lächelnder bärtiger Mann zu sehen, er hackte mit einem Pickel an einer Felswand herum.

Trond überflog das Geschriebene. Hatte Stina nicht sein Hobby Fechten erwähnt? Oder war es Darts gewesen? In ihrem Text gab es keinen Hinweis darauf. Die Dänin hatte jedoch entdeckt, dass Urs in seiner Jugend eine kleine meteorologische Station in seinem Heimatkanton Uri betrieben hatte. War das wichtig?

Hatte er deshalb Kontakt zu Rune aufgenommen? Kannten sich die beiden Männer?

Trond seufzte und klickte Mackenzie an.

Auch in diesem Text fand er nichts, was er nicht schon wusste. Die Dänin hatte sogar Mackenzies heimlichen Aufenthalt in Zentralasien herausgefunden. Sie musste ganz schön tief im Netz gegraben haben.

Als Nächstes las er die Notizen über de Moulin, die ihm ebenfalls schon größtenteils bekannt waren. Sie war unverheiratet und lebte in Lebensgemeinschaft mit einer Frau – in Klammern: indigene Zugehörigkeit. Es handelte sich wohl um eine Inuit, was für eine Wissenschaftlerin, die in der Arktis forschte, durchaus nahelag.

Trond stand auf und machte sich eine heiße Schokolade. Auf dem Weg zurück von der Küche gähnte er ausgiebig.

Sollte er den Mediziner kontaktieren, der sich mit der Linkshändigkeit beschäftigte? Er zögerte zunächst, suchte dann jedoch im UNIS-Verzeichnis seine Telefonnummer heraus.

Kurz darauf hatte er den Mann am Apparat, und nachdem er ihm erklärt hatte, dass er seit seiner Ankunft unter massiven Schlafproblemen und anderen ungewöhnlichen körperlichen Störungen litt, verabredeten sie sich für den nächsten Vormittag. Der Neurologe hatte interessiert geklungen. Nun, wenn es ihnen beiden nützte?

Trond fühlte sich irgendwie erleichtert, als hätte er mit dieser Verabredung tatsächlich schon einen Schritt in Richtung Abhilfe getan.

Er setzte sich, schlürfte die heiße Schokolade und klickte die nächste Datei an, die Daten zu Siri Hummel enthielt – ihre erfolgreiche Gruben-Pension, ihre zwei Kinder und dass sie alleinerziehend war.

Trond schmunzelte. Das war alles hinreichend bekannt.

Dann ihr Vorleben, die kurze Ehe, die Scheidung und wenig später ihre Ankunft in Longyearbyen mit dem kleinen Sohn.

Aber was war das? Trond scrollte zurück. Wie hieß der Sohn aus Siris erster Ehe?

Da stand es: Sverre Kristoffersen. Geboren in Vardø in der Provinz Finnmark. In Vardø neben der Stadt Vadsø am allerletzten Ende von Norwegen, kurz vor Russland?

Trond runzelte die Stirn.

Kristoffersen war kein allzu seltener Nachname, das wusste er, besonders in Nordnorwegen war er verbreitet. Es konnte Zufall sein, trotzdem würde er unauffällig noch einmal nachhaken, und zwar bei Siri selbst.

Da klopfte jemand an die Tür.

Trond stand etwas umständlich auf und schaute auf die Uhr. Noch eine gute Stunde, bis er Bjarne abholen musste.

Es war Frida. Eine durchgefrorene, atemlose Frida, die gleich nachdem sie ihre Hunde versorgt hatte, zu ihm gerannt war.

Er wärmte sie mit zwei Tassen starkem Kaffee auf, der schon fertig auf dem Herd vor sich hin brodelte und den er für sie vorbereitet hatte.

Sie erzählte ihm die ganze Geschichte von Mette Møller in Runes Basislager, dem Mord an ihm und dem Chaos in seiner Hütte.

»Hast du seine Leiche gesehen?«, fragte Trond sie sofort.

Frida schüttelte energisch den Kopf. »Nein, Mette sagte, der Schlafraum, in dem er lag, sei ein Tatort und ich dürfe daher nicht hinein.«

Trond kniff seine Augen kurz zu und überlegte.

»Wieso war der Sysselmann überhaupt vor Ort?«

Frida hob überrascht die Schultern. »Sie hatte wohl auf

Svea etwas zu tun, aber ich dachte, dass …« Sie brach irritiert ab.

Trond gab zu bedenken, dass Mette Møllers Geschäfte in Svea eine Sache sein, ihr Besuch bei Rune jedoch eine andere.

Frida schaute ihn nun völlig verwirrt an. »Aber du wusstest doch, dass sie in Svea zu tun hatte, und hast sie doch angerufen, weil du Rune nicht erreichen konntest.«

Das waren Mette Møllers Worte gewesen. In Fridas Stimme schwang eine Spur Unsicherheit mit.

Trond merkte, wie er zu zittern begann. Dieses verfluchte Zittern, das aus heiterem Himmel kam und das er dann kaum mehr kontrollieren konnte.

»Hab ich das? Tut mir leid, das hatte ich vergessen.«

Er wusste es tatsächlich nicht mehr, hatte aber ein Problem damit, sich das selbst zu glauben.

Frida trat einen Schritt näher an ihn heran. Ihr Gesicht, das nach der Kälte draußen in der heißen Wohnung nun glühte, verriet Sorge um ihn.

»Alles in Ordnung, Trond?«

Die Muskeln in seinem Gesicht zuckten, als wollte er ein Lachen unterdrücken. Dann drehte er sich abrupt um und ging zu dem Tisch, auf dem sein aufgeklappter Laptop stand. Der USB-Stick aus Stinas Schachkasten steckte darin.

»Komm, ich zeig dir was.«

Frida zog einen Stuhl heran und setzte sich neben den Mann aus Bergen. Er erklärte ihr kurz, wo er den Stick gefunden und was die ermordete Geologin darauf gespeichert hatte.

»Dich hat sie auch ausgecheckt?« Frida grinste breit. »Lass mal sehen!«

Nun schmunzelte Trond und schüttelte den Kopf.

»Nein, mich heben wir uns für später auf.«

Er hatte sich die Datei selbst noch nicht angesehen.

Das Zittern von eben hatte aufgehört und er fühlte sich fast wieder wie der Alte. Er musste wirklich dringend mit dem Neurologen reden. Das hier konnte in einer Katastrophe enden. Hatte er nun Mette Møller angerufen oder nicht? Er konnte sich daran erinnern, dass Frida ihm erzählt hatte, dass sie Rune nicht erreichen konnte. Aber dann?

»Die hatten seine ganze Bude durchwühlt.« Frida klang verstört.

»Runes Hütte?«

»Ja. Sein alter Sessel war brutal aufgeschlitzt. Das Regal lag auf dem Boden, seine zwei Holzraben waren nicht mehr da. Die kleine Küche war ein einziger Scherbenhaufen. Es sah alles ganz gruselig aus, Trond.«

»Hm, das glaube ich. Wen meinst du mit ›die‹?«

Frida schluckte. »Na, die Täter oder den Mörder von Rune. War ja wohl eher nur einer.«

Trond zögerte, statt etwas zu erwidern. Was hatte Frida da eben erwähnt? Die beiden Raben waren verschwunden?

»Und dann habe ich draußen in der Nähe der Toilette …«

Er räusperte sich, unterbrach sie und zeigte auf die nächste Datei.

»Das sind Informationen über Sascha Iwanow. Die hatte ich noch nicht angeklickt. Lass uns die mal zusammen anschauen.«

Gemeinsam überflogen sie den Text, den Stina gespeichert hatte.

»Geboren in Sankt Petersburg. Ausbildung in Moskau und am arktischen geologischen Institut in Murmansk.«

»Gibt es ein Bild von ihm?«, fragte Frida.

Trond scrollte weiter hinunter.

»Nein, und es gibt interessanterweise auch kein Foto von ihm in der Vitrine im Eingangsbereich des UNIS, wo sich alle Forschungsgruppen vorstellen. Da steht nur der Hinweis ›wird nachgereicht‹.«

»Warte! Hier ist doch ein Bild!«

Frida zeigte auf den Bildschirm. Trond zog das Foto, das offenbar aus einer Zeitschrift stammte, etwas größer.

»Da ist er nur von schräg hinten zu sehen – und guck mal! Der spielt Darts!«

Frida beugte sich näher, um das Bild besser betrachten zu können.

Trond nickte.

»Ja, das hatte Stina erwähnt. Obwohl ich mir nicht mehr sicher war, wer genau von den Geologen Darts spielt. Der Russe oder unser erstes Opfer, Pflügi.«

Trond merkte, dass er nicht mehr ganz bei der Sache war und seine Gedanken wieder wanderten.

»Möglicherweise kannten sie sich ja von früher«, sagte Frida. »Aber was bringt uns das, Trond?«

Der Kommissar hatte sich vom Bildschirm abgewandt und überlegte. Etwas, das Frida vorhin erwähnt hatte, spukte immer noch in seinem Kopf herum. Er fuhr sich mit der Hand über seine Haarbürste.

Frida klebte mit der Nase fast am Bildschirm

»Hast du die Bildunterschrift gelesen, Trond?«

Er hörte sie nicht. Was genau hatte sie eben aufgezählt? Den zerstörten Sessel, die Küche …

Frida merkte nicht, dass sich der Mann aus Bergen in Gedanken entfernt hatte.

»Da steht: ›Alexander Iwanow, neuer Regionalmeister im Darts für den Bezirk Sankt Petersburg – der erste russische Darts-Champion, der Linkshänder ist!‹«

Das Letzte hatte Frida fast geschrien.

»Trond, hast du das gehört? Iwanow ist Linkshänder, genau wie du! Man sieht es sogar auf dem Bild. Er wirft den Pfeil mit der linken Hand. Aus welchem Jahr stammt das Bild? 2018?«

Trond starrte sie an, als wäre sie von einem anderen Stern. Er wusste, dass Iwanow kein Linkshänder war.

Einen Moment lang war es mucksmäuschenstill im Raum. Dann hatte er es. Trond schluckte. Langsam beugte er sich zu Frida hinüber und flüsterte fast: »Was hast du eben gesagt? Über die beiden Raben, meine ich. Über Runes Raben?«

Frida runzelte die Stirn.

»Sie waren weg«, sagte sie. »Verschwunden. Seine zwei Holzraben. Wieso?«

»Das waren Odins Raben«, murmelte Trond.

Frida nickte.

»Genau. Das hat er mir erzählt. Sie standen immer auf seinem Tisch.«

»Als wir bei ihm waren, standen keine Raben auf dem Tisch. Das wäre mir aufgefallen«, sagte der Kommissar.

Frida überlegte.

»Das mag sein, aber sonst waren sie immer da. Seine Vögelchen, seine Maskottchen. Aber jetzt waren auch sie verschwunden.«

»So hat Rune sie genannt? Maskottchen?«

Wieder nickte sie. Ihre Hand beschrieb eine Flugbewegung.

»Er hat mir auch ihre Namen genannt, die habe ich aber vergessen.«

Trond überlegte kurz und entschied sich dann, Frida eine Lektion in nordischer Mythologie zu erteilen. Sie sollte Bescheid wissen.

»Die zwei Raben sind Hugin und Munin«, erklärte er. »Hugin saß morgens immer auf Odins rechter Schulter. Dieser Vogel steht für den Gedanken und das Denken allgemein. Der Rabe Munin dagegen machte es sich auf Odins linker Schulter bequem. Sein Name bedeutet im Altgermanischen ›Erinnerung‹. Der Gott Odin schickte seine beiden Vögel jeden Morgen fort, um die Menschen auf der ganzen Welt auszukundschaften, und Hugin machte sich dann seine Gedanken dazu. Abends kehrten die Raben zu Odin zurück und berichteten ihm. So war Odin immer gut über die Menschen informiert. Besser als alle anderen Götter.«

Trond lächelte ein bitteres Lächeln.

Frida grinste.

»Und das ganz ohne Internet«, stellte sie fest. »Hugin und Munin waren also Datenbank und Social Media gleichzeitig. Der Wunsch, möglichst viel zu wissen, war wohl schon immer verbreitet. Schade, dass es die Raben heute nicht mehr gibt.«

Trond nickte langsam. »Obwohl ... Man kann sie auch heute noch entdecken. Sie haben sich nur ein wenig spezialisiert, wenn man so will.«

»Wie meinst du das?«, fragte Frida.

»Du als Niederländerin kannst das nicht wissen. Odins Raben zieren heute das Wappen des norwegischen Geheimdiensts.«

Die junge Frau sah ihn entgeistert an.

»Euer Geheimdienst hat ein Wappen?«, sagte sie dann.

Trond schaute belustigt. »Ja. Wir haben zwei Geheimdienste, und der für außenpolitische Angelegenheiten hat zwei schwarze Vögel in seinem Emblem. Sie stehen auf gelbem Grund und darüber ist eine rote Krone abgebildet.«

Frida warf ihm einen unsicheren Blick zu.

Nach einem Moment der Stille hob sie an: »Du meinst, Rune ...?«

Der Kommissar nickte. Dann fügte er hinzu: »Das wäre auch eine Erklärung für seine Ermordung.«

Trond strich sich über die Augen, um die Müdigkeit zu verscheuchen, die ihn plötzlich zu erdrücken drohte.

33 »Ich bin jetzt sicher, dass die Morde mit Geheimdienstaktivitäten hier in der Gegend zu tun haben.«
Trond stand mitten im Büro des Sysselmanns und schaute Mette herausfordernd an. Er hatte Bjarne pünktlich von der Kita abgeholt und ihn einfach hierher mitgenommen. Wo sollte er sonst mit ihm hin?

Mette Møller war erst vor wenigen Minuten, wie sie erklärte, aus Svea zurückgekehrt und hatte vorgeschlagen, den kleinen Jungen bei ihrem Assistenten im Büro nebenan zu lassen und mit dem Kindernachmittagsprogramm des norwegischen Fernsehens abzulenken.

Ihre Augen verengten sich. Trond sah, dass sie flach atmete.

»Aber das wussten Sie sicher«, fügte der Kommissar hinzu.

Mette wich seinem prüfenden Blick aus und bedeutete ihm, sich zu setzen. Sie räusperte sich.

»Das stimmt nur zum Teil, Trond. Nach dem Tod des Schweizers ahnte ich noch nichts. Mir war zunächst gar nicht klar, dass das Opfer Teil dieser Geologentruppe war.«

Trond setzte sich und ließ sie dabei nicht aus den Augen.

»Aber Sie wussten, dass es eine solche Geologentruppe gibt?«

Mette schüttelte müde den Kopf.

Trond beugte sich zu ihr. Bisher hatte er Mette Møller nicht nur gemocht, sondern ihr auch vertraut. Mittlerweile war er sich nicht mehr so sicher, ob dieses Vertrauen auch gerechtfertigt war. Hätte sie ihm gegenüber nicht eine wie auch immer geartete Verbindung zum norwegischen Geheimdienst erwähnen müssen? Das war doch eine nicht zu unterschätzende relevante Tatsache in dieser Mordermittlung.

»Und was ist das in Wirklichkeit für eine Truppe?«, fragte

er. »So, wie Sie davon reden, handelt es sich wohl nicht nur um irgendein Team von ausländischen Wissenschaftlern, die hier zu Gast sind.«

Plötzlich kam ihm Siri Hummels Satz von vor zwei Tagen in der Bar in den Sinn: »Die ganze Gruppe stimmt nicht.«

Mette hob die Schultern.

»Ich weiß es nicht genau. Es sind wohl tatsächlich Geologen, die im Auftrag höherer Stellen, die nicht genannt werden wollen, nach wertvollen Bodenschätzen suchen. So wurde es mir im Vorfeld kommuniziert. Besonders in Svea und in Lunckefjell, weil sie die bisherigen Funde dort unter Kontrolle behalten wollen.«

»Ach? Wer will sie denn unter Kontrolle behalten? Norwegen?«

Mette reagierte nicht darauf.

»Und es sind wirklich alles Geologen?«, hakte Trond nach.

»Das habe ich so verstanden.«

»Und sie sind hier im Auftrag der Arktischen Fünf?«

Der Satz stand im Raum und es dauerte ein paar Sekunden, bis eine Reaktion folgte.

»Wie kommen Sie auf die Arktischen Fünf?«

Mette Møller klang zweifelnd.

Trond erläuterte dem Sysselmann, dass die Herkunftsländer der einzelnen Mitglieder der Forschungstruppe und die Länder der Arktischen Fünf übereinstimmten. Das Geologenteam bestand aus einer Dänin, einem Amerikaner, einer Kanadierin und einem Russen – das passte genau. Und der Schweizer könnte als Tarnung dienen.

»Warum war kein Norweger dabei? Der müsste doch dann der Fünfte im Bunde sein.«

Wieder klang Mette zweifelnd.

Trond machte eine wegwerfende Handbewegung. »Svalbard gehört zu Norwegen. Oder wird zumindest von Norwegen verwaltet. Hier wimmelt es nur so von Norwegern. Da braucht man keinen extra einzufliegen und so tun, als gehörte er einer externen Forschungstruppe an. Ich bin sicher, dass ein Norweger hier alles im Blick hat und vermutlich sogar steuert.«

Als Mette nicht antwortete, entschloss sich Trond zu einem gewagten Vorstoß.

»Sie wussten von Anfang an, dass Kristoffersen kein Polizist ist, sondern vom Geheimdienst geschickt wurde. Sie hätten mich informieren müssen, statt mich ins offene Messer laufen zu lassen.«

Er sagte das nicht anklagend oder wütend, es klang eher bitter und enttäuscht.

Mette erbleichte. Dann schloss sie kurz die Augen. Als sie sie wieder öffnete, sah sie ihn aufmerksam an.

»Ich stand unter Druck«, sagte sie. »Ich habe versucht zu verhindern, dass sie jemanden von denen zu uns schicken. Auch wenn Arvid ein guter Mann sein soll.«

Sie biss sich auf die Lippen.

Trond lachte auf.

»Und wie gut, haben wir ja jetzt gesehen. Es sind zwei weitere Morde geschehen, seit er hier ist. Wenn man so will, vor seinen Augen.«

Der Kommissar stand auf und knöpfte sich die unteren zwei Knöpfe seiner Strickjacke zu. Er warf einen Blick auf den Sysselmann.

»Ich denke, das ist jetzt der Zeitpunkt, an dem ich mich endgültig zurückziehe. Ich war angetreten, um in einem Mordfall zu ermitteln. Dass ich gleichzeitig, ohne es zu wissen, gegen unseren eigenen Geheimdienst antreten und für seine Fehler den Kopf hinhalten soll, war nicht Teil meiner Jobbeschreibung.«

Mette war nun auch aufgestanden und einen Schritt auf den ehemaligen Kommissar zugegangen.

»Trond …«

Sie suchte nach Worten.

»Es ist noch nicht vorbei. Rune war auch einer von ihnen. Bitte, gehen Sie nicht.«

Trond verzog seinen Mund.

»Sie wollen damit sagen, dass Rune Berg nicht nur Meteorologe, sondern auch für den norwegischen Geheimdienst auf Svalbard tätig war? Das hatte ich auch schon entdeckt.«

Er hielt beim Zuknöpfen inne und dachte nach. Dann ging er einen Schritt auf Mette Møller zu.

»Aber halten Sie sich lieber an Arvid Kristoffersen, den guten Mann aus Tromsø. Der kann Ihnen in dieser Sache weiterhelfen. Ein Mann wie Hugin und Munin vereint in einer Person, mit scharfer Nase statt krummem Schnabel und allen technischen Möglichkeiten des dritten Jahrtausends.«

Er lachte auf und wandte sich endgültig zum Gehen.

»Arvid ist nicht aus Tromsø, *Vadsø* hat ihn uns geschickt.«

»Was?«

Trond konnte es nicht glauben. Er strich sich über seine Haarbürste. Es wurde immer besser – oder schlimmer, je nachdem, wie man es betrachtete.

»Er ist ein Kaninchen?«

Der Sysselmann nickte und mied dabei seinen Blick.

Im arktischen Vadsø in der Provinz Finnmark an der Barentsee, direkt an der Grenze zu Russland, befand sich seit den Fünfzigerjahren das inoffizielle Hauptquartier des amerikanischen und norwegischen Geheimdiensts, die von dort aus gemeinsam den Nachbarn ausspionierten. Diese diskrete Behörde trug den Namen »Militärische Versuchsanstalt«, und die Einheimischen hatten den knapp hundert Beamten, die dort arbeiteten, den Spitznamen »Kaninchen« gegeben. Das wusste nicht nur jeder in dem 6000-Seelen-Dorf, sondern ganz Norwegen.

»Trond, ich verstehe Sie und bin auch voll auf Ihrer Seite. Ich weiß nicht einmal, wo Arvid seine Finger im Spiel hat. Deshalb möchte ich Sie bitten, hierzubleiben und weiter in dieser Sache zu ermitteln. Sie können mit meiner vollen Unterstützung rechnen.«

Trond schaute sie ungläubig an.

»Aber …« Nun zögerte er. Der Gedanke, den er im Begriff war zu formulieren, war unvorstellbar.

Mette merkte es und wollte es ihm offenbar erleichtern, indem sie das Unglaubliche unverblümt aussprach.

»Es ist völlig klar, dass ich Sie auch dabei unterstützen werde, falls es sich im Zuge der Ermittlungen ergeben sollte, dass Sie notfalls sogar gegen den eigenen Geheimdienst operieren müssen, um die Morde aufzudecken und den Mörder dingfest zu machen.«

Er starrte sie an. Mette Møller hielt kurz inne.

»Das sollten Sie wissen«, sagte sie dann. »Sie können sich auf mein Wort verlassen.«

Der Sysselmann reichte ihm die Hand und Trond schaute auf diese Hand, die in der Luft zu schweben schien. Dann suchte er Mettes Augen. Was er darin sah, war Entschlossenheit und Mut. Er zögerte wieder einen Moment.

Schließlich ergriff Trond Lie die Hand und drückte sie.

Sie wussten, dass sie beide und ganz besonders Mette sich in echte Schwierigkeiten bringen würden, sollte genau das passieren, was sie eben angedeutet und versprochen hatte.

Der Sysselmann und der Kommissar standen, ohne ein weiteres Wort zu sagen, etwas verloren an der Tür. Doch dann kehrten sie zu dem Tisch in Mette Møllers Büro zurück und entwarfen in den folgenden Stunden einen detaillierten Plan für den nächsten Tag.

Alles musste auf eine Karte gesetzt werden.

Irgendwann stand zu ihrer beider Überraschung ein uniformierter Polizist im Raum mit einem schlafenden Kind im Arm. Trond hatte, wie er gestehen musste, Bjarne zum ersten Mal tatsächlich vergessen.

Er fuhr hoch und nahm dem Mann den kleinen Jungen ab. Mette Møller bat den Kollegen, beide nach Hause zu fahren.

Sie verabschiedeten sich und dann stapfte Trond mit dem schlafenden Bjarne über der Schulter hinaus in die eisige Dunkelheit.

Nicht nur Bjarne, auch der Termin mit dem Neurologen war ihm in Vergessenheit geraten und ganz ohne Umstände von der Polarnacht verschluckt worden.

34 Wieder landete unter dem großen Lärm der Rotoren ein Helikopter auf dem winzigen Landeplatz am Verwaltungsgebäude der Grube Svea und wirbelte Eisklümpchen und Schneeschwaden in die schwarze Luft.

Als Erste kletterte die dick vermummte Kanadierin aus dem Gefährt, gefolgt von ihrem Kollegen Pearse Mackenzie. Beide sprangen trotz ihres unförmigen wattierten Overalls fast leichtfüßig die kurze Trittleiter hinab und schritten, ohne sich umzuschauen, zum Eingang des Gebäudes, wo Sysselmann Mette Møller sie bereits erwartete. Sie nickten sich kurz zu. Schneebrillen und Gesichtsschutz verdeckten die Mimik der beiden Geologen.

Mette wies mit der Hand zur Kantine, reckte dann suchend den Kopf und schien erleichtert, als sie wenig später zwei weitere Vermummte entdeckte, die aus dem Hubschrauber stiegen.

Es waren zwei Männer, einer von ihnen überragte den anderen um einen ganzen Kopf. Der größere hielt auf dem kurzen Weg zum Verwaltungsgebäude immer wieder an und zückte sein Handy, um Fotos zu machen. Das Gerät hatte er in eine Art Schutzhülle gegen die Kälte gesteckt.

Das musste Myklebust sein, der Chefredakteur der *Svalbard Posten* in seinem schimmernden Schneeanzug. Der Kleinere der beiden, Jon Hansen, verschwand umgehend in der Pförtnerloge.

Mette spähte immer noch in Richtung des Helis, denn sie erwartete einen weiteren Passagier.

Als niemand mehr ausstieg, kämpfte sie sich gegen den Wind zur Tür des Hubschraubers und steckte ihren Kopf in die Kabine.

»Es fehlt noch der dritte Geologe. Wissen Sie, wo der ist?«

Der Pilot klappte sein Visier auf und nickte.

»Ich glaube, der ist vorhin mit einem russischen Heli nach Pyramiden geflogen.«

Er warf einen kurzen Blick auf die digitale Uhr über seinem Steuer.

»Und die anderen?«

Der Pilot schien verwirrt.

»Welche anderen?«

Mette wollte nicht ungeduldig wirken.

»Die mit den Hunden.«

Der Pilot machte eine Handbewegung, als wollte er sich an der Stirn kratzen, was wegen des Helms aber nicht ging. Stattdessen grinste er nur und wackelte ein wenig mit dem Kopf.

»Ach die! Die Frau mit dem Hundeschlitten und die zwei Männer sind schon vor einer Stunde in der Nähe der Grube gelandet. Die sind jetzt sicher schon auf dem Weg nach Lunckefjell.«

In dem Moment kam ein Mann von der Security zu Mette gerannt und rief ihr durch die eisige Kälte zu, dass man sie in der Kantine erwarte.

Mette warf dem Piloten einen fragenden Blick zu, doch er hob nur bedauernd die Schultern, und so eilte sie schließlich zurück zu dem niedrigen Verwaltungsgebäude.

Auf die blanken Tische hatte jemand Teller mit Haferkeksen gestellt und ein Tablett mit zehn Humpen aus Steingut mit dem unverkennbaren Eisbärverkehrschild vorne drauf. In der Ecke zischte keuchend die Kaffeemaschine.

Einer der drei Ingenieure, die Trond und Frida vor Kurzem die Grube gezeigt hatten, goss den dampfenden Kaffee in die Humpen und jeder nahm sich einen.

Niemand sprach. Obwohl die Kantine eher überheizt war, mutete die Atmosphäre eisig an.

Mette Møller hatte souverän den Raum betreten. Sie begrüßte das Team der Ingenieure und dann die Wissenschaftler. Knapp stellte sie den Journalisten Svein Vang Myklebust vor.

Dann hörten sie wieder das Geräusch des Helikopters.

»Erwarten wir noch jemanden?«, fragte der Chef des Trupps von Svea.

Statt Mette ergriff Pearse Mackenzie blitzschnell das Wort.

»Ich vermute, das wird unser letzter verbliebener Kollege sein, unser verehrter Alexander Iwanow.«

Die Kanadierin neben ihm grinste.

»Aber weshalb sind wir überhaupt hier? Wir haben wirklich anderes zu tun.«

Das war der Chef der Bauingenieure, der eben den Kaffee verteilt hatte.

Mette Møller beugte sich leicht zu ihm hinüber, bevor sie das Wort an alle richtete.

»Es geht um die Morde auf Svalbard. Zwei davon sind in unmittelbarer Nähe dieser Grube verübt worden. Ich spreche von den Morden an dem Schweizer Geologen Urs Pflügi und dem Meteorologen Rune Berg, der seit fast zwanzig Jahren einen Kilometer von hier entfernt lebte und arbeitete. Beide Opfer sind in Runes Hütte getötet worden, beziehungsweise nicht weit davon entfernt. Beide wurden erschossen. Wir gehen davon aus, dass die Morde miteinander in Zusammenhang stehen, genau wie der Mord an einem weiteren Mitglied der Gruppe von Wissenschaftlern, die vor Weihnachten in Svea Nord, aber auch in dem nicht mehr zugänglichen Abschnitt Lunckefjell Gesteinsproben nahmen, um sie auszuwerten. Das stimmt doch, dass Sie dort Gesteinsproben genommen haben?«

Sie hatte die Frage an die beiden Wissenschaftler gerichtet. Mackenzie nickte.

Da flog mit einem Mal die Tür auf.

Mette Møller wartete einen Moment. Doch als niemand erschien, schob sie die Papiere, die sie vor sich auf dem Tisch ausgebreitet hatte, hin und her, als suchte sie etwas Bestimmtes. Schließlich zog sie einen Zettel hervor.

»Also gut, beginnen wir. Ich will Sie nicht länger auf die Folter spannen. Die kalte Arktis ist ein heißes Pflaster«, sagte sie, »und hier auf Svalbard liegt das Interessante schon seit Ewigkeiten unter der Erde verborgen.«

Jemand von den Ingenieuren schloss die Tür mit einem lauten Knall.

Mette hatte ihr Handy so neben sich gelegt, dass sie sofort sehen konnte, wenn eine Nachricht hereinkam. Sie wollte von Trond auf dem Laufenden gehalten werden. Das hatten sie so abgesprochen.

Der Chef der Ingenieure schaute sie wütend an.

»Bei allem Respekt, Sysselmann. Hier sitzen einige arktische Geologen und Ingenieure am Tisch, die sich täglich mit Gruben und deren Rückbau beschäftigen. Die brauchen wirklich keine Nachhilfe, was Svalbards Bodenschätze angeht. Wir dachten, Sie haben uns hier zusammengeholt, um etwas unerhört Wichtiges mit uns zu besprechen, und jetzt wollen Sie uns eine Schulstunde in Sachen Bergbau auf Svalbard servieren?«

Seine beiden Kollegen brachen auf der Stelle in zustimmendes Gemurmel aus.

»Gut, dann will ich mich knapp halten und zusammenfassen, was insbesondere im Abschnitt Lunckefjell bisher an Rohstoffen gefunden wurde.«

Sie schob den Zettel ein Stück weit von sich und schaute erwartungsvoll in die Runde.

»Da gibt es bekanntlich einiges. Wir unterscheiden zwischen metallischen Rohstoffen und Mineralen wie zum Beispiel Gold, Silber, Eisen, Blei, Zink, Kupfer und Uran. Außerdem gibt es noch die sogenannten Industrieminerale.«

Bevor sie fortfahren konnte, ergriff Pearse Mackenzie das Wort und ergänzte die Rede des Sysselmanns.

»Industrieminerale sind zum Beispiel Asbest, Gips, Phosphat, Betonit und Baryt.«

»Das wurde auch alles hier gefunden?«, fragte Mette Møller, leicht überrascht.

Silvi de Moulin, die neben Mackenzie saß, nickte.

»Ja, manches war schon lange bekannt, manches weniger lang.«

Die Geologin nahm einen Schluck Kaffee.

»Und wie steht es mit Bastnäsit?«, fragte der Sysselmann.

Die Kanadierin verschluckte sich auf der Stelle und begann zu husten.

Wieder ergriff Mackenzie das Wort.

»Bastnäsit ist ein Mineral aus der Gruppe der Carbonate und gehört zu den seltenen Erden. Es ist wirklich sehr selten und wurde bisher nur in China gefunden, soweit mir bekannt ist.«

Mette warf ihm einen kurzen Blick zu.

»Und nicht zu vergessen in Ihrer Heimat Kalifornien«, sagte sie. »Vor Ihrer Haustür sozusagen, in Mountain Pass. Dort haben Sie sich, wie ich erfahren habe, ihre Spezialkenntnisse erworben, was dieses Mineral betrifft. Aber besonders interessant ist sein Name, Mr Mackenzie. Der Begriff Bastnäsit kommt aus dem Schwedischen, nicht etwa aus dem Chinesischen. Das Mineral wurde nach seinem ersten Fundort benannt. Man hat es 1838 zum ersten Mal in Nordschweden nachgewiesen, und als die Schweden noch die Herren der Gruben auf Svalbard waren, wurde es auch hier gefunden. Nur, damals interessierte das noch niemanden. Es galt als Abfall. Das war im Jahr 1905, als Longyearbyen gegründet wurde.«

Mette griff sich einen der trockenen Haferkekse vom Teller und biss davon ab.

Niemand sagte ein Wort.

»Damals war auch Neodym noch kaum bekannt, das chemische Element mit der Ordnungszahl 60, das ebenfalls zu den seltenen Erden gehört und heute für die Herstellung stärkster Magnete verwendet wird. Anfang des zwanzigsten Jahrhunderts hatte man noch keine Verwendung dafür. Denn es gab ja noch keine Datenspeicher, keine Elektro-und Hybridmotoren und Windgeneratoren. Ohne Neodym würde das alles heute nicht funktionieren. Wie viel Neodym kann man aus Bastnäsit gewinnen – das müssten doch unsere Geologen wissen?«

Der Sysselmann schaute erwartungsvoll in die Runde.

»Ungefähr zwölf Prozent«, antwortete jedoch statt der Geologen Myklebust, der Journalist. »Aber im Augenblick stammen ungefähr neunzig Prozent der Weltproduktion an Neodym tatsächlich aus China, was einigen Nichtchinesen schon lange ein Dorn im Auge ist.«

»Danke. Sie kennen sich gut aus, Myklebust.«

Mette nickte ihm anerkennend zu, ehe sie sich wieder an die gesamte Runde wandte.

»Hat man auf Spitzbergen vielleicht durch die Schmelze des Polareises plötzlich so viel davon gefunden, dass man sich in Zukunft weitgehende Unabhängigkeit von China versprechen darf? Zum Beispiel in Lunckefjell?«

»Das wäre in der Tat eine interessante Frage, die mich auch schon länger interessiert«, ergänzte der Journalist mit einem gequälten Lächeln. »Aber wo ist eigentlich Ihr Aufpasser aus der schönen Finnmark abgeblieben? Das würde den doch sicher auch brennend interessieren.«

Seine Stimme besaß nun eine ironische Färbung, die nicht zu überhören war.

Mette Møller funkelte ihn an. Ja, wo war Arvid Kristoffersen heute Morgen? Diese Frage hatte sie sich auch schon gestellt. Sie hatte ihn in Absprache mit Trond Lie von diesem Treffen informiert, doch er war nicht zum Abflugtermin aufgetaucht.

»Genau deshalb sind Sie hier und nicht in Oslo beim Norwegischen Rundfunk«, zischte Mette wütend. »Um genau das herauszufinden, oder?«

Myklebust reagierte nicht darauf. Mackenzie und Silvi de Moulin musterten ihn plötzlich mit unverhohlenem Interesse.

In dem Moment kündigte ein Klingelton eine Nachricht an, die auf Mettes Handy eingegangen war.

»Entschuldigen Sie.«

Sie nahm das Handy und rief die Nachricht ab. Auf ihrem Gesicht erschien ein Ausdruck von Verwunderung, ja fast Bestürzung. Sie hatte die Stirn gerunzelt und schien einen Moment aus dem Konzept gebracht.

»Gibt es irgendetwas Neues? Was wir wissen sollten?«

Myklebust ließ nicht locker.

Mette schüttelte den Kopf. Sie dachte fieberhaft nach.

»Das heißt, doch. Auch wenn diese Nachricht für Sie nicht relevant ist.«

»Bitte vergessen Sie nicht, dass ich ein Vertreter der Presse bin, ein unabhängiges und wichtiges Organ unseres Staates.«

Myklebust hatte sich in seinem Stuhl zurückgelehnt und die Arme verschränkt. Er grinste breit.

»Und ich habe auch gute Gründe, in dieser Funktion hier zu sein. Ich habe eine Verpflichtung der Öffentlichkeit gegenüber.«

Der Journalist und der Sysselmann maßen sich ein paar Sekunden lang mit Blicken. Dann ergriff Mette Møller wieder das Wort.

»Wir haben bei der toten Geologin Stina Jensen einen USB-

Stick gefunden, auf dem sie Daten abgespeichert hatte. Dieser Stick scheint verschwunden zu sein«, erklärte sie tonlos.

»Daten? Was für Daten?«, fragte die Kanadierin überrascht.

Und diese Frage stand auch in allen Gesichtern rund um den Tisch. Nur einer der Ingenieure tippte ununterbrochen auf seinem Handy herum, er hatte sich schon vor ein paar Minuten von seinem unmittelbaren Umfeld abgemeldet.

»Wir hatten die Daten bereits oberflächlich gesichtet und nichts Auffälliges daran entdecken können. Es gab«, hier zögerte Mette einen Augenblick, »Kurioses, könnte man sagen. Stina Jensen hatte offenbar Sie alle«, und damit neigte sie sich zu den zwei Geologen, die links neben ihr saßen, »Sie alle – das erste Opfer eingeschlossen – im Internet ausspioniert. Sie, Svein Myklebust, waren übrigens auch darunter.«

Der Journalist lachte schallend auf und schlug mit der Handfläche auf die Tischplatte.

Auch unter den anderen war etwas Unruhe aufgekommen und Mette hielt einen Moment inne, um ihre Unterlagen zu ordnen.

Da meldete sich Mackenzie zu Wort.

»Sie sagten eben ›verschwunden‹, weiß man, wo der Stick abgeblieben ist?«

Mette strich sich eine Haarsträhne, die sich aus ihrem Dutt gelöst hatte, aus der Stirn und lächelte ihn liebenswürdig an.

»Ja, und deshalb sind wir auch nicht besonders beunruhigt. Unser Kollege, Kommissar Trond Lie, der uns nach wie vor bei den Ermittlungen hilft, hat ihn wohl versehentlich mit seinem eigenen verwechselt und eingesteckt. Wir versuchen Trond gerade zu erreichen.«

»Aber der ist doch hier.«

Das war der Ingenieur, der zwischen zwei Tweets oder was auch immer er gerade postete, doch sehr genau zuhörte und auch noch entsprechend reagieren konnte.

»Wie? Er ist hier?«

Nun war Mackenzie aufgestanden. Er wirkte plötzlich nervös und ging unruhig auf und ab. Der Ingenieur schaute überrascht auf. Er hatte sich einen Keks in den Mund gesteckt und musste erst kauen und schlucken, bevor er antworten konnte.

»Der ist vor einer guten Stunde mit dem Flieger hier gelandet. Ich dachte eigentlich, dass er gleich auftauchen würde. Wer weiß, wo er sich jetzt verkrochen hat.«

»Hatte der Monsieur nicht ein besonderes Interesse an Lunckefjell, als er die Grube hier besichtigt hat?«, warf die Kanadierin in die Runde.

Die drei Ingenieure nickten gleichzeitig.

In dem Moment wurde die Tür aufgerissen und ein dick vermummter Mann stand in der Tür. Seine Schutzbrille war beschlagen und er trug ein Gewehr über der Schulter. Hinter ihm kam ein Angestellter der Security angerannt.

Der Mann nahm die Brille ab und schaute in die Runde. Das helle Licht irritierte ihn offenbar, denn er musste blinzeln. Niemand im Raum außer dem Sysselmann schien ihn zu kennen.

Schließlich klopfte er sich den Schnee von den Armen und trat in den Kantinenraum.

Mette Møller gab dem Security-Mann zu verstehen, dass alles in Ordnung sei.

»Kann ich Sie kurz alleine sprechen?«, wandte der Vermummte sich an Mette. »Wir haben, glaube ich, ein Problem. Ich weiß nicht, was ich tun soll.«

Mette Møller ging auf den Mann zu und blieb dicht vor ihm stehen. Er schaute kurz über ihre Schulter, um jeden in der Runde genau anzusehen. Sein Blick blieb an Mackenzie hängen, der ihm gegenüberstand.

Dann ergriff der Sysselmann das Wort.

»Sie sind Oleg Kalinin, nicht wahr? Der Freund von Ingvild

Lie, Tronds Tochter. Sie haben Trond und seinen Enkel vor einigen Tagen vor dem Eisbären gerettet.«

Der Mann nickte. Dann verließ er, dicht gefolgt von Mette, den Raum und schloss die Tür hinter sich.

Mette schaute zur Pförtnerloge, die außer Hörweite lag. Trotzdem senkte sie ihre Stimme.

»Was ist passiert? Ich erhielt eben die Nachricht, dass der Polizist, der Trond Lie begleiten sollte, gar nicht mitgeflogen ist.«

»Das stimmt. Stattdessen bin ich mit Trond hierhergekommen. Wir haben alles wie besprochen durchgeführt. Zuerst ist Trond auf dem Schneemobil nach Lunckefjell gefahren, dann Frida mit den Hunden und dann ich. Ich war noch keine fünf Kilometer auf dem Schneemobil im Tunnel, der von Svea nach Lunckfjell führt, als ich eine Nachricht von Trond erhielt.«

Mette Møller schaute ihn irritiert an.

»Das war nicht so abgemacht. Es sollte auf jeden Fall ein Polizist mit Trond nach Lunckefjell fahren. Auf dem Zweisitzer.«

»Davon weiß ich nichts«, erwiderte Kalinin. »Zumindest hat Trond das nicht erwähnt.«

Der junge Mann klopfte nun die Innentaschen seines Anoraks ab und zog umständlich sein Handy aus einer Seitentasche, schaltete es ein und hielt es Mette vor die Nase. Sie beugte sich zu ihm und nahm es ihm aus der Hand. Das Display leuchtete auf und der Sysselmann las die folgende Nachricht:

»Es hat sich etwas geändert. Bleib, wo du bist. Frida und ich ziehen das hier besser allein durch. Fahr nach Svea zurück und warte dort auf mich. Ich melde mich. Trond.«

Mette gab ihm nachdenklich das Handy zurück.

»Das ist merkwürdig«, sagte sie. »Genau wie seine Entscheidung, den Polizisten im letzten Moment doch nicht mitzunehmen. Aber ich habe in den letzten Tagen gelernt, mit Tronds

spontanen Einfällen umzugehen. Sie müssen nicht zwangs-
läufig falsch sein. Ganz im Gegenteil.«

Oleg nickte und kratzte sich dann an der Schläfe. Nun
wirkte er ebenfalls irritiert.

»Das stimmt, aber irgendetwas an dieser Nachricht kommt
mir seltsam vor, deshalb bin ich zu Ihnen zurückgekehrt.«

Mette Møller schaute ihn verwirrt an und nahm dann noch
einmal das Handy, um die Nachricht ein zweites Mal zu lesen.

Danach zuckte sie die Schultern.

»Mir erscheint das zwar knapp, aber in sich schlüssig.«

Sie überlegte.

»Ist das Tronds Nummer?«

Oleg starrte auf das Handy und nickte wieder, nun doch etwas unsicher.

»Wie unterhalten Sie sich normalerweise mit dem Vater
Ihrer Freundin?«, fuhr Mette fort.

Oleg schaute sie überrascht an.

»Auf Norwegisch, wieso?«

»Das leuchtet ein, Sie sprechen ja ausgezeichnet Norwegisch, Oleg«, stellte der Sysselmann fest.

»Warten Sie!«

Es war, als hätte Mettes letzter Satz irgendetwas in ihm ausgelöst.

Der Ukrainer griff wieder nach seinem Handy und überprüfte die Nummer, von der die Nachricht gekommen war.

»Nein, das ist gar nicht Tronds Nummer. Die Nachricht
kommt vom Handy meiner Freundin! Von Tronds Tochter Ingvild.«

»Und warum hat er Ihnen diese Nachricht von Ingvilds
Handy aus und auch noch auf Englisch geschickt?«

35 Frida hatte die ersten zwölf Kilometer in dem Tunnel hinter sich, der zum stillgelegten Teil der Grube führte. Das Hundegespann, allen voran Tika, hetzte unbeirrt immer weiter nach oben, doch das offene Teilstück mit der beleuchteten Straße, die auf 650 Metern Höhe angelegt worden war, hatten sie noch nicht erreicht.

Rechts und links von ihr flogen zerklüftete, an manchen Stellen halb ausgehöhlte Wände vorbei. Etwas weiter hinten wurden Löcher kurz im Lichtkegel ihrer Stirnlampe sichtbar, ein Netz aus Draht zog sich über mächtige Flöze, als hätte man ein grobmaschiges Pflaster darübergelegt, um die in den Stein gehauenen Wunden zu verbergen.

Svea Nord war, das wusste Frida, bis zu seiner endgültigen Schließung im Jahr 2020 die größte Grube auf Spitzbergen gewesen. Sinkende Kohlepreise auf dem Weltmarkt und die Selbstverpflichtung zum Klimaschutz hatten den norwegischen Staat offenbar dazu bewogen, die Grube aufzugeben, obwohl sie mit hochwertiger Steinkohle vollgestopft war.

Diese Entscheidung hatten die Bewohner des arktischen Städtchens Longyearbyen, so erinnerte sich Frida, mit hochgezogenen Brauen zur Kenntnis genommen, aber die wirtschaftlichen und ökologischen Abwägungen, die ihr zugrunde lagen, hatte niemand angezweifelt.

Als man die Grube Lunckefjell, die erst wenige Jahre zuvor mit Unsummen erschlossen worden war und 2014 nur eine einzige symbolische Tonne Kohle zutage gefördert hatte, im Jahr 2019 ohne Ankündigung geschlossen hatte, war das noch anders gewesen. Viele Menschen auf Spitzbergen hatten das mehr als skeptisch beobachtet. Da stimmt etwas nicht, dachten damals viele.

Einige Monate danach erteilte man zwar noch der Geo-logentruppe die Erlaubnis, in Lunckefjell Gesteinsproben zu nehmen, und einzelne Besuchergruppen durften die Grube an ausgesuchten Beobachtungspunkten besichtigen, doch dann war auch damit Schluss.

Lunckefjell wurde 2019 aufgegeben, ohne jemals in Betrieb gewesen zu sein.

Inzwischen hatte Frida die Straße dorthin erreicht.

»Whoahhh!«

Mit dem Musher-Schrei brachte sie das Gespann zum Ste-hen.

Wären sie nicht in der Polarnacht hierhergekommen, son-dern bei Helligkeit, dann wäre das Panorama um sie herum unbeschreiblich und atemberaubend gewesen.

Die Grube Svea Nord lag direkt unter dem Gletscher Höganäsbreen, dessen türkisfarbenes Eis für die Ewigkeit zu funkeln schien.

Der Haupttunnel führte zwölf Kilometer lang unter dem Gletscher hindurch und schraubte sich dann an der Nordseite des Berges mit dem anschaulichen Namen Grubenhelm nach oben.

Frida hielt an, um den sternenklaren Himmel zu betrachten, an dem Millionen glitzernder Pünktchen zuckten. Sie atmete tief durch und drückte ihre Kappe tiefer in die Stirn.

Knapp drei Kilometer lagen noch vor ihr, auf der asphaltier-ten Straße, die sie nun quer über den Marka-Gletscher führte. Auf einer Seite war sie von Straßenlampen beleuchtet, deren mattfahles Licht bis zur gegenüberliegenden Seite reichte. Das war kein schummriges arktisches Gässchen, sondern eine Prachtallee in schwindelnder Höhe, mit Masten und baumeln-den Kabeln, eine Allee aus Schnee und Eis, dem Himmel näher als der Erde.

»Go!«

Das Gespann zog an. Bald flog Tika wieder über die Piste und die anderen Hunde folgten ihr eifrig. Tika, die Unglaubliche. Frida hatte den Umschlag im Rucksack, den die Hündin aufgestöbert hatte. Nie wäre sie auf den Gedanken gekommen, dass ihr alter Freund Rune den Umschlag an sich genommen hatte. Wahrscheinlich nachdem sie die Leiche des Schweizers in seine Hütte gebracht hatten. Sie hatte dem Meteorologen ja erzählt, warum sie nach Svea gefahren war. Dann war er kurze Zeit später angeblich auf die Toilette gegangen. Das musste der Moment gewesen sein, in dem er die Unterlagen gestohlen hatte.

Bei ihrem letzten Besuch, als Rune schon tot war und der Sysselmann ihr geöffnet hatte, war ihr das merkwürdige Verhalten ihrer Leithündin aufgefallen. Frida hatte das Gespann draußen angepflockt, und Tika war aufgestanden und hatte unruhig an der Ecke von Runes Hütte geschnüffelt, dort, wo die chemische Außentoilette angebracht war.

Frida hatte neugierig nachgeschaut und zwischen Wellblechwand und WC verblüfft den Umschlag hervorgeholt. Rune musste ihn dort versteckt haben, mutmaßte sie. Doch warum? Fürchtete er da bereits, überfallen zu werden? Und wenn ja, von wem?

Ihre Gedanken schweiften zurück. Später hatte sie die Unterlagen Trond übergeben. Sie steckten in einer anderen Hülle als zuvor.

Trond Lie hatte sich interessiert alles angeschaut.

»Das ist Chemie«, hatte er gemurmelt, »Chemie und Geologie – das ist mir zu hoch. Aber für die richtigen Leute wird es sicher sehr informativ sein«, hatte der ehemalige Kommissar noch hinzugefügt.

Frida hatte ihn gefragt, ob er glaube, damit Verdächtige ködern zu können. Er hatte lange überlegt und dann geantwortet:

»Hmm, wir können es versuchen.«

Auf einem USB-Stick, der auch in dem Umschlag steckte, fand sie Unterwasseraufnahmen, auf denen Felsformationen zu erkennen waren. Komisch, dass sie den Stick vor ein paar Tagen gar nicht ertastet hatte. Der musste neu hinzugekommen sein. Vermutlich wollte Rune auch den verbergen. Frida hatte ihn erst einmal behalten und Trond gegenüber nicht erwähnt. Sie hatte sich die gespeicherten Daten zu Hause flüchtig angeschaut. Es waren Aufnahmen wie die von Rune, die er ihr manchmal gezeigt hatte. Wer fotografiert schon Steine unter Wasser, die alle irgendwie gleich aussehen?

»Das Entscheidende sind doch die Gesteinsproben, Trond, hab ich Recht? Das, was die in Lunckefjell gefunden haben.«

Trond hob den Kopf und nickte. »Das scheint mir so zu sein. Es ist schließlich eine Geologentruppe und diese Morde müssen mit ihrer Arbeit zu tun haben. Das liegt für mich auf der Hand, warum fragst du?«

»Nur so.«

Trond legte seinen Kopf schief und lächelte.

»Du fragst nie *nur so*.«

Frida erwähnte, dass sie diesen USB-Stick mit den Unterwasseraufnahmen von Steinformationen gefunden habe. Die waren vorher nicht bei den Unterlagen gewesen, die Jon Hansen ihr damals übergeben hatte.

Trond runzelte die Stirn. »Woher kommt der Stick?«

»Offenbar von Rune. Es sind eindeutig seine Fotos.«

Trond nickte. »Rune hat alles Mögliche fotografiert, das wissen wir ja. Warum nicht Steine unter Wasser? Geologen könnten sich schließlich auch für solche Steine interessieren. Kann ich die mal sehen?«

»Aber Rune war ein Spion, das wissen wir jetzt auch. Vielleicht lässt das Runes Fotos ja in einem anderen Licht erscheinen.«

Frida zog den USB-Stick hervor und reichte ihn dem Kommissar, der ihn in seinen Laptop steckte. Trond schaute sich ungefähr zwanzig dieser Aufnahmen an. Am unteren Rand des Bildes hatte jemand die Bezeichnung »L-Rücken« eingefügt. Das hatte Frida auch gelesen, aber es sagte ihr nichts.

»Oh!«, meinte Trond überrascht.

»Was bedeutet das?«, fragte die Musherin.

Der Kommissar hob den Kopf und lächelte sie zufrieden an.

»Ich bin mir ziemlich sicher, dass das L für Michail Lomonossow steht. Das war ein russischer Universalgelehrter zur Zeit Peters des Großen. Er hat den Gefrierpunkt von Quecksilber herausgefunden. Ein grandioser Geologe, Meteorologe, Metallurge und ich weiß nicht, was sonst noch alles. Er hat sogar die Dichte von Eisbergen korrekt berechnet, und seinetwegen verwendet man in der russischen Sprache für Eisberg das deutsche Wort ›Aisberg‹. Wahrscheinlich weil er mit einer Deutschen verheiratet war und in Deutschland studiert hat.«

Frida schaute beeindruckt.

»Und warum steht dann seine Initiale auf Unterwasserbildern, die offenbar vor Svalbard aufgenommen wurden?«

Nun grinste Trond breit.

»Lomonossow war auch ein Arktiker – obwohl er nie hier war. Er war der Erste, der eine Verbindung zwischen den Nordlichtern und elektrischer Ladung entdeckte, und er vermutete, dass es einen Seeweg geben müsse, der den Atlantik und den Pazifik miteinander verbindet. Entlang der Küste, über Spitzbergen und den Nordpol. Er meinte die Nordost- und die Nordwestpassage, wie sie heute genannt werden.«

»Woher weißt du das alles?«

Trond seufzte ein wenig gequält.

»Ach, die Nächte hier sind lang, Frida, wie du weißt. Und da ich an der arktischen Dunkelheit leide, versuche ich vor dem Computer Sinnvolles zu tun. Also tippe und scrolle ich eben auch in arktischer Geschichte herum. Total spannend. Ich habe ein Faible für Geschichte, wie du weißt. Und so erfuhr ich, dass das Jahr 1948 diesem Universalgenie sogar eine späte Ehrung schenkte.«

Frida hing gebannt an seinen Lippen.

»Was ist damals passiert?«

»Die Sowjets entdeckten bei einer Unterwasserexpedition die Fortsetzung des eurasischen Landrückens, der von Sibirien nach Grönland verläuft, ein unterirdisches Gebirge, das an manchen Stellen bis zu zweihundert Kilometer breit und fast zweitausend Kilometer lang ist. Es ragt mehr als dreitausend Meter über dem Meeresgrund auf. Die Russen benannten diesen Festlandssockel nach dem alten Lomonossow und versuchen seitdem ihr Recht auf die Nordostpassage zu untermauern, also sozusagen ihren Claim dort abzustecken. Seht her! Das ist noch unser Land, auch wenn es unter Wasser liegt. Norwegen hat kein Recht darauf, zumindest nicht allein! Solche Fotos dienen keinem anderen Zweck, als genau das zu beweisen.«

»Aber das alles kann doch erst seit den Auswirkungen des Klimawandels von Bedeutung sein. Das Eismeer ist erst seit Kurzem im Sommer von Svalbard bis Sibirien eisfrei«, warf Frida ein.

Trond nickte.

»Genau. Und diese Passage wäre fast sechstausend Kilometer kürzer als die Strecke durch den Suezkanal und dadurch etwa um ein Drittel billiger für den Handel mit Asien. 2011 kamen nur zwei Frachter da durch, aber 2019 transportierten die Russen schon viele Millionen Tonnen auf diesem Weg. Kannst du alles nachlesen. Diese Fotos könnten für die Russen äußerst attraktiv sein. Und Rune hatte sie, aus welchem Grund auch immer.«

»Meinst du, das war sein Todesurteil?«, fragte Frida. »In seiner Hütte hat jemand etwas gesucht, das war offensichtlich.«

Der Kommissar überlegte einen Moment und fuhr sich über die graue Haarbürste. Dann setzte er hinzu: »Die Russen haben ernstzunehmende Konkurrenz von der westlichen Seite her: Kanada und Dänemark. Die haben auch schon die Hand gehoben. Norwegen steht also schwer unter Druck. Damit sind wir wieder bei unserer Geologentruppe, bei der wir auf genau diese Länder treffen. Oder sind diese Wissenschaftler in Wirklichkeit allesamt Spione?«

Frida schaute ihn aufmerksam an.

»Wäre dieser USB-Stick dann nicht immens wichtig für den Mörder?«

Trond wog den Kopf und entgegnete: »Welchen meinst du?«

»*Gee!*«

Fridas Konzentration war wieder im Hier und Jetzt gelandet. Die Niederländerin hatte sich das Gewehr über den Rücken gespannt, in einer Seitentasche des Schlittens hatte sie zusätzlich eine Faustfeuerwaffe deponiert.

Trond war auf dem Schneemobil vorausgefahren. Er hatte es schon mehrmals geübt, wie er ihr verraten hatte. Das hätte sie nie erwartet. Ihrer Meinung nach war Trond der einzige Norweger, der nicht mit Skiern an den Füßen auf die Welt gekommen war, wie es hier sprichwörtlich hieß. Aber er konnte offenbar über sich hinauswachsen.

Oleg Kalinin musste irgendwo hinter ihr sein. Mette Møller hatte auf einem ihrer Polizisten als Begleitung und zum Schutz für Trond und Frida bestanden.

Der Kommissar hatte den Polizisten jedoch ohne Mettes Wissen ausgetrickst und, im letzten Moment bevor der Heli abhob, stattdessen den Freund seiner Tochter mitgenommen, dem er offenbar mehr vertraute. Frida war der Gedanke gekommen, dass Trond dem Sysselmann vielleicht doch nicht all seine Pläne preisgeben wollte, aus welchen Gründen auch immer.

Sie hatten vereinbart, dass der Kommissar sich im Eingangsbereich von Lunckefjell verbergen würde, bis sie mit den Hunden dort eintraf. Wenig später würde Kalinin bei der Grube ankommen, und dann würden sie alle drei warten.

Aber auf wen? Das war die Frage – sie wussten es nicht genau, doch sie hatten diese Falle so gut es ging vorbereitet. Das dachten sie zumindest.

Alles basierte auf der normalerweise exzellent funktionierenden arktischen Buschtrommel in Longyearbyens Kneipen und ihrem gemeinsam entwickelten Plan.

Ingvild arbeitete im *Kroa*, und vor dem Tresen würde mit Sicherheit Oleg Kalinin sitzen. Auch Sascha Iwanow trank wie jeden Abend dort. Er war Stammgast und würde von Ingvild und Oleg mitbekommen, dass Frida van Namen mit ihren Hunden am morgigen Vormittag mit geheimnisvollen Unterlagen, die erst vor Kurzem gestohlen, nun aber wiederaufgetaucht waren, in Lunckefjell eine ebenfalls geheimnisvolle Übergabe plane.

Im berühmten Pub mit den Tausenden Schnäpsen verkehrten, wie Frida wusste, der Journalist Myklebust und auch gelegentlich Mackenzie. Dort hatte sich Georgina, die bei Siri an der Rezeption arbeitete und die Trond gut gebrieft hatte, an die Bar gesetzt, um mit einem der Angestellten lautstark ein Schwätzchen mit ähnlichem Inhalt zu halten. Und Mackenzie war tatsächlich erschienen, sogar mit der Kanadierin, wie sie erfahren hatten.

Ihr Plan schien also aufzugehen, denn so erfuhren sie alle rechtzeitig vom Treffpunkt in Svea.

Als letzten Ort, um das Gerücht zu streuen, hatten sie die Dschungelbar in Siris Gruben-Pension ausgewählt. Hier würden Siri Hummel und Terje darüber plaudern, sobald Jon Hansen in der Nähe weilte. Er nahm einen »Nachttrunk« zu sich, wie er den beiden müde erklärte.

Keinen würde es wundern, dass solch eine klammheimliche Aktion an diesen drei Orten der polaren Geselligkeit die Runde machte, denn schließlich war man ja nicht weit vom Nordpol entfernt und tauschte daher lebenswichtige Informationen oder Klatsch gern in öffentlichen Bars aus.

Es war einen Versuch wert, fanden Trond, Frida und der Sysselmann.

Während sie mit dem Gespann in eiskalter Stille auf der arktischen Allee dahinglitt, legte Frida den Kopf in den Nacken. Die Kufen zirpten auf dem Eis fast wie Zikaden. Das alles hier war unwirklich, fand sie.

Der Himmel hatte sich ebenfalls leicht verändert. Am Horizont drehten sich gasige Spiralen wie Luftschlangen. So sah es ihrer Erfahrung nach immer aus, wenn sich dort oben das Nordlicht auf einen Auftritt vorbereitete.

Das wäre doch etwas! Die Nordlichter als himmlische Begleitung! Sie konnte sich nie an ihnen sattsehen, egal wie oft sie sie schon bewundert hatte.

»Whoahh!«

Sofort hielten die Hunde an. Frida rückte ihre Schutzbrille zurecht, die etwas verrutscht war. Dann klappte sie die rechte Ohrklappe kurz hoch und lauschte angestrengt in die Stille. Hatte sie da nicht ein Geräusch gehört?

Tika drehte sich fragend zu ihr um und reckte die Nase in die Luft.

»Alles okay, Tika?«, rief die Musherin ihrer Leithündin zu. Sie konnte sie durch ihre Stirnleuchte und den Strahl der Schlittenlampen gut erkennen. Das stolze Tier sah sie aus weißblauen, fast durchsichtigen Augen aufmerksam an. Die anderen Hunde wagten nicht, sich zu bewegen. Alle standen regungslos da. Auch sie schienen auf etwas zu warten.

Da war es plötzlich!

Frida streckte ihr rechtes Ohr in die Richtung, aus der sie meinte, etwas vernommen zu haben. Da drang durch die makellose Stille das Motorengeräusch eines Schneemobils, eindeutig. Ein etwas ungewöhnliches Motorengeräusch, wie Frida fand. Keins, das sie kannte. Das Geräusch eines Lynx oder einer Polaris war unverwechselbar. Sie merkte, wie sich ihre Nackenhaare aufstellten, ein Gefühl des Schauderns durchströmte ihren ganzen Körper.

Das musste das Schneemobil mit Oleg Kalinin sein. Was denn sonst?

Trond zuerst, dann sie, dann der Ukrainer. So hatten sie es abgesprochen, damit sie vorn und hinten geschützt war.

Sie durfte unter keinen Umständen allein auf den Mörder des Schweizers treffen, auf den Mörder der Dänin und ihres Freundes Rune, egal, was der außer Meteorologie sonst noch getrieben haben sollte. Auch Rune hatte er kaltblütig erschossen.

Frida musste nun rasch Trond erreichen. Sie musste nach Lunckefjell. Hier auf der breiten Allee bot sie, wie ihr gerade mit Schrecken bewusst wurde, durch die Straßenlampen eine weithin beleuchtete Zielscheibe mit ihren Huskys. Wer auch immer nach ihr Ausschau halten mochte.

»Go!«

Sie musste Lunckefjell erreichen, ohne selbst in Gefahr zu geraten.

Aber auf Trond konnte sie sich verlassen. Sie *musste* sich auf ihn verlassen.

Sie raste mit dem Gespann über die Eispiste, als ginge es um ihr Leben.

36

Sascha Iwanow hatte sich die Strecke auf der Karte genau angeschaut. Er musste Lunckefjell fast erreicht haben.

Wenn es nicht stockdunkel gewesen wäre, hätte man sicher von der Stelle aus, die er jetzt mit seinem robusten, aber nicht sehr wendigen russischen Schneemobil erreicht hatte, den Eingang zu der Grube bereits erkennen können. Einer Grube, die ironischerweise nie das Licht der Welt gesehen hatte, falls eine Grube überhaupt Licht sehen konnte.

Da standen die rechteckigen Häuser, die die Werkstätten beherbergten, in denen nie ein Hammerschlag ertönt war, daneben ein niedriger blauweißer Gebäudekomplex, der den Zugang zu zwei parallelen weißen Röhren ins Erdinnere enthielt. Über allem thronte ein schlanker, fast anmutig wirkender Förderturm der neuesten Generation, möglicherweise die letzte, die sich Menschen zum Abtransport von Kohle hatten ausdenken dürfen.

Das alles nahm Iwanow in der undurchdringlichen Finsternis nicht wahr, er wusste aber von früher, dass es da war, genau vor seinen Augen, die in der Polarnacht so gut wie nichts sehen konnten.

Dies war nicht sein erster Aufenthalt auf Svalbard. Er war unter anderem Namen bereits ein paarmal bei Helligkeit hier gewesen.

Die Polarnacht dagegen bescherte dem Menschen ein Dasein, das aus Vermutungen, Andeutungen und Hoffnungen bestand, weil die Dunkelheit letztendlich alles ausblendete und verschluckte.

Der Anruf von Trond Lie am gestrigen Abend war für den Russen überraschend gekommen. Im Grunde hatte er nicht damit gerechnet, dass der Kommissar seine Einladung annehmen und die Zeit finden würde, mit nach Pyramiden zu kommen.

Er war mit dieser Einladung möglicherweise sogar etwas vorschnell gewesen und hätte wieder improvisieren müssen wie bei dem Schweizer vor Weihnachten.

Pyramiden, dieser eisige letzte Überrest eines einstigen Sowjetdorfs, hatte ihm über Monate als unauffällige Basis gedient, wo er unbemerkt und sehr sorgfältig seine Ausrüstung zusammengestellt und gebaut hatte, um seinen Auftrag später in Helligkeit damit durchführen zu können.

Doch es stellte sich schnell heraus, dass Lie gar nicht vorhatte, ihn nach Pyramiden zu begleiten, vielmehr wolle er ihm ein Angebot machen.

Iwanow war reserviert geblieben und hatte nichts darauf erwidert.

Es gehe um Rune Bergs Aufnahmen vor der Insel Jan Mayen. Wie kam er denn auf einmal darauf?

Iwanow spürte, wie ihm auf der Stelle heiß wurde.

Er hatte bewusst nicht reagiert, obwohl ihm natürlich bekannt war, dass der Veteran des norwegischen Geheimdiensts im letzten Polarsommer an dieser hochsensiblen Stelle wiederholt Unterwasseraufnahmen gemacht hatte.

Das wusste er von dem Piloten des Helis, der in Barentsburg stationiert war und ihn heute hierhergebracht hatte. Der Mann arbeitete für die gleiche Firma wie er.

Falls es sich wirklich um diese Aufnahmen handelte, wäre das wirklich sensationell und Iwanow konnte seine Mission wider Erwarten erfolgreich und schneller als geplant beenden.

Runes Funktion war dem russischen Geheimdienst schon seit einiger Zeit bekannt. Auch wenn man es nicht beweisen konnte, wurde das zumindest vermutet. Es gab keine andere

Erklärung für die Aktivitäten der Norweger an der Grenze zwischen der Grönlandsee und dem Europäischen Nordmeer. Sie wollten ihre Besitzansprüche bekräftigen und sich die Seewege hier sichern. Der Unterwassersockel um die Svalbard-Insel Jan Mayen wurde komplett von Norwegen beansprucht und dementsprechend kontrolliert. Sie betrachteten ihn als Fortsetzung ihres Landes, nur eben unter Wasser.

Man hatte Iwanow entsprechend gebrieft und er übte sich in Geduld und Ablenkung. Sein Tag würde kommen.

Die Kollegen hatten bereits mehrmals versucht, an dieser Stelle Aufnahmen für ihre Zwecke zu machen, waren jedoch immer entdeckt und auf der Stelle vertrieben worden. Beim letzten Mal hatte es sogar eine offizielle Protestnote von Seiten der norwegischen Regierung gegeben.

Deshalb hatte man jetzt ihn geschickt. Den Spezialisten. Den Taucher für schwieriges Gelände. Seine große Stunde sollte Anfang April kommen, wenn es wieder fast ganz hell sein würde. Doch dann passierte der Mord an Pflügi, der seinen Plan aus heiterem Himmel behindern konnte.

Vor einer Viertelstunde war er fast vier Kilometer vor Lunckefjell gelandet, wo man ihn nicht vermuten würde. Man hatte ihn mit dem Schneemobil und drei Waffen abgesetzt, einem Großkaliber und zwei Pistolen.

Erst nachdem der alte Fuchs aus Bergen sein mangelndes Interesse an den Bildern des Meteorologen offenbar akzeptiert hatte und verkündete, den Stick mit den Aufnahmen stattdessen Kristoffersen zu übergeben, willigte Iwanow ein, sich mit ihm ganz unverbindlich hier in der leeren Werkstatt von Lunckefjell zu treffen.

Zwar hatte er es nicht mit einem versierten Kollegen zu tun, aber so einen kauzigen, erfahrenen Bullen durfte man keinesfalls unterschätzen. Die dänische Wissenschaftlerin Stina Jensen hatte er eine lange Zeit tatsächlich unterschätzt.

Da war es fast zu spät gewesen. Das würde ihm nicht ein zweites Mal passieren.

Niemand in der Forschungsgruppe hatte den Geologen und Darts-Champion Alexander Iwanow persönlich gekannt oder war ihm jemals begegnet. Nachdem seine Vorgesetzten das überprüft hatten, konnte man ihn unbesorgt einsetzen. An Iwanows Stelle.

Den hatte man selbstverständlich vorher nicht gefragt. Im Nachhinein würde man seine Zustimmung auch nicht mehr einholen können.

Und so war er über Nacht zum renommierten Wissenschaftler geworden.

Zunächst hatte er befürchtet, dass der freundliche Schweizer seine Identität, seine Legende gefährden könnte. Als der plötzlich vor Weihnachten in Pyramiden auftauchte, musste Iwanow blitzschnell improvisieren und Ausgrabungen, die es nicht wirklich gab, quasi aus dem Nichts herbeizaubern. Aber der Schweizer hatte geschluckt, dass man auch im Dunkeln graben konnte.

Oder etwa nicht? Urs war keineswegs auf den Kopf gefallen.

Iwanow hatte ihn oft dabei überrascht, wie er im gemeinsamen Büro, statt auf den Monitor zu starren, seine vier Kollegen genau beobachtete, als wartete er auf irgendein Signal, das einer oder alle senden müssten.

Nach der Weihnachtspause war Urs, der es als Einziger vorgezogen hatte, in der Pension zu wohnen, dann kaum noch zum Dienst erschienen. Er hatte sich komplett zurückgezogen und ihn nur einmal im Korridor auf seine Darts-Meisterschaft angesprochen. Darüber war Iwanow selbstverständlich informiert gewesen, wie über alle Details aus dem Privatleben des Geologen, in dessen Haut er geschlüpft war. Inklusive der Brille, die er nun tragen musste. Er hatte sich sogar die Grundregeln dieses Sports angeeignet.

Was aber niemand wusste, auch seine Vorgesetzten nicht, war, dass der Geologe Linkshänder gewesen war, im Gegensatz zu ihm. Das hatten sie glatt übersehen.

Ein unverzeihlicher Fehler.

Stina hatte es herausbekommen, natürlich hatte sie das, und ihn bei Sylvis Feier ungeniert darauf angesprochen. Als wäre ihr jetzt endlich alles klar – ein tödlicher Fehler der Dänin. Sie dachte offenbar tatsächlich, er hätte den Schweizer ermordet.

Iwanow musste lachen.

Er hatte Stina gemocht. Man konnte so gut mit ihr trinken. Er war sich nie ganz sicher gewesen, ob nicht auch sie von den dänischen Kollegen hier platziert worden war, um zu spionieren.

Dass der Mord an Pflügi, der nicht auf sein Konto ging und ihn völlig überrascht hatte, seine Pläne dagegen massiv störte und gefährdete, ahnte die trinkfeste Dänin nicht.

Er konnte jedoch kein Risiko eingehen und musste blitzschnell handeln. Da blieb nur Gift im Heringssalat in der Küche. Gift ging immer, wenn es schnell gehen musste, fast immer.

Ob der Amerikaner wohl etwas mitbekommen hatte? Der war doch in Hörweite gewesen, als sie ihn gefragt hatte? Den musste er im Auge behalten. Der war nicht so unbedarft, wie er gern wirken wollte. Ob die Welt der schönen Steine tatsächlich die einzige Welt war, die ihn interessierte, blieb dahingestellt.

Er bremste das Schneemobil langsam etwas ab. Schon bald würde er die Umrisse des Eingangs zu Lunckefjell genauer ausmachen können. Andere, irritierende Gedanken gingen ihm durch den Kopf.

Was das gestern Abend im *Kroa* wohl sollte? Wovon haben die da gefaselt?

Diese Holländerin würde heute angeblich gestohlene Unterlagen zurückgeben? Sollte sie doch. Das interessierte ihn nicht. Außerdem hörte es sich nach einer schlecht gebauten Falle an.

Als Oleg Kalinin sich an der Bar verplapperte und ihm erzählte, dass morgen eine heiße Sache ablaufen würde, hatte er seiner Freundin, der Tochter des Bullen, vorsichtshalber das Handy entwendet und es auch schon so eingesetzt, dass Kalinin erst mal verwirrt sein musste.

»Sascha«, hatte er gestern noch gerufen, »du bist ein echter Freund!«

Iwanow musste grinsen. Nein, solange er hier auf Svalbard war, und das würde er mit Sicherheit nicht mehr lange sein, wollte er auch in Gedanken den Namen nicht mehr wechseln. Er blieb gerne Sascha. Der Svalbard-Sascha. Auch wenn Steine, Bodenschätze, ob es nun Gold oder Gips war, Öl oder Gas, eigentlich nicht sein Ding waren.

Er war auf die Nordostpassage spezialisiert, und die allein zählte für ihn. Sein Spezialgebiet war die arktische Geografie und tatsächlich auch die Archäologie. Das hatte er mit dem echten Iwanow gemeinsam gehabt.

Genau das war seine Mission und er würde trotz allem erfolgreich sein.

Umrisse eines Gebäudes tauchten ganz unerwartet vor ihm auf und er bremste abrupt. Das musste es sein. Er stellte den Motor des russischen Schneemobils aus und stieg ab. Nun musste er schnell den Stick in seinen Besitz bringen und den alten Kommissar ausschalten. Der hatte sich bestimmt abgesichert.

Fragte sich nur, wie?

Iwanow musste cleverer sein, tödlicher.

Er zog die Pistole aus dem Halfter und schritt auf das Gebäude zu.

Arvid Kristoffersen hockte schon seit einer halben Stunde, nur mit einer Notlampe ausgestattet, in dem dunklen Schaltraum, der die komplette Elektrik von Lunckefjell enthielt, und wartete darauf, dass etwas passierte.

Er hätte es nie zugegeben, aber er war etwas unruhig.

Man hatte ihm versichert, dass der kleine Raum über eine Minimalbeheizung verfügte, die verhindern sollte, dass die Aggregate einfroren und dadurch wichtige Beleuchtungen wie die der Hochtrasse ausfielen. Das verhinderte auch, dass er selbst wegen Unterkühlung ausfiel.

Kristoffersen war vor allen anderen und ohne deren Wissen mit dem zweiten Heli hierhergebracht worden. Auch dem Sysselmann war laut Anweisung der Geheimdienste eine falsche Information über den Einsatz des zweiten Hubschraubers übermittelt worden.

Und so wusste niemand, wo genau sich Kristoffersen befand. Das gefiel ihm, auch wenn er mit allem anderen absolut nicht zufrieden war. Seine Laune war von Anfang an miserabel gewesen. Er war sich nicht sicher, dass das, was er hier tat, überhaupt sinnvoll war, aber das hatte nicht er zu beurteilen. Das wurde an anderer Stelle entschieden.

Eigentlich hatte er den Sinn seines Einsatzes hier auf Svalbard vom ersten Tag an angezweifelt. Er hatte das Ganze, seinen Auftritt eingeschlossen, für eine arktische Nullnummer gehalten.

Unter dem Vorwand, einen Mord aufzuklären, sollte er einen Mord vertuschen helfen.

Sein Kollege Rune Berg, einer der ranghöchsten Geheimdienstmitarbeiter hier oben in der Arktis, der schon seit über zwanzig Jahren an vermeintlichen meteorologischen Untersuchungen für den norwegischen Auslandsgeheimdienst arbeitete, musste, um seine Legende zu schützen, einen Schweizer Geologen ruhigstellen.

Nun ja, er hatte ihn bedauerlicherweise erschießen müssen.

Der Mann war wohl im Zuge eigener, nicht abgesprochener meteorologischer Studien in einer von Runes Messstationen zufällig auf Runes kleines Geheimnis gestoßen und hatte ihn damit konfrontiert. Freundlich, wie Rune der Zentrale berichtet hatte, doch unbeirrt.

Rune war als »schlafendes« Mitglied der Geologentruppe kurz davor gewesen, den Maulwurf in der Truppe zu enttarnen. Denjenigen, für den der ganze Zirkus hier oben überhaupt veranstaltet worden war. Nun war Rune Gefahr gelaufen, von einem, wie Urs sich selbst wohl bezeichnet hatte, »aufrechten Eidgenossen« selbst enttarnt zu werden.

Er musste handeln, um nicht selbst aufzufliegen.

Was hatte der Wichtigtuer aus Bergen behauptet? »Die Arktischen Fünf« steckten dahinter.

Nun gut, so dumm war dieser Rentner nicht, auch wenn das mit den Arktischen Fünf gar nicht stimmen konnte. Rune war zwar der Fünfte, der Norweger im Bunde, und der Schweizer eine Art ahnungslose Tarnung nach draußen, aber die Truppe war tatsächlich mit Lunckefjell beschäftigt und mit dem, was man dort gefunden hatte, bevor die ganze Grube vorsichtshalber dichtgemacht worden war.

Das Forschungsprojekt sollte als Köder für die offiziellen Behörden dienen, die jegliche wissenschaftliche Aktivität, die hier oben durchgeführt wurde, streng kontrollierten, damit den Vorgaben des Arktischen Rats entsprechend gehandelt wurde.

Die Dienste vermuteten schon seit einiger Zeit eine undichte Stelle irgendwo zwischen Lunckefjell, Svea, Longyearbyen und einem der anderen interessierten Anrainerstaaten.

Die Ergebnisse mussten unter allen Umständen geschützt werden – für Norwegen. Das lag auf der Hand. Das hatte man ihm vorher klargemacht, als er bezweifelte, dass sein Einsatz hier vonnöten sei. Denn dieses geheime Projekt sei von langer

Hand geplant gewesen. Es war nicht schwer gewesen, aus den wenigen auf arktische Geologie spezialisierten Wissenschaftlern, die sich bewarben und alle bis auf den Schweizer tatsächlich aus den Ländern des Arktischen Rats stammten, die passenden auszuwählen. Alle fünf Mitglieder waren handverlesen und erhielten von diversen Stiftungen Unterstützung für ihre Teilnahme. Man war sich sicher, dass einer von ihnen bluffte.

Rune blieb die graue Eminenz im Hintergrund, die im Zusammenhang mit dem Forschungsprojekt niemals in Erscheinung trat.

Es war ein geologisches Projekt, klar, aber vor allem war es eine Falle. Svalbard war schon immer ein Paradies für Fallensteller gewesen. Nur musste man dabei sehr umsichtig und vorausschauend vorgehen. Das galt insbesondere für Geheimdienstfallen.

Plötzlich hörte Kristoffersen ein Geräusch draußen vor der Halle. Sofort griff er nach seiner Waffe. Er stellte sich hinter die Tür und versuchte ganz flach zu atmen, um auf keinen Fall etwas zu überhören. Er war bereit und all seine Sinne waren geschärft.

Jon Hansen hatte sich sofort nach seiner Ankunft in Svea unter dem Vorwand, seinen gewohnten Arbeitsplatz aufzusuchen, in die Pförtnerloge begeben.

Dort übergab ihm der Angestellte, der ein V-Mann war, eine Waffe, Munition und den Schlüssel für den Lynx 600 RS, das schnellste Schneemobil, das zurzeit erhältlich war. Auf der geräumten Strecke würde er in wenigen Minuten an seinem Ziel sein.

Kurz darauf raste Hansen auch schon auf dem eisigen Weg in Richtung Lunckefjell.

Vielleicht würde es ihm noch gelingen, Frida mit den Hunden einzuholen. Sie musste vor ihm sein, das war klar, doch vermochte er nicht genau einzuschätzen, wie groß die Distanz zwischen ihnen war.

Zweifellos wäre es besser, sie zu erwischen, bevor sie am Grubeneingang mit dem Bergenser Bullen zusammentraf. Der Mann bereitete ihm Sorgen, auch wenn er, wie ihm zugetragen worden war, offenbar an dem heimtückischen Polarkoller litt.

Doch der Alte war ein gewieftes Schlitzohr. Er tat harmlos und spielte den Rentner – auf die Tarnung mit dem angeblichen Enkel musste man erst einmal kommen –, aber in Wirklichkeit hatte er den totalen Durchblick.

Das hatte auch Mackenzie, seinen Offizier, irritiert, der die laufende Operation hier leitete und ebenfalls zweispurig fuhr, Wissenschaftler und Geheimdienstmann zugleich.

Der fragte sich zu Recht, was das Gerede am gestrigen Abend in den Kneipen von Longyearbyen sollte. Er hatte das Gerücht im *Karlsberger* aufgeschnappt, war ja nicht zu überhören gewesen. Ob da etwas dran war? Auch in Siris Gruben-Bar hatten sie die Nachricht gestreut, dass die Holländerin die verschwundenen Unterlagen wiedergefunden habe und heute in Lunckefjell loswerden wollte.

Wer sie ihr damals gestohlen hatte, hatten sie nie herausgekriegt.

Wahrscheinlich steckte der alte Wettermann dahinter, das war Iwanows Einschätzung gewesen, und sein Offizier hatte ihm beigepflichtet und ihn angewiesen, sich in dessen Abwesenheit gründlich bei dem Mann umzusehen. Das hatte er auch getan, aber er hatte nichts finden können. Dass Rune dann aber plötzlich auf der Matte stand, war nicht geplant gewesen, und Hansen hatte schnell handeln müssen.

Er hasste solche Überraschungen.

Jon Hansen flog die unterirdische Straße entlang, als er merkte, dass es nun langsam wieder nach oben ging.

Er selbst sah sich eher für die unerlässlichen Handgriffe im Hintergrund zuständig: Dinge auffinden, fotografieren, deponieren und digital weitergeben – oder, wie es diesmal nicht zu verhindern war, analog. Nur weil zwei Leute aus der Geologentruppe digitale Prozesse ablehnten, hatten sie auf diese dummen Kopien zurückgreifen müssen, die so viel einfacher zu stehlen waren als Daten. Schon allein, weil sie leichter zu lokalisieren waren.

Hansen erreichte eine Gabelung und hielt kurz an. Er zögerte, nahm sein Handy heraus und schaltete es ein. Darin war eine Karte mit dem Weg nach Lunckefjell gespeichert.

Der linke Abzweig war der richtige, das hatte er im Gefühl gehabt. Dass diese Navis auch am Nordpol funktionierten, war eine Bestätigung digitaler Dominanz.

Hansen gab Gas. Dieses Schneemobil fühlte sich an, als würde es jeden Moment abheben und in die Luft steigen. Er wurde in den Sitz gedrückt. Erst kürzlich war dieses Gefährt in einem Wettbewerb gegen einen Ferrari angetreten. Und, Hansen musste grinsen, der sogenannte Lynx, wie Luchs, war tatsächlich in der Lage, schneller zu beschleunigen. Es war beruhigend, ihn fahren zu dürfen.

Hansen spürte, wie er dem Ausgang immer näher kam.

Gleich würde er oben sein, und wenn es jetzt nicht stockdunkel wäre, könnte er rechts unten auf den Van Mijenfjord blicken, dessen Eis bisher aus unerfindlichen Gründen dicker und fester geblieben war als das der anderen Fjorde. Die Behörden hatten dieses ganze Gebiet nun als Schutzgebiet für Eisbären und Robben ausgewiesen. Hansen war noch nie einem Eisbären begegnet und er war froh darüber. Er legte es weiß Gott nicht darauf an.

Endlich war er wieder draußen an der frischen Luft. Er atmete tief durch, obwohl sein Mund durch eine Maske geschützt war, die nur die Augen und die Nasenlöcher offen ließ.

Frida hatte ihm an dem Abend erzählt, dass sie dem König der Arktis schon mehrmals begegnet war. Bei dem Gedanken an die Frau musste er lächeln. Eigentlich fand er die Musherin sympathisch und attraktiv. Unter anderen Umständen hätte etwas daraus werden können, musste er sich eingestehen. Aber dafür war er nicht hier. Er hatte Wichtigeres zu tun.

Er musste dringend an die Unterlagen kommen und sie endlich seinem Chef übergeben, wie es schon vor Tagen hätte passieren sollen. Der wollte sich, nach all den Todesfällen in der letzten Zeit, schnellstmöglich zurückziehen und rasch in die Vereinigten Staaten zurückkehren. In Südalaska würde er seine Rolle als renommierter Geologe ungestört weiterspielen können.

Hansen musste Frida van Namen unbedingt dazu bringen, ihm die Unterlagen auszuhändigen – möglichst ohne ihren senilen Aufpasser und möglichst ohne Gewalt. Aber wenn es nicht anders ging? Er hasste schon allein den Gedanken.

Wo wohl der andere Bulle abgeblieben war? Hansen hatte ihn nie kennengelernt, der Chef hatte jedoch vermutet, dass sie jemanden vom norwegischen Geheimdienst geschickt hatten.

Sollten sie doch.

Ein Land, dessen Volk an seinem Nationalfeiertag nur Fähnchen schwenkte, dreimal kräftig »Hurra!« brüllte und sich danach volllaufen ließ, war in seinen Augen nicht wirklich ernst zu nehmen. Zumindest was den Geheimdienst betraf.

Gut, dass seine Eltern das schon in den Sechzigerjahren kapiert hatten und vom damals rückständigen Nordnorwegen in die Staaten ausgewandert waren.

Die Norweger sollten sich und ihren verdammten Svalbardvertrag nicht so wichtig nehmen. Dieses Land war beileibe nicht der Nabel der Welt, auch wenn sich das viele hier einbildeten.

Er lief schnell und sein Atem bildete hinter ihm eine Spur aus feingewobenen Eisperlen, die im Schwarz der Nacht glitzerten.

Er war allein.

Er war immer allein.

Und natürlich hatte er sie gewittert.

Er hatte lange keine Beute mehr gemacht und seine Gedärme brüllten.

Aber jetzt war es endlich so weit.

37 Trond hatte es sich im Eingangsbereich der Grube, so gut es ging, bequem gemacht. Er hatte sich an die Wand an der Grubenröhre gequetscht und wartete auf Frida und Iwanow.

Langsam begann er sich zu fragen, ob das tatsächlich eine Taktik war, die aufgehen würde. Er spürte, wie Ungeduld in ihm hochkroch, was eher ungewöhnlich für ihn war. Aber seit seiner Ankunft hier oben in der Düsternis, der er nicht entrinnen konnte, war alles anders und er hatte mehr als einmal gespürt, dass er nicht damit umgehen konnte. Er kannte sich nicht mehr und das verunsicherte ihn zutiefst.

Der Kommissar versuchte, sich abzulenken und an etwas anderes zu denken. Auch Kalinin musste seiner Einschätzung nach jeden Moment hier in Lunckefjell eintreffen. Seit seinem Erlebnis mit dem Eisbären wusste er, dass er Ingvilds Freund absolut vertraute, und er schätzte ihn. Oder schätzte er lediglich seinen souveränen Umgang mit dem Großkaliber?

Ob sich die beiden Russen in Longyearbyen schon einmal über den Weg gelaufen waren und sich sogar kannten?

Das war ihm vorher noch nie in den Sinn gekommen, weil er nicht bedacht hatte, dass sie beide ja dieselbe Sprache sprachen. Iwanow war Russe, der andere Ukrainer, der von Haus aus jedoch nicht Ukrainisch, sondern Russisch sprach.

Trond hatte das Schneemobil neben dem Eingang der Grube abgestellt. Und angesichts der Kälte, die unbarmherzig in einen hineinkroch, wenn man sich nicht bewegte, lief er jetzt wie ein gefangenes Tier unruhig hin und her, um sich dadurch wennschon nicht warm, so doch in Bewegung zu halten.

Da vernahm er endlich das Geräusch eines anderen Schneemobils. Sein erster Impuls war, aus dem geschützten Bereich des Eingangsportals ins Freie zu treten, um zu signalisieren, wo er war, und nachzusehen, wer da angekommen war, doch irgendetwas hielt ihn davon ab, und er blieb in Deckung.

Allerdings spürte er, wie das Zittern in seinen Beinen wieder einsetzte und sich langsam in seinem ganzen Körper ausbreitete. Trotz der eisigen Temperatur brach ihm der Schweiß aus und er riss sich die Schutzbrille, die er für die Fahrt auf dem Schneemobil übergezogen hatte, herunter, um überhaupt noch etwas ausmachen zu können. Sie fiel hart auf das Eis und er ließ sie dort liegen. Die Brille darunter war von seinem Atem ganz beschlagen.

Trotz der dick gefütterten Stiefel waren seine Zehenspitzen bereits taub, und so hatte er das Gefühl, als würde er sich halbblind und tapsig nach vorn bewegen, ohne auch nur im Geringsten gezielt auf etwas oder jemanden zusteuern zu können.

Er musste seine Brille frei kriegen, um wieder sehen zu können.

Nicht weit von ihm glaubte er plötzlich ein Geräusch vernommen zu haben, es klang nach einer Tür, die geöffnet wurde. Das kam aus der Werkstatt, die genau neben dem Eingangsbereich lag, in dem er sich verkrochen hatte.

Oder hatte er sich nur in einen Traum verkrochen?

War er nicht vielmehr in einen langen, tiefen Schlaf geraten, der ihn endlich nach Nächten des Ringens wie eine warme Decke umhüllte und ihn in die ersehnte Bewusstlosigkeit zog?

Was war das eben gewesen? Er schüttelte heftig den Kopf, um ihn von einer scheinbaren Last zu befreien. Wer sollte denn plötzlich hier im eisigen Nirgendwo einer verlassenen Grube durch eine Tür treten? Das musste eine dieser Halluzinationen sein, von denen er gelesen hatte.

Trond hatte schon länger bemerkt, dass er Wirklichkeit und Wahn nicht mehr gut auseinanderhalten konnte. Nur würde er das niemandem gegenüber zugeben. Wenn er es seinen ehemaligen Kollegen in Bergen schilderte, würden sie es ihm, der bekannt dafür war, sachlich und analytisch an die Dinge heranzugehen, niemals abnehmen.

Der Kommissar zog die Faustfeuerwaffe aus dem Halfter, die er vom Sysselmann erhalten hatte, und versuchte gleichzeitig an seiner Brille herumzuwischen. Zwar war es keine Pistole für Linkshänder, wie er sie in Bergen all die Jahre getragen hatte, aber er konnte notfalls damit umgehen, wenn er nur die Hände ruhig hielt. Doch momentan bebten sie, das konnte er selbst durch die dicken Handschuhe spüren. Ein unkontrolliertes Zucken hatte seine Finger erfasst, das sich der Polarteufel ausgedacht haben musste, um sich hier auf 78 Grad an seinem Zustand zu weiden. Trond würde ihn umbringen müssen, um endlich Ruhe zu finden. Es gab keine andere Lösung.

Aber wo war Bjarne?

Trond wusste genau, er musste seinen Enkel unbedingt finden, um ihn zu schützen. Er musste ihn und Frida finden und beide beschützen.

Hatte man sie etwa vor seinen geblendeten Augen entführt? Wo waren sie?

Was war das? Waren das endlich Frida und ihr Gespann?

Er trat nun wirklich hinaus in die ungeschützte Leere, als jemand unmittelbar neben ihm auftauchte.

»Herr Kommissar, ist alles in Ordnung?«

Er bemerkte ihn nicht.

»Tika! Hier bin ich!«

Trond Lie rief es in die Polarnacht.

Er konnte nicht ahnen, dass Frida nur knapp hundert Meter vor dem Eingang, aus dem er gerade getreten war, angehalten hatte. Und dass sie in diesem Moment nicht in der Lage war, ihn wahrzunehmen.

Sie hatte die Hunde gesichert, war von ihrem Schlitten abgestiegen und starrte mit weit ausgebreiteten Armen, den Kopf in den Nacken gelegt, wie gebannt nach oben in den Himmel. Fridas Füße in den dicken Stiefeln konnten sie kaum noch am Boden halten.

Es war da!

Der ganze Himmel war in dunkelviolettes Licht getaucht. Quer über das Firmament wirbelten rote, lila und rosafarbene Büschel, arktische Irrwische in dieser ganz besonderen Farbe.

Oben – wenn es ein Oben überhaupt gab – war es schwarzviolett, unten franste es in eine orangegelbe Farbe aus. Es sprühte, zuckte, waberte und ergoss sich kaskadengleich über alles, was Frida mit den Augen in sich aufzunehmen vermochte.

Seit sie hier oben war, hatte sie so sehnsüchtig darauf gewartet.

Das violette Polarlicht, das sich am südlichen Ende der Erdkugel häufiger zeigt, macht sich in der Arktis so rar, dass es kaum einer jemals zu Gesicht bekommt.

Frida hatte es sich so sehr gewünscht, doch es war klar, dass sie es sich nicht herbeisehnen konnte. Es musste ihr geschenkt werden.

Einfach so, in einer klaren Polarnacht.

Und am heutigen Tag war diese Nacht gekommen.

Frida war auf die Knie gesunken und Tränen strömten ihr über das Gesicht.

In dem Moment trat jemand auf sie zu.

»Frida, ist alles okay?«, sagte eine freundliche, sanfte Stimme zu ihr.

Nur die Hunde bemerkten den Ankömmling und rissen an der Leine. Einige von ihnen japsten und jaulten schrill.

Kurz darauf peitschte ein Schuss über den Schnee. Ein zweiter krachte ebenfalls in die dunkle Leere. Diese bizarren Laute kamen aus der Richtung der Werkstatt.

Mit einem Schlag war Tronds Zittern verschwunden. Es war wie ein böser Zauber aus ihm gefahren.

Er schaute auf und sah Iwanow direkt vor sich, dessen hageres Gesicht in diesem fahlen Licht gespensterhaft wirkte, wie ein Totenschädel. Seine Brille fehlte und er hielt ihm eine Pistole entgegen. Aber der Russe hatte nicht geschossen.

»Komm hier weg!«, hörte Trond gleichzeitig jemanden auf der anderen Seite brüllen, nicht weit von ihm.

Ein Mann hatte Frida an der Kapuze ihres Overalls hochgerissen, doch sie wehrte sich.

Tika begann zu knurren und wild im Schnee zu scharren.

Da durchschnitt das Motorengeräusch eines Schneemobils die Stille.

Trond nutzte die kurze Abgelenktheit des Russen durch dieses unerwartete Geräusch, um in der Dunkelheit abzutauchen. Wo waren die Schritte in der Nähe der Werkstatt abgeblieben, die er glaubte gehört zu haben? Wer zum Teufel hatte da geschossen?

Das Schneemobil kam näher. Es hielt in der Nähe des Hundegespanns und der Musherin, die Trond nun auch endlich entdeckte, als die Nordlichter gerade von Tiefviolett in ein helles Pink wechselten und so die gespenstische Szenerie für ihn ausleuchteten. Ihn interessierte diese ungewöhnliche arktische Beleuchtung nicht, sie half ihm lediglich, etwas besser zu sehen und die undurchdringliche Finsternis zu überlisten.

»Frida!«, schrie er in die Richtung, in der er die beiden vermutete.

Trond hatte sich mit der entsicherten Waffe hinter ein Ölfass geflüchtet, das eine Kappe aus Schnee trug.

»Frida ist bei mir und wenn Sie sich vernünftig verhalten, wird ihr auch nichts geschehen.«

In dem Moment wusste Trond, dass der Mann seine Freundin und Kollegin als Geisel genommen hatte. Ihn durchströmte eine Hitze, denn er fühlte sich für die Sicherheit der Niederländerin verantwortlich. Sein Zittern jedoch kehrte nicht zurück, wie er erleichtert feststellte.

Nach einem Moment des Zögerns wusste er auch, wem diese Stimme gehören musste. Es war der vermeintliche Praktikant, den Frida so sympathisch gefunden hatte.

Was machte der denn hier?

»Lassen Sie die Frau frei!«

Dieser Befehl ertönte rechts von ihm und kam definitiv nicht von dem Russen, der sicher kein Norwegisch sprach.

Trond biss sich auf die Lippen.

Das war Pinocchios Stimme! Kristoffersen war hier, er musste in Richtung Werkstatt gerannt sein. Er musste es gewesen sein, der geschossen hatte. War er danach in Deckung gegangen? Aber auf wen hatte er gezielt?

In dieser Sekunde hob das Gebell an. Das Hundegespann rastete aus. Trond erinnerte sich, wann er dieses rasende, abgehackte Gebell, das schiere Todesangst ausdrückte, schon einmal gehört hatte. Das war erst vor Kurzem gewesen, vor Runes meteorologischer Station, als er und Frida in der Falle gesteckt hatten.

Also musste auch *er* hier sein, war sein nächster Gedanke.

Trond hatte sich über den Rand des schneebedeckten Fasses gezogen und starrte auf den Lichtkegel, der die Zufahrt zur Werkstatt wie ein Scheinwerfer ausleuchtete.

Dort stand er auf allen vieren und schaute sich unsicher um, als müsste er eine Entscheidung treffen: Nanuq, der alte Mann im Pelzmantel, Gottes Hund – der Eisbär.

Er war offenbar vom Geruch der Menschen und der Tiere angelockt worden und schien zu überlegen, wen er als Erstes angreifen sollte, um ihn auszuweiden.

Doch Eisbären mordeten nicht, fuhr es Trond durch den

Sinn. Morden bedeutete, bewusst zu planen und die Tat dann kaltblütig durchzuführen.

Morden blieb den Menschen vorbehalten. Eisbären töteten.

Die Menschen schienen wie gelähmt und in ihrem Handeln wie in Eis eingefroren. Unfähig, auch nur einen Schritt zu machen und das Geschehen zu kontrollieren.

Noch nie hatte Trond eine vergleichbare Situation erlebt, in der ein oder mehrere Täter tatsächlich von einem einzigen Tier in die Enge getrieben worden waren.

In der ein Tier die Ereignisse nicht nur beeinflusste, sondern die Ermittlungen quasi zu einem Ende brachte.

Das wäre ihm immer undenkbar erschienen. Doch es passierte genau das in diesem Moment vor seinen Augen.

Hier war das gefährlichste Landraubtier dieser Erde zusammen mit dem seltenen Nordlicht gleichsam vom Himmel gefallen – setzte das nicht alle bekannten Koordinaten und vertrauten Gedankenspiele außer Kraft?

Trond rieb sich über den Kopf und sah, wie der Eisbär zum Sprung ansetzte. Er selbst war weit genug entfernt, im Moment zumindest noch.

Dann knallte es.

Der riesige Bär hatte sich halb aufgerichtet und taumelte, aufgeschreckt durch den Schuss, kurz nach hinten.

Ein zweiter und ein dritter Schuss zerrissen die Stille.

Trond zog, ohne weiter abzuwarten, seine Waffe und bedeutete Iwanow, sich zu ergeben. Der legte hastig die Waffe auf den Schnee und hob beide Hände.

Die Schüsse waren von Oleg Kalinin in die Luft gefeuert worden. Ja, ein Eisbär musste zuerst durch Lärm und Schüsse in seiner Absicht anzugreifen gestört werden, bevor man ihn töten durfte. Aber sollte Oleg jetzt nicht endlich schießen?

Trond registrierte, wie rechts von ihm Kristoffersen aus den Schatten der Werkstatt trat. Er hob seine Waffe und richtete sie auf Frida, die immer noch fest im Griff von Jon Hansen auf dem Boden kauerte.

»Waffe weg!«, rief der Mann dem Amerikaner zu.

Doch in diesem Augenblick riss sich Frida mit großer Kraft los, rannte zu ihren Hunden, die außer sich waren, und entfernte sich so auch von dem Eisbären, der in diesem unbeschreiblichen Lärm auf einmal orientierungslos und verwirrt wirkte.

Frida hatte sich im Laufen das Großkaliber vom Rücken gerissen, lud es, drehte sich blitzschnell um und legte an. Wie eine Löwin stand sie vor ihren brüllenden Hunden, wusste aber offenbar nicht, was sie jetzt tun sollte.

Sie zielte auf Jon, dann auf Kristoffersen, schließlich auf den Eisbären, der sich endlich entschieden hatte und auf Jon Hansen zustürmte.

Trond musste Jon nun unbedingt zu Hilfe kommen und Frida damit entlasten. Er hatte dieses Treffen eingefädelt, es war sein Fehler gewesen und er war für ihre Sicherheit verantwortlich. Auf keinen Fall hätte er auch noch Iwanow hierherlocken dürfen.

»Bleiben Sie, wo Sie sind!«, herrschte er den Russen an, der sich kurz bewegt hatte und das Chaos offenbar nutzen wollte, um nach einem Fluchtweg zu suchen.

Trond Lie bewegte sich mit gezogener Pistole auf Jon zu, der, wie der Kommissar jetzt erst erkannte, selbst keine Waffe in der Hand hielt.

Die massige Gestalt des Bären hatte den jungen Mann fast erreicht. Jeden Moment würde er ihn anspringen.

Da knallte wieder ein Schuss. Und eine Zehntelsekunde später noch einer.

Frida schrie auf.

Und der Eisbär sackte in sich zusammen. Auf seinem hell leuchtenden Fell breitete sich ein dunkler Fleck aus.

Trond hatte Frida mit einem Sprung erreicht und starrte sie an.

Sie hielt das Gewehr noch im Anschlag. Aber der Schuss, der den Eisbären getroffen hatte, war von der gegenüberliegenden Seite abgegeben worden. Sonst wäre das Raubtier anders gefallen und das Blut hätte sich auf der Brust ausgebreitet.

Der Kommissar drehte sich langsam nach dem Schützen um. Es war Kristoffersen, der, ohne einen Blick auf das verendete Tier zu werfen, an Trond vorbeistapfte, um Jon Hansen festzunehmen.

Der Amerikaner stand vor Entsetzen wie erstarrt vor dem toten Eisbären und leistete keinen Widerstand.

Da vernahmen sie von der Werkstatt her lautes Stöhnen. Im Nu war Oleg Kalinin an Tronds Seite und beide rannten zusammen dorthin, woher sie das Geräusch vernommen hatten.

Da lag Iwanow mit verzerrtem Gesicht, sein Knie umklammernd, im Eis und wimmerte vor Schmerzen. Er hatte die Gunst der Stunde nutzen und in die Dunkelheit fliehen wollen.

Das hatte Frida gerade noch rechtzeitig bemerkt. Sie hatte ihn mit einem gezielten Schuss ins Bein an der Flucht gehindert. Niemandem, das wusste Trond, hätte das bei diesen Lichtverhältnissen und aus der großen Entfernung gelingen können außer Frida.

Die Musherin kam auf sie zu gelaufen. Trond legte den Arm um sie. Als Frida den vor Schmerz gekrümmten Iwanow sah, schüttelte sie ungläubig den Kopf.

»Ich dachte, ich hätte den Eisbären erwischt«, erklärte sie atemlos. »Die Schüsse fielen fast gleichzeitig.«

»Hättest du einen Menschen geopfert?«, fragte Oleg Kalinin. Er strich sich, nachdem er den Gesichtsschutz abgezogen hatte, erschöpft über die Stirn und sah sie an.

Frida antwortete nicht. Schließlich wischte sie sich über die Augen.

»Ich hatte in der Sekunde die Wahl. Und ich weiß nicht, ob ich froh darüber bin, dass Kristoffersen getan hat, was zu tun war.«

Sie machte sich von Tronds väterlicher Umarmung frei und beugte sich hinunter, um ihr Gewehr zu überprüfen. Trond ahnte, dass sie in Wirklichkeit kaschieren wollte, wie bewegt sie war.

Dann hob Frida den Kopf.

»Warum müssen wir diese Tiere töten, nur damit wir als Menschen überleben können? Nur um weiter zerstören zu können? Das kann ich einfach nicht verstehen.«

Trond und Oleg schwiegen.

Kristoffersen hatte inzwischen Jon Hansen festgenommen und telefonierte. Der junge Amerikaner schien immer noch unter Schock zu stehen und rührte sich nicht.

Ein paar Minuten später erschien der Sysselmann mit einem der Ingenieure auf dem Schneemobil.

Trond blieb neben Frida stehen und beobachtete sie. Er hatte die Arme in die Seite gestemmt.

»Ich helfe dir mit den Hunden. Ist das in Ordnung für dich?«

Sie wischte sich wieder etwas aus den Augen und lächelte ihn an.

Dann nickte sie und murmelte, sodass nur er es hören konnte: »Wer die Arktis retten will, tut besser daran, Fakten und Notwendigkeiten zu akzeptieren und sich ihnen zu stellen. Nur so hat man eine Chance. Und die Arktis auch.«

Frida klang nun gefasst. Ihre Blicke trafen sich und Trond nickte.

»Ich glaube, du und Kristoffersen, ihr habt beide das getan, was in dem Moment das Richtige war, Frida.«

Die Musherin zögerte kurz, stand dann auf und ging mit Trond zu ihrem Gespann, das sich langsam wieder beruhigt hatte. Sie ging in die Knie, streichelte ihre Huskys und schmiegte ihr Gesicht an Tikas Hals.

Als Trond merkte, wie Rührung in ihm aufstieg, drehte er sich schwungvoll um und bedeutete Oleg Kalinin, sich um den verletzten Iwanow zu kümmern. Oleg kniete sich neben den Russen und untersuchte seine Beinwunde. Beide redeten leise auf Russisch miteinander.

»Trond Lie!«

Fridas Stimme schallte klar über das Eis.

»Das Nordlicht ist zwar weg, aber den Stick haben wir noch.«

Trond zuckte mit den Schultern.

»Na und?«

Frida lächelte wieder.

»Jetzt will ich endlich wissen, was die Dänin über dich herausgefunden hat. Ich nehme an, du bleibst noch eine Weile bei uns hier auf 78 Grad?«

Nachwort

Meine erste Frage, wie man nach Svalbard und Longyearbyen kommen könne, um sich als Journalistin dort umzuschauen, stellte ich Anfang der Neunzigerjahre.

Das sei eine reine Grubenstadt, erfuhr ich daraufhin, und Journalisten sehe man dort nicht so gern. Über was sollten sie auch berichten? Es werde Kohle gefördert, das war alles. Das sei weder pittoresk noch politisch interessant, ja, das ganze Polardorf sei im Grunde genommen weder hübsch noch bemerkenswert.

Damit gab ich mich erst einmal schulterzuckend zufrieden, bevor es mich, durch private Entwicklungen in meinem Leben, 1995 zum ersten Mal nach Norwegen zog. Das war nach Tromsø, kurz darauf verliebte ich mich in Herrn Kvandal aus Bergen, lernte die heimischen Bräuche und die Sprache und berichtete fortan auch über alle möglichen Aspekte der norwegischen Gesellschaft.

Svalbard, wie hier der arktische Archipel, auf dem auch Spitzbergen liegt, genannt wird, war von nun an für mich wenigstens im täglichen norwegischen Wetterbericht präsent, bis es auf einmal hieß, hundert Jahre Longyearbyen würden gefeiert und Journalisten seien nun hochwillkommen. Es war das Jahr 2006.

Umgehend fuhr ich hin und bekam noch die restlichen Wochen der vierundzwanzigstündigen Helligkeit im August mit.

Ich besuchte in Begleitung von Studenten der Universität Trondheim, die Industrierückbau lernten, die sagenhafte sowjetische Geisterstadt Pyramiden. Ich wanderte mit einem gut bewaffneten Guide durch die monochrome Landschaft, wurde dabei mit gruseligen Anekdoten von Eisbär-Begegnungen unterhalten, die nicht glücklich ausgegangen waren, traf zahlreiche Fast-Eingeborene zum Schwätzchen in den – für das kleine Dorf und norwegische Verhältnisse – vielen Kneipen. Richtige Eingeborene gab es ja nicht.

Ich schaute mir die Flöze unter der Erde an und besuchte das ehrwürdige »Huset«, das ehemalige Kulturhaus, zu dem Zeitpunkt schon ein Restaurant und samstags gar eine Diskothek, übernachtete auf alten Stockbetten in den Container-Häusern der Grubenarbeiter in Nybyen, denn Hotels gab es damals noch so gut wie keine, und war, trotz der nicht zu verbergenden Hässlichkeit des damals fast noch reinen Grubenstädtchens Svalbard, Spitzbergen und Longyearbyen auf der Stelle verfallen.

Ja, ich hatte mich sofort mit dem berüchtigten »Svalbard-Virus« infiziert, von dem alle hier ganz offen sprachen, die sich ebenfalls damit infiziert hatten. Das bedeutete, ich musste unbedingt zurückkehren.

Das habe ich seit 2006 viermal getan und insgesamt mehrere Wochen auf Svalbard verbracht, zu immer anderen Jahreszeiten.

Ich war während der dunklen, der taghellen und der zwielichtigen Monate da, während der blauen Wochen im Februar bis März und begrüßte an der kleinen Kirche von Longyearbyen mit den Einwohnern die Sonne. Zuletzt war ich im Corona-Jahr 2020 dort, während der Polarnacht im Januar, dem Düstersten, was ich je irgendwo erlebt habe, und ich habe schon ganze Sendungen über die Polarnacht und das Nordlicht gemacht.

Was mich immer an Svalbard fasziniert hat, ist seine kurze, spannende Geschichte, die durch seine Position auf der Erdkugel, seine Nähe zum Nordpol geprägt wird. Es ist auch die tatsächlich multikulturellste Mischung seiner Bewohner, es sind die kuriosen Bräuche aus Gruben- und Fallensteller-Zeiten und die noch kurioseren Gesetze, die dort oben bis heute gelten. Und es ist eine prekäre politische Lage, die den scheinbaren Souverän, das friedliche, ach so harmlos wirkende Norwegen, zusehends in die Zwickmühle und zwischen die Fronten der drei Großmächte USA, Russland und China bringt.

Und nun, seit einem guten Jahrzehnt mehr als nur gut beobachtbar, der Klimawandel und die lauernde Katastrophe, die unseren Planeten als Ganzes bedroht. Hier kann man ihn am besten sehen, messen, registrieren. Svalbard wurde zur Pilgerstätte von Wissenschaftlern aus der ganzen Welt, die hier vor Ort studieren können, was bald überall eintreten und die Geschicke der Menschheit verändern wird.

Der Wandel vom hässlichen Kohlekaff zum internationalen Zentrum der Wissenschaft präsentierte mir als Autorin ein neues Longyearbyen, die Hinwendung zum Tourismus und seine Expansion in diesem Bereich ein neues Spielfeld für spannende Geschichten.

Der noch unterschwellige Kampf um erst durch die Klimaveränderung zugängliche Ressourcen und Handelspassagen weckt globale Begehrlichkeiten, die man auch in einen guten Plot packen kann.

Kurz: Die Arktis ist auch sexy, das sieht man nicht zuletzt durch die beinahe Omnipräsenz dieses eisigen Teils unserer Erde in den Medien.

Und durch all diese Gedanken gleitet der Eisbär, das abgemagerte Sinnbild für die Arktis.

Ursprünglich wollte ich diese Geschichte »Der Eisbär hat immer recht« nennen, entschied mich dann aber anders.

Doch es stimmt.

Hannelore Hippe, im Mai 2021

Glossar

Alkoholbezugsausweis – muss jeder erwachsene Einwohner Svalbards besitzen. Beim Kauf von Bier und Spirituosen muss er vom Laden abgestempelt werden, damit man nicht mehr als die zugelassene Menge pro Monat erwirbt. Wein fällt nicht darunter.

Arktischer Rat – ein Gremium aus fünf arktischen Anrainerstaaten mit Sitz im norwegischen Tromsø, das 1996 zum Interessenausgleich gegründet wurde. Es handelt sich um ein politisches Forum, dessen Beschlüsse nicht rechtsverbindlich sind. Mitglieder sind die **Arktischen Fünf** (Dänemark, Kanada, Norwegen, Russische Föderation, Vereinigte Staaten von Amerika), Island, Schweden und Finnland.

Beste – Abkürzung für *Bestefar*, Norwegisch für »Großvater«.

Ha det bra! – norwegischer Abschiedsgruß, wörtlich übersetzt: »Mach es gut!«

Mattenbremse – eine der zwei am häufigsten verwendeten Bremsmethoden bei einem Hundegespann. Ein Stück Gummi, das zwischen den Kufen befestigt ist. Die andere Methode ist der Schneeanker.

Musher wird der Mensch genannt, der ein Hundeschlittengespann lenkt. Er oder sie steht dabei auf dem Schlitten und ruft dem Leithund Kommandos zu.

Es gibt **lead dogs** (Leithunde), **team dogs** oder **point dogs** (sie folgen hinter dem Leithund) und **wheel dogs**, die direkt vor dem Schlitten laufen.

Die Hundekommandos lauten:

Haw! – Links!

Gee! – Rechts!

Easy! – Langsam!

Go! – Los!

Whoahhh! – Halt!

NRK – *Norsk rikskringkasting,* der öffentlich-rechtliche norwegische Rundfunk. Wörtlich übersetzt: Norwegischer Reichsrundfunk

Store Norske – gängige Abkürzung für *Store Norske Spitsbergen Kulkompani,* das staatliche norwegische Kohlebergbauunternehmen

Svalbard – norwegischer Name für die zu Norwegen gehörende Inselgruppe **Spitzbergen** im Nordatlantik und Arktischen Ozean. **Spitzbergen** ist gleichzeitig der Name der Hauptinsel des Archipels.

Svalbardvertrag – oder Spitzbergenvertrag vom 9. Februar 1920, garantiert allen Einwohnern der unterzeichnenden 46 Staaten das Recht, sich jederzeit ohne Visum und besondere Genehmigung in Svalbard niederlassen, dort arbeiten und sogar einem Gewerbe nachgehen zu dürfen.

Sysselmann – offizielle Bezeichnung des Gouverneurs von Svalbard. Der Begriff stammt aus dem Mittelalter und war früher ein dänischer Adelstitel.

UNIS – Abkürzung für *University Centre of Svalbard*, die nördlichste Universität der Welt

Utmål – Claim, Eigentumsrecht auf ein Stück Land auf Svalbard

Personen

Die Ermittler

Trond Lie (gesprochen: *Tronn Li*) – pensionierter Kommissar aus Bergen. Ist vor Kurzem nach Longyearbyen gezogen, um auf sein Enkelkind Bjarne aufzupassen.

Frida van Namen – Musherin. Ursprünglich stammt sie aus Maastricht, lebt aber schon fast vier Jahre auf Spitzbergen. Sie kennt sich aus, nicht nur mit ihren Huskys, und führt Touristen und Forschungsgruppen durch die eisige Wildnis.

Sysselmann Mette Møller – Sie ist die Gouverneurin von Svalbard. Ihr unterstehen die Polizei und die Behörden. Sie stammt ursprünglich aus der Finnmark.

Arvid Kristoffersen – Ermittler vom Festland. Arvid hat seine eigenen Motive, sich bei diesem seltenen Fall in Longyearbyen rücksichtslos gegen andere durchzusetzen.

Weitere Personen

Ingvild Lie – Tronds Tochter, sie arbeitet gleichzeitig in drei Jobs in Longyearbyen, um schnell viel Geld zu verdienen.

Siri Hummel – Inhaberin der ungewöhnlichen *Grubenpension* in Longyearbyen. Sie hat zwei Kinder, **Sverre** und **Camilla**.

Svein Vang Myklebust – bekannter Journalist aus Oslo. Er ist erst seit Kurzem auf Spitzbergen und vertritt für einige Monate die plötzlich erkrankte Redaktionsleiterin der *Svalbard Posten*.

Oleg Kalinin – Flüchtling aus dem Dombas, dem Kriegsgebiet der Ukraine. Er ist Ingvild Lies neuer Freund und fährt Taxi.

Pearse Mackenzie – stammt aus Kalifornien und ist auf arktische Geologie spezialisiert. Er leitet seit vier Monaten ein internationales Team auf Spitzbergen.

Sein vierköpfiges Team besteht aus:
    Urs Pflügi aus der Schweiz, der in Siris Pension wohnt. Wird »der Eisbär« genannt
    Sascha Iwanow aus Russland. Sein Spezialgebiet ist die arktische Archäologie. Er ist Meister im Dart-Spiel.
    Stina Jensen aus Dänemark. Computer- und Schach-Expertin
    Silvi de Moulin aus Kanada. Sie war früher länger in Alaska und hat dort geforscht.

Terje Johansen – Veterinär mit dem Spezialgebiet arktische Tierwelt. Er kennt sich gut mit Eisbären aus.

Rune Berg – ein kauziger Meteorologe, der im Auftrag des norwegischen Staats seit zwanzig Jahren in der Wildnis eine meteorologische Station betreibt und leidenschaftlich fotografiert

Jon Hansen – Architekturstudent aus Trondheim

Hiram Banville – amerikanischer Neurologe. Er forscht über psychische Erkrankungen in Polarregionen.

Danksagung

Ich bedanke mich für Ratschläge, Unterstützung und arktisches Knowhow bei Hilde Røsvik, der ehemaligen Chefredakteurin der nördlichsten Zeitung der Welt, bei Thomas Weischede von der Emanuel Lasker Gesellschaft für seinen Schach-Ratschlag, bei meiner Lektorin Ulrike Schuldes und beim linksflossigen Walross.

60° W

70°

Grönla

69°

40° W

Atlantik

Svalbard

Nordmeer

Nordaustlandet

E

Kongs-
fjord

Spitzbergen

Ny Ålesund

Pyramiden
★ ┌ Billefjord

Barents-
øya

Forland-
sundet

Adventfjord

Isfjord

Longyearbyen

Barentsburg

★ Lunckefjell
Grube Svea

Edgeøya

Van Mijenfjord

Barentssee

100 km

Nordpol

Arktischer Ozean

Franz-Josef-Land

eisgrenze

Packeisgrenze

80° E

Svalbard

Nowaja Semlja

Barents-see

sches

eer

★ Nordkap

Tromsö

Kirkenes

Murmansk

Nordpolarkreis

60° E

Russland

orwegen

20° E

40° E

500 km

© landkarten-erstellung.de